邪魔者のようですが、
王子の昼食は
私が作るようです 2

MELISSA

邪魔者のようですが、王子の昼食は私が作るようです2

天の葉

Illustrator
花綵いおり

邪魔者のようですが、王子の昼食は私が作るようです2

MELISSA

・ヒロインとの予習復習

暗闇の中に、ボワッと小さな灯《あか》りが灯される。

小さめの丸テーブルを挟んでいるのは私、ナターシャ・ハーヴィと我が家に遊びに来てくれるようにもなったユリアちゃん。

お互いの顔の下部分が灯りに照らされ、暗闇の中に浮いているように見えて少し怖い。

「いよいよ二年目が始まりますよ、ナターシャさん」

「……うん。でも一つ聞いていい？　ユリアちゃん」

「なんでしょう？」

「何でカーテンを閉め切った真っ暗の部屋で、小さなランプだけの灯りで私たち話しているの？　まだ真昼間よ？　なんなら庭で話しても……」

「んもう！　雰囲気作りのために決まっているじゃないですかぁ！　それに、誰にも聞かれるわけにはいきませんからね」

「雰囲気作り！　なるほどね。納得だわ。それに内緒話なら尚更暗い方が盛り上がるものね！」

「さすがですナターシャさん！　では、始めますよ。今日のお話は1で登場したヒーローさん達と2のヒロインとの関わり方についてと、2と1との違いについてです」

パチパチパチパチ。小さく拍手をさせてもらう。

「では、ナターシャさんとイチャラブで、ナターシャさんにだけは甘いソウンディク・セフォルズ様についてですが」

「ユリアちゃん、ちょっと待って！」

「え？　何ですか？」

部屋を暗くしていて良かった！　私絶対、顔真っ赤だと思う！

「ソウの説明おかしくない⁉」

「どこもおかしくありませんよね？　秋の収穫祭とか冬の舞踏会とかイベントの度にイチャイチャちゅっちゅしていたじゃないですかぁ」

ぐぅう！　胸が痛い！　第二王妃の問題やら何やらが解決した後。

心配ごとがなくなったのか、それはもうソウは私を甘やかしまくったのだ。

秋の収穫祭では、まさかのハーヴィ家の屋敷で行為に及ばれ、雪が降り積もる日に開かれた夜会では、夜会の会場となった屋敷の空き部屋に連れ込まれて……だ、抱かれてしまった。

もちろん人前ではキスだけで留めてくれたけどね。

「恥ずかしい！」

「大丈夫ですよぉ。もう幸せ者さん。説明続けますよ！　ソウンディク様については朗報です！　実は１で相当クレームがあったんですよ。何でメインヒーローが死ぬ要素が二つもあるんだって。なので、２ではソウンディク様の死亡フラグは消え去ったんです」

「そうなの？　良かったぁ」

「ヨアニス様とはご友人同士で、ナターシャさんのお陰でソウンディク様は健康優良児なので、何にせよ死亡フラグは折れていたとは思いますがね。２ではヒロインに選ばれずともソウンディク様は死にません。ただ選ばれなかった場合は王太子の立場から退かれアークライト様にお譲りし、静養生活を送ることになります。で！　ここ重要！　一年の時お話ししましたが、２のヒロインは私たちと同い年！　つまりは学園生活が二年間。しかーしナターシャさん！　学園物の乙女ゲームといえば三年間が基本なのはお分かりですよね？」

「うんうん」

大抵の学園を舞台とした乙女ゲームの場合。ヒロインは新入生として学園に入学し、三年間の学園生活を送る。

学園内で起こるイベントを楽しめるのが学園物の乙女ゲームのポイントだと思う。

例えば文化祭とかね。シャルロッティ学園の場合は学園祭なので生徒がやることは少ないけれど、多くの場合はクラスで出店を出したり、クラス演劇を催したりして、意中のキャラクターと親密さを高める大事なイベントであり、思い出づくりの場！

一年目はぎこちない緊張感、二年目は慣れたお陰で一番楽しめ、そして三年目は来年共に過ごせない寂しさも込み上げる切ない気持ちを体験できる……。

「いいよねぇ」

「楽しいですよねぇ。しかし！　このお話の2において学園生活は二年間ですが、その代わり！　学園卒業後の一年間を意中のキャラクターと過ごせるんですぅ。興奮します！」

「卒業後の一年間？」

「詳しくご説明致しましょう！　二年間で大好きなキャラクターを定めて落とした後は卒業後！　そのキャラクターとの結婚イベントが入るんですぅ。ですからゲームの難易度としては上がっていると言えますね。三年間で好感度と攻略条件をクリアすれば良かった1と違い、2は二年間で攻略しなければならないですから。結婚式が見られるのは1のキャラではソウンディク様、ヨアニス様、ジャック君、コーラル様、サイダーハウドさんのみ！　理由はお分かりですよね？　ヒロインと同い年、もしくは年上なので結婚することが出来るんです。アークライト様は一つ年下なので、アークライト様の卒業を見守る一年間であり……ライ君の場合は二年待ちですね」

照れ臭そうにライクレン君のことを話すユリアちゃんを見て、ついつい笑みを浮かべてしまう。

「ライクレン君と仲良しだものね？　ユリアちゃん」

「ぬぅ!?　ご自分が恥ずかしい思いしたから私を弄《いじ》るおつもりですね!?　その手には乗りませーん！　ライ君と私のお話をするなら説明しませんよぉ？」

「うっ、ごめんなさい。続けて下さいユリア先生」

「うふふっ。はーい！」

やっぱりヒロインには敵《かな》わないわね。

ライクレン君と一緒の時のユリアちゃんは、また一際違った可愛《かわい》さがあるから、何度だってデートの話を聞きたいのになぁ。

ユリアちゃんからはあまり聞けていないが、ライクレン君と会えた時には、ユリアちゃんとのデートの様子を話してくれて、かなりニヤニヤさせてもらっている。

「さて。次にまたまた重要なことですが、２のヒロインについてです。お話している通り、王女様でいらっしゃいます。王族の方なので、ナターシャさん達のクラスメイトになるんです」

「つまり、ソウとよっちゃんと接点を持ちやすいってことね？」

「そういうことです。その代わりジャック君の攻略は少し難しいです。別クラスになりますからね。そして何よりコーラル様です！　コーラル様は私の方のクラスの担任になって下さるんですよぉ！」

「それはお互いに良かったね、ユリアちゃん！」

「はい！」

そうかそうか。コーラル様はジャックやユリアちゃんのクラスの担任になるのか。

それなら何の教科を担当なさるのか分からないが、授業の時だけ用心しておけば問題なさそう。

「ただナターシャさん。今度はヒロインと同じクラスなので、あくまでも！　公式においてですが、悪役令嬢ナターシャ・ハーヴィの虐《いじ》めはすぐに発覚し、早めに島流しされます」

「え！　卒業待たずに⁉」

「はい。１ではこっそりと虐めていた悪役令嬢でしたが、なりふり構わずソウンディク様に近付こうとする王女様に嫌がらせしまくるんです。１ではソウンディク様を暗殺するルートもあったヨアニス様ですが、あまりに見ているのが不快だという理由で、ナターシャ・ハーヴィを断罪するんです。２ではソウンディク様とヨアニス様の仲はマシだった気がします。それでも公式でヨアニス様はアークライト様の方が王太子に相応《ふさわ》しいと思っていた感じですけどね」

よっちゃんの目の前で虐めがあったら、秒で排除するだろう。

寧《むし》ろ、よっちゃんに敵と見做《みな》された上で、島流しで済むのはかなり情けをかけてもらえたと思っていいわよね。

「２では卒業パーティーも思う存分楽しめるってのも評価されるポイントなんですよぉ。悪役令嬢の断罪イベントとか別にいらないしぃってプレイヤーも多いですから」

「ひたすら好きなヒーローとイチャラブで癒《いや》されたい気持ち、私すごく分かる！」

悪役は確かに物語の盛り上がりに必要なのかもだけれども、実際悪役令嬢に転生した身としては、いなくても良くない⁉　と思ってしまう。

「１のヒーロー達の中で一番接触し辛《づら》いのはサイダーハウドさんになります。コーラル様の護衛としてこっそりセフォルズにやってきているサイダーハウドさんとはお出掛けイベントでのみ出会え、卒業時に迎えにきてくれます」

「お出掛けイベントかぁ。会えない時はガックリするよねぇ」

「分かります！　ただ、ゲームだったらリセット出来ますけど、私達には現実ですからね。２のヒロインさんが一体どなたを選ぶおつもりなのか分からないので、何とも言えません。そもそも問題として、本当に２のヒロインさんが転校してくるかも分からないんですがね。ですが少なくとも、２のヒロインの国は存在し、王女がいるのも確認出来ています」

「存在確認しているの、ユリアちゃん⁉」

「はい。一年の長期休暇の時に、２で登場する様々な国や場所も観光してみたんですよ！　元いた世界で言うところの聖地巡礼ってやつです！」

ブレないアクティブさだなぁユリアちゃん。

「会うことは出来ませんでしたがね。私的に許せないことがあるんです！　２のヒロインさんは美人系なんですよぉ。おっぱいも大きいんですよぉ。うぅ、羨《うらや》ましぃいい！」

「そ、そうなんだ」

「１のヒロインとのギャップを作り上げたそうですよ。私、全然胸大きくならないのにぃい！　いいなぁナターシャさん。ソウンディク様にモミモミされてまだまだ大きくなってそうですしぃ？」

「セクハラ発言禁止！　それに、そ、そんなに触られてない！」

「ええ？　絶対嘘《うそ》です！」

……うん。嘘だけどね。

ユリアちゃんの言う通り、ソウと恋人同士になってから、胸がまた大きくなっているとは思うけど、そんなことまで言わない！

「ドキドキするなぁ」

「そうですね。けど、そこまで不安がる必要ないと思いますよ？　何せ、二年目が始まる前から公式とは違う流れが出来まくっていますもん。ソウンディク様とナターシャさんがラブラブなのは勿論ですが、２のヒロインさんがアークライト様狙《ねら》いでも攻略するのはかなり難しい状況ですよね」

「うん。アークは帝国に行っちゃったからねぇ」

「驚きです！　公式ではアークライト様にそんな設定はないですよ！」

アークはシャルロッティ学園に入学せずに留学することになった。しかも帝国の学園に。

アークとしては帝国じゃなくても良かったそうだけど、セフォルズと交流がある友好的な国であり、王子が留学しても大丈夫と太鼓判を押せる国はなかなかなく帝国となったとソウから聞いた。

「公式と違うことが一つでも多く起きると、現実なんだなぁと実感出来るよね」

「分かりますぅ」

「あのさぁユリアちゃん。前から聞きたかったことだけど、悪役令嬢のナターシャ・ハーヴィが島流しされるのってどこか分かる？」

この質問を書いた手紙は、よっちゃんに没収されちゃったからね。

「申し訳ありませんナターシャさん。私も知りません。公式では書かれていませんでした。ただ、ナターシャさんのお母さんって帝国の方だったんですよね？　そうなると流刑地として選ばれた先が帝国の可能性は結構高かったんじゃないでしょうか？」

「そうだよね……」

二年目の学園生活で不安なのは、もちろん新たなヒロインの存在もあるけど……コーラル様のことも気掛かりだ。

ソウと恋人関係になるまで恋愛事に疎《うと》かった私でも意識してしまうほど、妻になって欲しいとハッキリ言われてしまっているからなぁ。

私は、ソウと恋人関係になれている。だけど、帝国の皇子殿下でもあるコーラル様からのアプローチから、どうやって逃げればいいのか……答えは出ていない。

だから想像してしまう。私を手に入れるために、私に何かの罪を着せ、流刑地として選ばれた帝国でコーラル様が待ち構えているんじゃないかって。考えすぎかもしれないけどね。

「大丈夫ですよ！　ナターシャさんにはソウンディク様やヨアニス様、ジャック君が付いています！　そして何より私がおりますから！　２のヒロインが現れても負けません！　どうか頼りにして下さいね！」

シャッ！　と勢い良くカーテンを開き、部屋に差し込む光に照らされるユリアちゃんを見て、苦笑してしまう。

「そうね。もしかしたら誰《だれ》よりユリアちゃんてば頼りになるかも！」

「きゃー！　照れます。あーでもでもソウンディク様達に恨まれそうなので、こっそりお助けキャラになりますね！　さぁさぁ内緒話は終わりです！　甘い物食べさせて下さーい！」

「いいわよ。今日のおやつは葛切りでーす！」

「やったー！」

ドレスを着ていると汗ばむ陽気に、よく冷えた葛切りはとても美味《おい》しい。

風通りの良い中庭の木陰で、ユリアちゃんとお茶会を楽しんだ。

・ソウとアーク（ソウ視点）

「まさかアークが帝国に留学するとはな。他《ほか》の国にすりゃあ良かったのに」

「またその話かい？　国際情勢を鑑みれば非常に妥当だよ。アークライトが帝国に行ってからもうすぐ一か月。いい加減受け入れなよソウンディク」

書類にサインをしながら、ついつい愚痴ればヨアニスに注意されてしまった。

時を遡《さかのぼ》ること三か月前……。

「兄上。俺《おれ》、シャルロッティ学園には入らないことにした」

俺の執務室にやってきたアークは開口一番驚きの言葉を口にした。

「待てアーク。シャルロッティ学園への入学の義務はない。だが民の見本たるべき王族が率先して学ぼうとしない姿勢を見せるのは良くない。何が理由だ？　俺に話せないようなら父上に話せ」

「いやいや兄上こそ最後まで俺の話を聞いてくれよ。シャルロッティ学園には入学しないが、他国に留学をすることに決めた」

「留学!?」

「うん。第一候補としては、今のところ帝国が有力かな」

「帝国!?」

アークの話すことに一つ一つ驚いてしまう。

「理由を聞いてもいいか？　第二王妃の件を気にしているのなら、アークが気に病む必要はないぞ？」

「優しいね兄上。ご心配ありがとう。俺は大丈夫だよ。母上のことは気にしていないと言えば嘘《うそ》になるけど、気に病む程じゃない。寧《むし》ろ俺にとっても心配事が減って、自由に動き易《やす》くなった。前々から他国に留学してみたいとは思っていた。けど、俺がセフォルズを離れたら母上が兄上やナターシャに何かするんじゃないかと思えて言い出すことが出来なかった」

「そうだったんだな……」

アークとは、幼い頃《ころ》から良好な関係を築けてきたと思っている。

それもこれもヨアニスの時と同様、ナターシャのお陰だ。

幼い頃、城で俺とナターシャが遊んでいると、アークが交ざりたそうに見ていることに俺は気付いていた。どうしてもアークを見ると第二王妃の顔がちらついてしまい、無視してしまっていた。

だが、ある日。

「あなた、ソウの弟君でしょう？　一緒に遊ばない？」

自然だった。何の戸惑いも躊躇《ためら》いもなく、ナターシャはアークを遊びに誘った。

ナターシャに声を掛けられた時のアークの顔は忘れられない。

頬《ほお》が朱に染まり笑顔になったアークは、差し出されたナターシャの手を握り、俺の方を気まずそうに見上げてくるものだから、何となく、アークの頭を撫《な》でた。

手を振り払われてしまうかと思いきや、アークは俺にされるがままで。あぁ、これが弟ってやつなのかと、その時初めて実感した。

そして弟であるアークもまた、ナターシャに惹《ひ》かれていっていることにも気付いた。

ジャックには牽制《けんせい》したが、アークにはどう言うべきか悩み、結局何も言えないまま。

確か、アークが十歳を越えた頃くらいだっただろうか。

俺にはさほどでもなかったが、ナターシャに反抗するようになってきたのだ。

「最近アークが可愛《かわい》くないの。いや、可愛いんだけどね？　態度が可愛くない時があるのよ」

俺の部屋で愚痴るナターシャを見て、アークには悪いが少しホッとしつつ、これはもしやアークは反抗期ってやつなんじゃないだろうかと思えた。

アークは母である第二王妃に会うことが出来ていたが、帰ってくると、俺かナターシャの腰に抱きついてくることが多かった。アークは実の息子だというのに、第二王妃は母としての愛を示さなかったらしい。だからこそ、ナターシャ相手に反抗するようになったのかもしれない。

反抗といっても可愛いもので、ナターシャに少々意地の悪いことをする程度。

傍《はた》から見ていればアークの恋心は駄々漏れだったが、ナターシャには届いていないうえに、年を重ねるにつれ、苦手だと思われてしまっていた。結局、第二王妃から彼女への恋心を暴露されるまでナターシャに気付かれることはなかった。

そして知られても、ナターシャは俺と恋人同士になっているので恋が実ることもなく……。

「アーク。お前、まだナターシャのことを……」

「俺に勝ち目はないことは分かっているよ。けどシャルロッティ学園に入学して、兄上とナターシャがイチャイチャしているのを見るのは辛《つら》いってのも、ちょっとはありますんでね」

「……そこは謝らねぇぞ」

「うんうん。謝らないでくれ。留学先で新たな恋が出来たらなぁと思っている。兄上、ナターシャを悲しませないでくれよ？」

「ああ。約束する」

満足そうにアークは笑って、その日は執務室から出ていった。

後日。ナターシャやヨアニスに知らせが行き、ヨアニスはさほど驚かなかったが、ナターシャはとても驚き、出立する当日までずっと心配していた。アークが帝国に出立する当日……。

「アーク。好き嫌いもほどほどにするのよ？　お弁当作ったから向こうに着いたら食べてね。お腹《なか》出して寝たりしないのよ！」

母親か。涙目になっているナターシャを見てその場にいた俺、ヨアニス、そしてジャックは同じ思いを抱いたことだろう。

アークも呆《あき》れているかと思いきや、アークも少し涙を浮かべ、ナターシャをアークが抱き締めた。

怒ろうとしたのだが、ナターシャの肩越しにアークが片目を瞑《つむ》りウィンクを送られ……今回だけは大目に見てやることにした。

「ナターシャ。兄上と仲良くな？」

「う、うん」

最近は意地の悪いことばかりされていたアークに抱き締められて、ナターシャが戸惑っているのが分かる。やはりムカつくと思ってしまうと、俺の両脇《りょうわき》に立っているヨアニスとジャック双方から肩を軽く叩《たた》かれた。

「俺はナターシャが好きだった。だから幸せになってもらわないと困る」

「大丈夫。ソウや皆がいてくれるもの」

「だな。何も心配することはないな。だけどまぁ……」

「きゃあ！」

「あっ！　こらアーク！」

ナターシャの頬にアークがキスをし、ナターシャが悲鳴を上げたので、堪《たま》らずナターシャを引き寄せ抱き締めた。

「兄上以外の男にもっと警戒した方がいいぜ？　じゃーな！　兄上、しっかり捕まえておけよ！」

晴れやかな笑顔で、アークは待たせていた馬車に乗り込み帝国へ行ってしまったのだった……。

無論その後、ナターシャの全身を消毒させてもらったが。

「アークライトには私から、帝国の情報を流せそうなら流してほしいと頼んでもおいたよ」

「帝国の情報、か。関わり合いになりたくないがな」

「そうも言っていられないだろ？　このままあの皇子様が何もしないで引き下がるとは思えないからね」

ヨアニスと共に溜息《ためいき》を吐《つ》く。頭の痛い問題だ。早くナターシャと結婚したい。

アークが留学してしまったことで、アークが担ってくれていた仕事も俺に回されるようになり、仕事の量が増えた。

学園二年目には、各地への視察もしていくことになっている。

出来ればナターシャと共に行きたいが、可能だろうか……。

「ヨアニス。今後の予定だが……」

――コンコンッ。

ヨアニスに早めに視察の予定地を決めてほしいと頼もうとした時、控え目に執務室の扉がノックされる。

ヨアニスから「どうする？」と視線で問われ、頷《うなず》いて入室を許可すると、ヨアニスが扉を開く。

部屋の前には恐縮した様子の騎士が立っていて、顔色が悪い。

……これは良くない知らせだな。

「その、お二人に陛下からお話しされたいことがあるとのことで」

最悪の知らせが、俺とヨアニスに齎《もたら》された。

・王子様たちはお怒りです

お腹《なか》が痛いわ。食欲もない。あまり眠れなかった。

シャルロッティ学園に入学して、一番気が重い朝だと思える。

一年目で記憶が蘇《よみがえ》った時は突然だったから緊張はなかった。

今日は、２のヒロインと会う。そしてコーラル様もいらっしゃる。

ユリアちゃんのお陰で、少しは心の準備が出来ているけれど、緊張感が半端ない。

目の下にうっすら隈《くま》が出来てしまった私をシアが心配しながらお化粧をしてくれた。

見た目に寝不足と分からない仕上がりでシアには頭が下がる。

「おはようございます、お嬢」

「おはようジャック」

今日から新学年。ジャックは二年目からは生徒会副会長を担うことに決まっている。

ジャックに心配されないよう、朝食を無理やりお腹に詰め込み、ジャックと共に馬車に乗り込んだ。

「私に合わせての登校で大丈夫なの？」

「生徒会役員の主な面子《めんつ》は変わりませんから。長期休暇中に連絡を取り合ってもおります。それよりも、殿下とヨアニス坊ちゃんから絶対にお嬢を一人で登校させるなと連絡がありましてね。厄介なことが起きたそうですよ。お嬢、どうか学園内でお一人にはなりませんように」

「……うん」

真顔で注意してくるジャックに私も深刻な表情になっていると思う。

嫌だわ。余計に緊張してきてしまう。

学園に着かないでほしいとすら思えて、お腹を押さえていたのだが、こういう時に限ってあっという間に到着してしまった。

ジャックの手を借りて馬車から降りると、女生徒達のはしゃぐ声が耳に届く。

声の聞こえた方に視線をやれば、そこにはソウとよっちゃんがいて二人の顔を見ると安心出来ると思ったのだが……。

「おはようナターシャ。いつだって君は美しい。一日も早く学園を卒業し、君と結婚したくて堪《たま》らない。ナターシャへの愛が日に日に深まっている。私と同じ気持ちでいてくれているだろう？」

「は、い、ソウンディク様。大変光栄です。私も同じ気持ちですわ」

ソウの様子が、おかしい……。

何があったの？　戸惑う私をソウは学園の生徒が行き交う場所で抱き締める。

「ソウンディク殿下とナターシャ嬢は真《まこと》に仲が良い。お二人が結婚するまでお互い離れた場所に暮らすのもお辛《つら》いでしょう？　ナターシャ嬢に、城に住んで頂いてはいかがですか？」

「ああ、それは名案だな、ヨアニス」

よっちゃんまで何を言っているの!?

二人の様子が変過ぎてジャックに目配せをし、二人を人のいない場所まで連れていった。

「二人揃《そろ》って変な物でも食べた!?　それか頭をぶつけてないわよね!?」

「ナターシャ。今日から王城に住め」

「ナーさん。城に住みな」

いつも通りの話し方になっても城に住むよう勧めてくる二人に困惑してしまう。

「厄介なこととは何です？　お嬢が学園にいることが危険なら、休学でも転校でも……最悪退学にするべきでは？　俺《おれ》はお嬢の命が何より大切だと思います」

「ちょ!?　ジャック!?」

「休学、転校、退学か。それもいいかもしれねぇな」

「まっ、待って！　嫌よ。私、ソウやみんなと学園生活楽しみたい！」

違った形だけど、二年目始まって早々に学園から追放だなんて！

……あ、あれ？　悪役令嬢の末路っぽい？　こんなところで微妙に公式でありそうな展開嫌よ!?

「王太子妃になる条件にシャルロッティ学園の卒業資格は必須《ひっす》ではないけれどもね。退学というのは外聞が悪い。ナーさんも嫌がっているし、学校を退学させるのはなしだ。ソウンディクだって、ナーさんと学園生活楽しみたいだろう？」

「まぁな」

良かった。よっちゃんが冷静に戻ってくれた。ソウも私を退学させるのは諦《あきら》めてくれたみたい。

「でも一体、どうして二人は私を学園から遠ざけようと……」

「おはようございます」

したの？　と問おうとした言葉は背後から両肩を掴《つか》まれ、その掴んだ相手を見たことで飲み込んだ。

「コッ!?　コーラルさ、」

「様ではなく先生でお願いしますよ、ナターシャさん。貴女《あなた》に触れられる距離に来られて幸せです。教室までお送りしますよ」

え？　え!?　肩を掴まれ教室へと導かれながら、慌ててソウ達へと視線を向けて……後悔する。

三人揃って大変凶悪な表情をしていたのだ。思わず顔を背けてしまう。

隣を歩くコーラル様の方へ目を向けると、とても綺麗《きれい》に笑みを返される。

私はユリアちゃんからコーラル様が先生としてシャルロッティ学園にいらっしゃることを教えてもらっていたけれど、ソウ達には知らせていなかった。

事前に知らせるかどうかも悩んだのだが、もしかしたらシナリオ通りにならないかもしれないから、伝えることはしなかった。

こんなにみんなが怒るんだったら、もしかして先生としていらっしゃったりしてね？　くらい冗談でも可能性を示唆しておけば良かったかもしれない。

「あの、コーラル先生の担当科目をお聞きしても宜《よろ》しいですか？」

クラス担任は違うことは分かっているけれど、問題は担当科目。

地理じゃないなら何でも良い！　そう心の中で念じながら聞いたのだが……。

「地理歴史科です。ナターシャさんは地理が苦手だそうで。懇切丁寧に指導させて頂きますから、一緒に頑張りましょうね？」

謹んでご遠慮申し上げたい。地理ですって⁉　赤点を取ったらどうしよう。コーラル様に補習してもらうってこと？

コーラル様と二人きりになるかもしれない状況も怖いが、その状況を作り上げてしまった私を責めるよっちゃんの怒りを想像すると怖過ぎる。震えてしまいそうになりながらも、漸く教室に辿《たど》り着く。

「そ、それでは失礼致します」

「ええ。ふふ、またすぐにお会い出来るのがとても嬉《うれ》しいですよ」

「本日、授業はありませんよね？　コーラル先生はもう一つの方のクラスの担任では？」

「いいえ。私はナターシャさんがいらっしゃるクラスの担任ですよ。ではまた後ほど」

……な、んですって？　職員室へと向かって行くコーラル様の背中を見つめ、よろめく。

ど、どどどういうこと？　コーラル様が担任⁉　地理も担当⁉

「おはようナターシャ」

「あ、め、メアリアン！　お、おは、おはよ……」

朝の挨拶《あいさつ》をしてくれた友人の顔を見て少し安堵《あんど》する。

「……とてつもなく動揺しているわね。大丈夫？」

「だ、大丈夫……じゃないかも」

メアリアンと並んで座ると、こっそり耳打ちされる。

「コーラル先生にお会いした？　私、ナターシャがあの人に連れ去られた時に調べたのだけれど、とても先生をなさるようなご身分の方じゃないようね？　そして貴女を狙《ねら》っている。出来る限り、ソウンディク王子殿下から離れないようになさいね？　私でもヨアニス様でもお相手するのは難しそうなお方だもの。地理の試験も、ヨアニス様に徹底的に赤点対策をしてもらうといいわ」

……何も言わずとも全《すべ》てを把握してくれるメアリアンは凄《すご》い。

「ナターシャ。大丈夫だったか？　何もされてねぇか？」

「ソウ、うん。大丈夫」

「職員室に行って皇子が先生をするなんて問題だと言ってみたけどね。ダメだったよ」

ソウ達が私から離れたのは、先生方に意見を言いに行っていたからだったらしい。

コーラル様と二人きりは緊張したけど、教室で顔合わせよりは、良かったのかもしれない。

左隣にはメアリアン。右隣にはソウ。そして、正面にはよっちゃんが座ってくれて……その、何だか守ってもらっているような状態で申し訳ない。

「ソウンディク様とヨアニス様にしては不手際ですこと。こうなる前に対策を打つべきだったのではないですか？」

「返す言葉もないよ、メアリアン嬢」

「こちらが対処する間もなく教師となることが決定してしまっていてね。今帝国にはアークライトが留学している関係からも、コーラル皇子を止めて気分を害するのは良くない。分かっているけれど、腹は立つね」

　机の上に両手を組んでいるよっちゃんの背中からは黒いオーラが出ているように見えた。

　少しして、コーラル様が教室に入ってきた。一時間も経《た》っていない再会に本当にコーラル様が教師になられたのだと実感させられる。

「皆さんを担当させて頂くことになりましたコーラルと申します。宜《よろ》しくお願いしますね」

——きゃあああああっ！——

……黄色い悲鳴なんて久し振りに聞いた。

　ソウやよっちゃん、ジャックに対しても女の子達は色めき立つけどね。

　コーラル様は大人《おとな》の雰囲気もある上に、容姿も声も素敵だ。ユリアちゃんがこの場にいても、きっとはしゃいでいたことだろう。

　私は……両隣と正面が怖過ぎて俯《うつむ》いていることしか出来ません。

「さて。私と同じく、本日から皆さんと初めてお会いすることになる学友をご紹介致しましょう」

　来た！　ヒロインの登場ね！　コーラル様に促され、教室に入ってきたのは美女。

　今度は男子生徒の感嘆の声が木霊《こだま》する。

　濃い茶系の髪を腰まで伸ばし、その髪をポニーテールにしているのだけれど、背筋がピンと伸びていて、背も高く、顔立ちが綺麗な彼女はとても毅然《きぜん》として見えた。

同じ制服を着ているのに気品も感じられる。そしてユリアちゃんが嘆いていたが胸もある。

「私はレイヴィスカ・リル・ユール。ユール国の第一王女ですが、学園ではどうか気兼ねせずに共に勉学に励んで参りましょう。宜しくお願い致します」

あぁ、声も素敵だ。公式ではクール系の女性声優さんが起用されたことだろう。

ソウは王女様を見て、どう思っただろう？　様子が気になり隣に目を向ける。

「!?」

驚いたことにソウも私を見ていて、バッチリ目が合ってしまうと、机の下で手を握られる。

空いている手で机に広げたノートにソウはペンを走らせた。

『ナターシャの方が何万倍も可愛《かわい》い。俺が愛しているのはお前だけだ』

……嬉しくて恥ずかしくて死んじゃいそう。

綺麗な字で書かれていることも余計に羞恥心《しゅうちしん》を倍増させる。ソウってば字も綺麗だから困る。

顔が真っ赤になってしまい、左隣に座っているメアリアンは絶対不思議がっているだろう。

未《いま》だ握られたままでソウの手を握り返しながら羞恥に耐える。

「……レイヴィスカ王女。同じ王族同士、ソウンディク王子の前に座られてはいかがでしょう？」

コーラル様が王女様をソウの前の席に誘導してしまう。

その時、王女様の頬《ほお》が染まったのを私は見てしまった。大変だわ。王女様はソウのことを好きになってしまったのかも。不安で朝礼が終わるまでソウの手を離すことは出来なかった。

「では、ここまでにしましょう」

コーラル様の落ち着いた声で朝礼の時間が終わる。たった一時間なのにとても疲れてしまった。ユリアちゃんに会いたい。

隣の教室に行ってみようと思い立ち上がろうとしたのだが、何故《なぜ》かソウが繋《つな》いでいた手に力を込めて、私を引き寄せ抱き締めた。その視線は前へと向けられている。

コーラル様と睨《にら》み合いでもしているんじゃ!?　と思いきや……。

「ソウンディク様。二人きりでお話ししたいことがあるのですが、少々お時間宜しいでしょうか？」

教室内が少しざわつく。ソウが見ていたのはレイヴィスカ様だった。

「ソウ、いっ……うぅっ」

ソウ行っちゃダメよ。行かないで。言いたい言葉が言えなくなる。

王女様の邪魔をするのは……ダメなこと？　悪役令嬢になっちゃう行動？

分からない。まさか王女様がこんなに堂々とソウを誘うと思ってもおらず、動揺していたら……。

「レイヴィスカ王女、お断り致します」

「……え？」

「え!?」

ソウが、王女様のお誘いを断った。

控え目に驚きの声を上げる王女様と違い、私は我ながら分かり易《やす》く驚いてしまう。

「私はナターシャ以外の女性と誰であろうと二人きりにはならないと心に決めております。彼女を愛しておりますので。お話ししたいことがお有りでしたら、ナターシャと、友人のヨアニスが共にいる時であれば可能ですよ？　いかがです？」

「……彼女を愛している？」

王女様の視線が私へと向けられる。重なる視線を逸《そ》らしたくなってしまうが、ここは勇気を出さないといけない。ソウは私を想って王女様のお誘いを断ってくれたのだ。

　私もソウの想いに報いるために、王女様と正面から向かい合わなければならないのに、ソウは私を離してくれず、立ち上がって王女様に挨拶をすることが出来ない。

「レイヴィスカ王女殿下。私はヨアニス・クライブと申します。私からこちらのご令嬢のご紹介をさせて頂きます。彼女はナターシャ・ハーヴィ公爵令嬢。ソウンディク王子殿下の婚約者であらせられます」

「婚約者……」

「国内外問わずソウンディク王子とナターシャ嬢の仲睦《なかむつ》まじさは知られているのですが、ご存知ありませんでしたか？」

　よっちゃんからの説明を、王女様はとても戸惑った顔をして聞いている。

「貴方《あなた》はソウンディク・セフォルズ王子殿下でいらっしゃいますよね？　そして、そちらの女性のお名前は……」

　お、覚えて頂けてないのね。仕方ないわ。今紹介されたばかりだもの。

「もう一度申し上げますが、彼女はナターシャ・ハーヴィ公爵令嬢です。ただの令嬢ではなく、ソウンディク王子の婚約者なのです。一度で覚える努力を、他国の王女であらせられるのならば尚更されるべきですね。そのようなことではユール国の安寧に影が差すのも頷《うなず》けます」

「っ」

　ユール国の安寧に影？　よっちゃんの指摘に毅然としていた王女様が明らかに動揺を見せる。

　どういうことなのか知りたい。ユリアちゃんは何も言っていなかった。

　私を抱き締めてくれているソウに目を向けると、深く頷くので、ソウは知っているらしい。

「ユール国は隣国と緊張状態と聞いております。留学に来た先で王子に色目を使っている暇などないのではありませんか？　それとも国は全て父君や役人任せですか？　随分と無責任なことですね」

「私は自国を案じております！」

「とてもそうは思えない振舞いですね。隣国との関係が悪化しているのであれば、セフォルズと良好な関係を築くのがあなたの役目なのでは？　だというのに、ソウンディク王子殿下の婚約者の名前も覚えず、婚約者がいる王子を誘う始末……何か言い返せますか？」

よっちゃん。厳し過ぎない？　王女様泣きそうよ？

自分にも他者にも厳しいよっちゃんだけど、今日はいつにも増して、それが過ぎている。

「まだコーラルが教室にいるからな。ヨアニスの虫の居所が悪すぎる。お前の名前を覚えていないところもヨアニスを一層怒らせているな」

小声でソウがよっちゃんの怒りの原因を教えてくれて納得する。

チラッとコーラル様を見てみると、とても興味深そうにこちらを見ていた。

「私がお慕いしているのは貴方です！　ヨアニス様！」

……え？　えええ!?　まさかの王女様の告白に驚く。

王女様に告白されても、よっちゃんは微塵《みじん》も照れた様子を見せず、紫の瞳《ひとみ》を眇《すが》めた。

「ソウンディク王子殿下とナターシャ嬢の友人である私の貴女への印象は最悪です。入学し直してこいと言わせて頂きたい。今後、殿下とナターシャ嬢には近付かれませんように」

よっちゃんがこちらを見て、ソウと頷き合う。

立ち尽くす王女様を置いて、私達はその場を去ることになってしまった……。

・ユール国とシノノメ国

よっちゃんの王女様に対してのおととい来やがれ的な発言には肝が冷えた。

朝礼の後は一年間の授業内容や予定されている行事などが全校生徒に説明されるだけで、本日は終了。


「……驚いたわ」

「俺《おれ》もだ」

ソウと二人、学園の中庭のベンチに座り、嘆息する。

よっちゃんは頭を冷やしたいと言って図書室へと消えていった。

「まさか王女がヨアニスを好きだと言うとはなぁ。けど、レイヴィスカ王女に俺と二人きりになりてぇって言われた時は少し悩んだ」

「え!? ソウ、そんな……」

「勘違いすんなよ。俺が好きなのはナターシャだけ。他《ほか》の女は求めねぇし、求められても断固として拒否する。ヨアニスが言っていただろ? ユール国は今隣国と揉《も》めている。その相談を俺にしたいんじゃねぇかと思ってさ」

そうか。王女様の様子を思い返すと、ソウに好意を伝えたい感じの表情じゃなかった。どこか緊張した面持ちで話し掛けていた。

「けどそれならどうしてあんなにきっぱり王女様のお誘いをお断りしたの?」

「俺はお前とヨアニスが同席するなら応じると言った。向こうがそれに応じなかった。それに……」

ソウに肩を引き寄せられ、頬《ほお》にキスをされる。

「お前にまた逃げ去られたら堪《たま》んねぇからな」

「なっ⁉　う……」

食堂でソウの前から走り去ってしまった時のことを、ソウは忘れてくれるつもりはないらしい。

「もう逃げないわ」

「逃げてもぜってぇ捕まえる」

両頬に優しくキスをされ、額や首筋にもソウの唇が触れていくけれど、唇には触れてくれない。

「ソウっ、んっ。キス……口にもしてほしいっ」

「くっそ、可愛《かわい》いなナターシャ。口にすると押し倒したくなるんだよ。やっぱ今日城に……ん？」

「あっ」

視線を感じソウと共に顔をそちらの方に向けると、茶色い髪が揺れ、遠のいていくのが見えた。

今のは、レイヴィスカ様？

「ソウを探していらしたのかしら？　よっちゃんよりソウの方が好きだったんじゃ……んっ⁉」

顎《あご》を持ち上げられて、ソウは甘いキスをしてくれる。嬉《うれ》しいけど、何で……。

「たとえ王女に好きだと言われても断るから安心しろ。どうやら俺に話したいことがあるのは本当のようだなぁ。どうしたもんか……」

「あの、ソウ。ユール国って今そんなに大変なの？　私、知らなくて情けないわよね」

セフォルズ王国の騎士団のトップである将軍を父に持ち、何より王子の婚約者なのに……。

「まだそこまで大事にはなってねぇからお前が知らないのも無理ねぇよ。ナターシャ、ユール国の場所は分かるか？」

「……え、エヘヘ」

笑って誤魔化してしまう。ごめんなさい。分かりません。

怒られるか呆《あき》れられてしまうかと思いきや、またソウは私を抱き締めてくれた。

「あぁ！　可愛いな！　他国のことなんて放《ほう》って、お前とひたすらイチャイチャしたい！」

可愛くなんてない。よっちゃんがこの場にいたら笑顔で頬を抓《つね》られてしまうだろう。

私を抱き締めながら、頬を擦り寄せてくれるソウの頬に、今度は私からキスをする。

「私だってソウとイチャイチャしていたいけど、ダメよね。ユール国について教えてくれない？」

ソウなら私が知っておくべきことを教えてくれるだろうから、お願いしたい。

「……ナターシャ」

「何？」

「俺も退学するから、お前も退学しねぇか？　そんで明日にでも結婚しよう」

「何でそうなるのよ！　大事なことじゃないの？　茶化さないで。忙しいなら自分で調べるから」

「いつだってまぁまぁ忙しいが、学園にいる間はそうでもねぇから平気だよ。ユール国の場所だが、セフォルズも帝国もある大陸の端っこだ。陸地の領土は少ないが、海域が広い。海産業が盛んで、領土の割に財政は潤っている。気候も穏やかでな。リゾートとしての人気も高い。で、問題となっているのは海を挟んでの隣国。シノノメ国との関係だ」

「シノノメ国！」

「おーおー、反応したなぁ」

「うん！　とっても興味ある国だもの。けど、ユール国はシノノメ国と問題になっているのね」

少し脱線してしまうがシノノメ国はいつか行ってみたい一位の国！　日本に似ている島国なのだ。

記憶が戻る前に私がどうやって日本風の味を再現したかと言えば、シノノメ国からの輸入品に頼ったからだった。

出汁《だし》にお醤油《しょうゆ》、白米、味噌。昆布やお豆腐もシノノメ国には存在していてくれたのだ。

幼い頃《ころ》の私は、世界各国と繋《つな》がりがあるお父様からのお話や、シノノメ国の本や品々を見て、本能のように興味を引かれた。

去年行われた学園祭に出店していた箸《はし》のお店もシノノメ国の人達のものだった。

前世の記憶を思い出し、十年以上お弁当を作り続けてきた実績から、それなりに自分の料理の味には自信を持っているけれども。いつか本場のシノノメ食を食べにいきたいと願ってやまない。

ただ現代日本とは違って、シノノメ国の人々はかなり血気盛んらしい。刀を持つ人が多いとも聞く。

セフォルズも帝国も騎士の方々は当然のように剣を持っているから世界全体を見れば当然かな。

「シノノメ国からユール国に攻撃を仕掛けたとか？」

「いや、時折小競り合いこそあったものの、良好な関係だったらしい。ここにきて、シノノメの王とユールの王が話し合ったそうだ。いがみ合う回数を減らすためにも、両家の王族が婚姻を結ぼうってな」

「じゃあ、レイヴィスカ王女様が結婚を？」

「そう。シノノメの王子と結婚するって話になっていたが。その王子がユールの王女となんか結婚しねぇって言っちまったんだと。国王同士が話し合ったってのになぁ。お陰でそれぞれの国の和平に反対の連中が騒ぎ出した。互いへの罵り合いが始まって、今に至る」

「今に至る？」

「王女の身を案じたユール国王がうちの親父《おやじ》に相談して、レイヴィスカ王女をセフォルズに移した。

情勢が落ち着くまで、安全なセフォルズに身を置かせてもらおうってことだったが……まさかのシノノメの王子も、ちっと遅れて転校してくることになった。しかもシノノメ国の女を連れてだ」

「……はい？」

「意味分かんねぇだろ？　コーラルだけでも面倒臭ぇのに、他国の王族が集まってきまくって頭痛いったらないぜ！」

どうしてみんなセフォルズに集まってくるの!?

よっちゃんももちろん知っていることだろう。いつも以上に不機嫌だったことに、改めて納得だ。

「お前に何かあると思いたくねぇが、セフォルズ内でいざこざが起こる可能性もゼロじゃねぇ。一人にはなるなよ？　恐らくハーヴィ将軍からも騎士を伴うように言われると思う。素直に受け入れとけ」

「分かった。気を付ける」

ヒロインでもある王女様は大変な立場にあるのね。正直、恋愛どころじゃないんじゃないだろうか？

そして思う。シノノメ国の王子様は2の攻略対象者。それも恐らくメインヒーローなんじゃないかしら？　だって、ヒロインとここまで関わりというか、いざこざがあるお相手だもの。

ユリアちゃんから敢えて、2のヒーロー達については聞いていない。

先入観を持たないためにも聞かない方がいいかとも思えたし、ユリアちゃんも「そこはお楽しみに～」と言っていたから。……全然楽しめそうもないけどね。

でも人数だけは教えてもらっている。新たなヒーロー達は五人。

シノノメの王子様とあと四人。どんな人達なんだろうか……。

・友人の様子がおかしいです

「あの、メアリアン？」

「どうしたの、ナターシャ？　道が混んでいるようだから、お屋敷に着くのは時間が掛かりそうね」

「……うん。そうね」

シャルロッティ学園二年目の初日が終わった。

ジャックは生徒会で少し帰りが遅くなるとのこと。ソウとよっちゃんは城に戻って確認したいことが山ほどあるそうで、城へと馬車を走らせていった。

私はメアリアンから一緒に帰ろうと誘われて馬車に乗ったのだけど、元気がない。馬車の窓から外を見つめる横顔は悲しげだ。

こういう時は話し掛けない方がいいわよね。背もたれに体重を預け、私も外へと視線を向ける、

「ナターシャ……」

「ん？　何？」

メアリアンから声を掛けてくれて笑みを向けると、悲しげな笑みを返されてしまう。

どうしたの？　と問いたくて堪《たま》らないが、グッと堪《こら》える。

だって、メアリアンは自分が聞いてほしい時は絶対話してくれるもの。

「ヨアニス様は、凄《すご》いわよね。王子様に負けないくらい……は、大袈裟かもしれないけど」

「そんなことないよ。私にとってはソウが何でも一番だけど、よっちゃんの方が凄いことも沢山ある。勉強はよっちゃんが一番。強くもあるわよね。去年の武道会は盛り上がったよね。今年も楽しみだ

わ」

貴族の子女の通うシャルロッティ学園には運動会がない。その代わり、武道会と呼ばれる武術の腕を競う大会が行われる。武器それぞれの部門もあり、最後は総合順位が決まる。

基本は男子生徒のみが対象だけれども、女子生徒も希望すれば参加出来る。

将来女騎士を目指す子達もカッコ良かったけどね。ソウが誰より一番素敵だった！

剣の部門一位！　総合順位も一位！　剣を振るう度にソウの金髪が汗で煌《きらめ》いて、凛々《りり》しい表情もカッコ良かった！　一戦勝つ度に、私に蕩《とろ》けるような笑顔も向けてくれて、卒倒しそうになりました。

けれどソウが強いことって結構知られている。同世代なら尚のこと。

多くの生徒がソウンディク様には敵《かな》わないと認識しているので、みんなが納得の勝利だった。

それに引き替え、目立ったのがよっちゃんだ。よっちゃんは弓を得意としている。百発百中の弓術で、弓部門の一位はもちろん、総合でも二位の好成績だったのだ。

天才と認識されているよっちゃんだから、まさか強くもあるなんてと多くの人を驚かせた。

ときめく女生徒の多いこと。いつだってモテていらっしゃいますけどね。

いつも以上に女の子達に囲まれて、よっちゃんは面倒そうにしていた。

武道会の時のメアリアンを思い出す。私の前ではよっちゃんのことをすごく褒めていたのに、直接伝えにいこうと誘ったけど頑なに断られてしまった。

結局メアリアンも褒めていたよと、よっちゃんには私から伝えることになってしまった。「教えてくれてありがとうナーさん」と言って笑ったので、やっぱり直接メアリアンが言った方が良かったのになぁと少し後悔した。

人の恋路に余計なお世話はするべきじゃないのかもしれないが、よっちゃんってば去年、一度もメアリアンをダンスに誘うことすらしなかった。

だから今年こそは絶対によっちゃんとメアリアンを踊らせる！　私とソウの密かな目標だ。

膝《ひざ》の上に手を置いて、ちょっとドキドキしながら、メアリアンに聞いてみる。

「メアリアン。よっちゃんのこと、気になるの？」

ガツンッ！

「だっ、大丈夫!?」

信じられないことだが、メアリアンが強《したた》かに頭を馬車の壁にぶつけた。これは、動揺を……。

「動揺なんてしていませんわよ！」

私の心を読んだかのようにメアリアンは否定する。

けど、その顔は真っ赤で、瞳《め》は頭をぶつけたからかもしれないが、涙目になっていた。

「私が気にしているのはレイヴィスカ王女殿下のことですわ！　ナターシャだって気になるでしょう？　貴女《あなた》がいるにもかかわらずソウンディク様にお声をお掛けしてしまったのは、多くの生徒が見てしまっていますもの！　それに加えてヨアニス様に、告白をなされたことも問題です」

「う、うん」

メアリアンが……必死だ。私がそれを察していることをメアリアンに知られてはいけない。

繊細な心の持ち主のメアリアンを傷付けてしまうかもしれないし、何より……分かった。

メアリアンは、明らかによっちゃんを意識し始めている。

心の中で「やったぞ！　バンザーイ！　良かったね、よっちゃん！」と自分が万歳三唱を繰り広げているが、顔に出すわけにはいかない。よっちゃんとメアリアンの未来が掛かっているのだから！

「ごめんなさいナターシャ。心配をかけてしまって……」

よっちゃんのことを意識し始めてくれたのは、二人の友人として嬉《うれ》しいのに、メアリアンの瞳は悲しげだ。

「メアリアン。よっちゃんはセフォルズからいなくならないよ。何せ未来の宰相様だもん。ね？」

メアリアンが何を悲しんでいるのか、正確には分からない。

けど、よっちゃんが王女様に告白されたことを気にしているのは分かる。

「……ナターシャは、優しいわよね」

「メアリアンだって優しいわよ？」

「そんなことないわ。私は時折貴女が羨《うらや》ましくて堪らなくなるの……」

メアリアンは、胸に手を当てて俯《うつむ》いてしまう。

「私だってメアリアンを羨ましいって思うこと沢山あるわよ。美人で、頭も良くて、振舞いも優雅で。令嬢のお手本って言われていて、見習わなきゃいけないことだけどなかなか出来ない。メアリアンを目標としているの。悲しい顔より、笑ってくれている方が嬉しいわ」

「ナターシャ……」

「あと、誰かを好きになるのはとても素敵なことだもの。悲しいより嬉しくて、楽しくて、ドキドキしたいじゃない？　だからメアリアンと恋のお話を寝ないで出来る日を楽しみに待っているわ」

前世では恋人どころか、恋すら出来なかった。

大好きな恋人とデートできるのは幸せなことだけど、女友達と寝る間も惜しんで恋の話をすることに憧《あこが》れていた。ユリアちゃんも呼んで、三人でお泊まり会を開きたい。

「……ふふっ。うふふ。そうね。素敵だわ」

メアリアンが笑ってくれた！　嬉しくて、私もつられて笑顔になる。

「ナターシャ帰ったか。おや、そちらはメアリアン嬢か」

「え⁉　お父様！　お帰りになられていたのですか？」

友人が元気になったことを喜んでいると、お父様がいらして驚いた。各地に引っ張りだこで遠征に赴いているお父様がお屋敷にいるのは珍しい。私の頭を大きな手でワシャワシャと撫《な》でて下さる。

「は、ハーヴィ将軍。お久しぶりですわ」

メアリアンも慌てた様子で馬車を降りてくると、お父様はメアリアンの頭にも手を置いて撫でた。

「娘と親しくしてくれてありがとうメアリアン嬢。先日ラーグ侯爵にお会いして、日に日に娘が美しく成長していることを自慢されたよ。確かにとても美しくなっておられる。ナターシャともども、悪い男に引っ掛からないようにしなさい。ナターシャ。話したいことがある」

「分かりました」

「私はお暇《いとま》致しますわ」

お父様にはお屋敷内でお待ち頂いて、再び馬車に乗り込んでいくメアリアンを見送る。

「……ナターシャ。やはり私の理想はハーヴィ将軍です！　ヨアニス様なんてまだまだですわ！　私とても元気になりました！　ナターシャの言葉もとっても嬉しかったんですのよ？　お泊まり会、絶対しましょうね？　それではご機嫌よう。また明日」

頬《ほお》を桃色に染めてとても嬉しそうにメアリアンは馬車に乗って帰っていった。

……えーと、もしかしてメアリアンは、素直になり切れていないんじゃないだろうか？

お父様とよっちゃんを比べるということは、それってつまり……。

「ふふっ。よーし！　お父様からお話をお聞きしたらソウに手紙を書くわよ！」

緊張し、困ったことばかりだった一日の終わりに素敵なことが分かって、るんるん気分でお屋敷内に入って……固まった。

「お帰りなさいませ、ナターシャお嬢様」

……ジャックじゃない。大きな体躯《たいく》で、それでも恭しく礼をしてくる相手に目を丸くする。

「さ、サッ⁉」

「ナターシャ。彼はサイダーハウド。本日からお前の護衛についてもらうことになった」

「お嬢様の身は私が命に代えてもお守り致します」

なんっでサイダーハウドさんがウチにいるのっ⁉

お出掛けイベントでしか会えないんじゃなかったのユリアちゃぁあん⁉

叫び出したい思いを何とか堪え、私は一歩ずつ、後退《あとずさ》る。

「どうしたナターシャ？」

「……お父様。本日はご夕食を共に出来る大変喜ばしい日なのかもしれません。お父様も大好きですが、もっと大好きな方の元へ行って参ります！」

「ただいま戻りましたぁ」

「ナイスタイミングよ、ジャック！」

「え？　何？　何ですかお嬢⁉」

帰宅したジャックの腕を掴《つか》み、ジャックが乗って来た馬車に共に乗り込む。

慌てた様子で追ってきたお父様とサイダーハウドさんに精一杯の笑みを向ける。

「ジャックが共についてくれるので本日は護衛はいりません！　お城に到着したらご連絡しますのでご安心を！　それでは！」

素早く扉を閉めて、城へと向かってもらう。

「……何があったんです？」

「サイダーハウドさんがいたの」

「はぁっ⁉　帝国の皇子殿下の護衛をしていた男ですか⁉」

「今日から私の護衛だそうよ」

「……なるほど。屋敷の方にも手を回してきたわけですか」

「そういうことかも。どうしようジャック。先触れもなしにお城に行くのはマナー違反よね」

「確かにマナー違反ですが、先触れを出せばいいんですよ。馬車が城に到着する前に連絡を入れておけばいいんです。お屋敷からは離れたので、馬車はゆっくり進んでもらいましょう。で……」

馬車の窓を開けたジャックは、首に下げていた笛を吹く。

しかし、音は出ない。首を傾《かし》げていると、バサバサッ！　と鳥の羽ばたく音が近付いてくる。

「おーし。いい子だなぁ」

ジャックが窓から腕を出すと、その腕に大きくて立派な翼を広げた鷹が舞い降りた。

「何この子！　かっこいい！　ジャックの鷹なの？」

「ええ。正しくは、ソウンディク殿下と俺《おれ》とヨアニス坊ちゃんの鷹です」

「三人のなの？　いいなぁ。私も動物大好きなのに……」

「緊急連絡用の鷹です。殿下から、お嬢に紹介される予定でしたが、その前に緊急案件が発生してしまったのでね」

手紙を書いたジャックは鷹の足に括《くく》りつける。甲高く一声鳴くと、大空へと舞い上がっていった。

「凄い！　あの子が連絡役になってくれるのね？」

「そういうことです」

もしもの時の対策を考えてくれていた皆に感謝しかなかった。

・ソウとヨアニス（ソウ視点）

ユール国のレイヴィスカ王女が俺《おれ》に接触してくるかもしれないことは、予想していた。

シノノメ国との関係に暗雲が立ち込めている状況だ。

どちらの国とも交流があり、和平交渉にセフォルズの力を借りたいと申し出てくるかと思っていた。

実際、二人きりで話したいことというのはそういった相談事だったのかもしれないが、同じ王族だからこそ思う。レイヴィスカ王女は声の掛け方が下手過ぎた。

人目が多い場所で俺に声を掛けたこともそうだが、何よりナターシャがいるにもかかわらず二人きりの提案は最悪だ。

更にその後、俺に二人きりの提案をした直後にヨアニスのことが好きだと言ってしまったことも。

「男好きの王女って、明日から言われちまいそうだよなぁ」

「気掛かりだよね。コーラル皇子だけでも厄介だというのに」

ヨアニスと共に溜息《ためいき》を吐《つ》き合う。

城の執務室にてコーラル皇子やレイヴィスカ王女、ユール国、シノノメ国についての書類を確認しているのだが、仕事の進み具合は悪い。

今日中に目を通しておく分は済み、書類を睨《にら》みつけながらペンを走らせるヨアニスに目を向ける。

「ヨアニス。王女に告白されて、少しは嬉《うれ》しいとか光栄とか思ったりしたのか？」

長い付き合いだが心の中までは当然読めず、少しの好奇心で聞いてみたのだがすぐに後悔する。

ヨアニスの瞳《め》は怒りを湛《たた》え、口元は冷笑を浮かべた。

「そんなわけないだろう？」

「悪ぃ。けどレイヴィスカ王女って雰囲気がメアリアン嬢に似てねぇ？　好みのタイプじゃねぇの？」

「似てないよ。好みでもない」

　ハッキリと否定するヨアニスを見て思う。

　俺もナターシャと容姿が似ている女や、はたまた性格が似ている女、手料理が得意で弁当を作ることが好きだという女が現れたとしても、似ているとは多少感じるかもしれないが、好みとは思えないだろう。全《すべ》てが合わさってナターシャなのだから。

「寧《むし》ろ、嫌いなタイプだね」

「マジか？　顔は綺麗《きれい》系だし、俺やお前に冷たくされても喚《わめ》くタイプでもなかったぞ？」

「そういう問題じゃないよ。レイヴィスカ王女はナーさんを悲しませた。だから私の敵だよ」

　王女がナターシャを悲しませた？

　学園の裏庭で話をしていた時、元気がないようにも見えなかったが……。

「ナターシャ、悲しんでいたか？」

「私には悲しんでいるように思えたし、困っているようにも見えた。ソウンディクがきっぱりと王女の誘いを断ったから安堵《あんど》していたけどね。君がユール国のことを慮《おもんぱか》って少し話してくると言っていたら、きっとナーさんは涙を浮かべていたと思う。私にとっては、何より許せないことの一つだよ」

　ナターシャを悲しませる奴《やつ》は敵ってわけか。

　俺とて同じ気持ちだが、ヨアニスにほんの少し疑いの眼差《まなざ》しを向けてしまう。

「何かな、その目は？」

「今まで何回も聞いちまっているが、ヨアニスお前、マジでナターシャのこと……」

「恋愛対象じゃない。そう何度も答えているよね？　ソウンディクとナーさんは私にとって同列だよ。ただまぁ、例えば二人が同時に困っていて、私が片方にしか手を貸せなかったら、ナーさんに手を貸すだろうけど」

「そんなことまで言うのに、それでもナターシャを恋愛対象にしねぇのは俺に気を遣ってか？」

「恋愛感情を抱きそうだったら、確かに君に遠慮したかもしれないね。でも違うよ。ナーさんはね、私にとってヒーローなんだ」

「ヒーロー？　ヒロインじゃなくてか？」

「そう。ヒロインじゃなくてヒーロー。物語の中で、誰にでも手を差し伸べてくれる。私だけじゃなく、ジャックにとっても、アークライトにとってもそうだったんじゃないかな。私はナーさんが声を掛けてくれなかったら、ソウンディクと友人にはなれなかったと思う。それどころか自分の能力を持て余して、良くないことばかりしていたかもしれない」

「今じゃ、お前の方がよっぽどナターシャにとってはヒーローだと思うけどな」

「あはは。そうあれたら嬉しいと思うけどね。ソウンディクにとって、ナーさんは唯一のヒロインだろう？　私やジャック、アークライトを気にする必要はない。敵は一人だと定めて、頑張りなよ」

「ああ」

ヨアニス達と同じように、俺もナターシャに救われている。しかし俺の心に湧《わ》いたのは愛情。

ヒーローのような勇ましい姿も可愛《かわい》いと思うが、輝く笑顔や日に日に育っていくナターシャの身体《からだ》を見続け、生唾《なまつば》を飲み込んできた。

去年から、寝台でその姿を余すことなく俺に晒《さら》してくれて……ヤベェ、脱線した。

まだ目を通さなければならない書類が塔になっている。

頭を振って、いつの間にか俺より集中して仕事をしているヨアニスに再び声を掛ける。

「前々から聞きたかったんだが、ヨアニス。お前、メアリアン嬢のどこが好きなんだ？」

「藪《やぶ》から棒だねぇ」

「そうでもねぇだろ？　男しかいねぇが恋愛の話も前からしていたじゃねぇか。お前の好きなタイプの女も聞いたことねぇし」

「ソウンディクの好みの女性はナーさんだもんね」

「当たり前だろ」

「即答出来るところが素晴らしいね。私の好きなタイプの女性か。あんまり意識したことないけど、君とナーさんに迷惑を掛けない女性は好感が持てるかな」

「それは男も女も変わらねぇお前の評価だろ？　女のこういう部分がいいとかねぇのか？　胸が大きい、小せぇとか」

「別に気にならないね」

「……じゃあ、本気でメアリアン嬢はどこが良いと思ったんだよ」

百人中百人の男が美人と評価するメアリアン嬢だが、ヨアニスが彼女を意識し始めたのはいつの頃《ころ》からだっただろうか？

情けないが、ナターシャと恋人になれるまでは恋愛に関してはナターシャのことで手いっぱいで、ヨアニスがメアリアン嬢を好きだと知って安心したことしか覚えていない。

「……ふふふ」

「何だよ。笑えるくらい楽しい思い出なのか？」

今日初めて楽しそうに笑うヨアニスを見て、改めてメアリアン嬢のことをヨアニスが好いていることが確信出来た。

「私にとっては楽しい思い出だけど、メアリアン嬢にとってはまさか他人に見られていたとは思ってもいないことがきっかけさ。恥ずかしい思い出過ぎて、記憶から抹消している可能性が高いね」

「よく分からねぇけど、つまり、メアリアン嬢の何か恥ずかしい姿を見て、好きになったってことか？」

「そういうことだね」

そんな捻《ひね》くれた恋愛のスタートで大丈夫なのかと友として心配になる。

一体何があったのか気にはなるが、王子の俺に知られることはメアリアン嬢にとっては嫌だろう。好みの女性のタイプについてヨアニスにはぐらかされてしまった結果だが、また別の機会にしよう。

書類に集中しようとしたその時、ガタガタガタッ！　と、執務室の窓が揺れた。

強風でも吹き荒れたのかと思ったのだが……。

「おや」

ヨアニスが立ち上がり、窓を開けると、一羽の鷹が部屋に入ってくる。

その鷹の姿を見て青褪《あおざ》める。

「ナターシャに何かあったのか!?」

「落ちつきなよ、ソウンディク。命の危機の知らせの手紙の色じゃないだろう。ただ、何かがあったのは確からしい。ナーさんが急遽《きゅうきょ》城に泊まりたいらしいから、先触れを出しておいたことにしてほしいってさ。手続きしにいってくる。ソウンディクは迎えにいっておいで」

「助かるぜ。そっちは任せた」

執務室を出ていくヨアニスを見送り、俺も席から立ち上がり部屋を出た。

・二年目初日はまだ続きます

「間違いなくコーラルの差し金だろう」

「そうよね。けど、サイダーハウドさんは悪い人ではないのよ？　お父様を尊敬しているみたいなの」

王城に到着するとソウが満面の笑みで出迎えてくれて、抱きつきたい衝動を堪《こら》え、恭しく頭を下げてソウの手を借りて馬車を降りた。

ジャックはハーヴィ家の屋敷の様子を確認に戻ってくれた。サイダーハウドさんとも話してみるつもりらしい。

私はソウに手を引かれ、執務室へと案内された。

部屋にはよっちゃんが待っていてくれて、私の話をソウと共に聞いてくれている。

「……不本意だけど、サイダーハウドを受け入れようか」

「え⁉」

一番反対しそうなよっちゃんが意外なことを言い出して驚いてしまう。

ソウも眉《まゆ》を寄せながら、腕を組み唸《うな》る。

「……すげー嫌だけど、俺《おれ》も賛成寄りだ。つってもナターシャ誤解すんなよ？　コーラルに気を許したわけじゃない。俺もヨアニスも去年から探しているものがあるが、なかなか見つからなくてな。その探し物にサイダーハウドが当てはまるっちゃあ、当てはまる」

「二人の探し物って？」

「ナーさんの護衛だよ。年が近いか、凄腕《すごうで》かで探している。でもナーさんも知っているだろ？　去年、学園内で行われた武道会で、優勝はソウンディクで、まさかの準優勝が私だった。そして三位はジャック……はぁ。溜息《ためいき》が出るよ。騎士候補達もいるのに、ソウンディクはともかく、私やジャックにあっさり負けるなんて嘆かわしすぎる」

「よっちゃん、あんまり嬉《うれ》しそうじゃなかったわね」

ソウとジャックは笑顔で表彰されていたが、よっちゃんは無表情だった。

いや、そこもクールで素敵と女の子達は騒いでいたけど、よっちゃんだって嬉しいことや楽しいことがあれば笑うのに、少し不思議だったのだ。

「ナーさん。私は宰相になる。ナーさんを守る役目をいざという時に私は担えないかもしれない。だからこそ、ダークホースのような存在を期待してシャルロッティ学園に私もソウンディクも入学した。私やソウンディク、ナーさんやジャックも知らない逸材と学園で出会えるのではないかと思ってね」

「とっても有難いけど、ジャックじゃダメなの？」

「ジャックは執事でナターシャの職務の補佐も担うことになるだろう。お前を守る護衛役が欲しい」

「うん。常にナーさんの傍《そば》にいて、ナーさんに恋愛感情を持たない人間でね」

「恋愛感情を持たない人間？」

「どこかの王子様がナーさんに近寄る男みんなにヤキモチを妬《や》くからさぁ。事あるごとに護衛役の騎士を選ぶのが大変だよ」

「しょうがねぇだろ！　俺のナターシャだぞ！」

きっぱり俺のって言われるととても恥ずかしく、嬉しい。真っ赤になって俯《うつむ》いてしまう。

「女が最良だけどなぁ。難しいか」

女の子で強い子かぁ。確かにそんな子がいたら心強いけど思い浮かぶ人はいない。

「コーラル皇子が何を考えてナーさんの傍にサイダーハウドを置いたかは探っていくけど、彼以上に強い男はなかなかいないだろう。今年はセフォルズに王族が集まることが多い。ユール国とシノノメ国の連中がセフォルズ内で騒動を起こさないとも限らない。今朝言った、城に住む提案もね、ナーさんさえ良ければと思ったんだけど……」

よっちゃんが私を見つめてきて、申し訳ないが首を横に振る。

二人を落胆させてしまうかと思いきや、よっちゃんにも、そしてソウにも微笑《ほほえ》まれてしまう。

「ナーさんらしいよねぇ」

「そうだな」

「どういう意味？」

首を傾《かし》げてしまうが、機嫌良く笑っていたよっちゃんの纏《まと》う空気がズンッと重くなる。

「レイヴィスカ王女をセフォルズ滞在中、王城に住まわせてほしいと申し出がされていてね」

「滞在中の住居は検討を重ねて安全な屋敷を用意してある。王女の荷物やユール国から王女の護衛で付いてきた騎士達も既に屋敷に到着している。無論、それ相応の理由があれば王城での滞在も受け入れるが……」

ちらっとソウがよっちゃんに視線を向けると、微笑みが冷笑に変化していた。

「王女は一人で留学してきたんじゃない。一つ上の学年に、王女の幼馴染《おさななじみ》でもある近衛《このえ》騎士が留学してきた。この騎士が、まぁ王女殿下に甘い。王女の身を案じてのこともあるようだけど、私やソウンディクとの接点を多く持たせるために住まわせたいとストレートに申し出てこられてしまってね。丁重にお断りしたよ。何かお困り事がありましたら、お力にはなりますとはお伝えしたけどね」

「シノノメ国の王子との婚約が破棄される確率が高い王女のことを考えての提案だろうけどな」

「……あの、聞いてもいい？」

「何だ？」

「何でも聞いていいよ、ナーさん」

ソウもよっちゃんも忙しいのに、時間を作ってくれたのだ。

ここはハッキリ聞きたいことを聞くことにする。

「城への滞在は王女様が言い出したわけじゃないのよね？」

「ああ。近衛騎士の男が言い出した」

「その場に王女殿下も同席していたけどね。あぁ、でもそう言えば『そのようなことは言い出さなくていいのです』って騎士を止めていた気がするな」

なるほど。じゃあ……

「近衛騎士の方って、お顔が整ってない？ ソウやよっちゃんにも負けない感じじゃなかった？」

ヒロインを溺愛《できあい》している近衛騎士。しかも幼馴染。

間違いなく、シノノメの王子様に続いて二人目の新たな攻略対象者！

「……ほんっとナーさんは予想外の質問をしてくるよね」

「お前、前にも同じようなこと俺に聞いてきたことあるよな。マジで後ろ暗い気持ちねぇからだろうけどよ」

「はぐらかさないで二人とも。大事なことなのよ」

「確かに容姿は整っている方じゃないかな。それはともかく、何で大事なんだい？」

……しまった。やっぱりよっちゃんには迂闊《うかつ》な質問は出来ない。

けど、新たな攻略対象者を五人見つけ、その上でヒロインでもある王女様の様子を見させて頂きたい。

教室での告白は真実で、よっちゃんのことを好きだとしても王女様の想いが通じるかは分からない。

例えば、万が一、ヒロインが誰《だれ》とも結ばれなかったらどうなるだろう？

ゲームであれば、ストーリーの中で一番好感度が高いキャラとの友情エンドとかが用意されているけれど……。

ユリアちゃんはコーラル様が好きだった。でも結ばれたのはライクレン君だった。

ヒロインでも思い通りにはいかない世界。だからこそ悪役令嬢として転生してしまった私も、王子様であるソウと恋人になれた。

ソウに嫌われないようこれから先も努力していく決意は固めている。

王女様がソウを選ばないのなら、もしかしたらソウ攻略の上での悪役であるナターシャ・ハーヴィとしては安心していいのかもしれない。

けど私はこの世界に生きていて、王女様は私の友人であるよっちゃんを好きだと言っている。

よっちゃんは天才で優秀だけれども、一国の王女様から夫にと正式に求められたら、断るのは難しいだろう。素知らぬフリで、自分とソウだけ幸せになんてなれない。

「……もしかしたら王女様のことを近衛騎士さんは好きなんじゃないかなって思ったの」

「近衛騎士が？」

「うん。王女様を支えるために近衛騎士の方は共に留学していらしたんでしょう？　王城に住めるように他国に進言することってなかなか出来ないわ。王女様のことを想って、無礼を承知の上で言ったと思うの。だからって王女様がお城に住むことに賛成ではないのよ？　ソウは私の恋人だし、よっちゃんには好きになった人と幸せになってもらいたい。王女様にも自分を好きと想ってくれる人と幸せになって頂きたい。だって、シノノメ国の王子様には他に好きな方がいるんでしょう？　寂しいじゃない」

公式通りなのかも分からない。王女様にとっても近衛騎士の方にとっても余計なお世話に違いない。
それでも、私は明日、学園で王女様に話し掛けてみようと思うのだ。

「……ナターシャは昔から変わらねぇな」

「そうかな？　自分では変わったつもりなのよ？」

前世の記憶を思い出し、ソウと恋人になれているんだもの。
少しは自分に自信を持ててもきているのに……。

「根本が変わらないってことさ。困っていそうな王女様を放《ほう》っておけないんだろう？　そこに関してはナーさんの好きにやっても問題ないと思う。女性同士じゃないと話せないこともあるだろうからね」

良かった。二人に反対されたら、ユリアちゃんの時と同様、こっそり話し掛けないといけないと考えていたから。

「ふふ。それじゃ、私はクライブ家の屋敷に戻るよ。夜は長い。二年目の初日から大変だったね。二人で英気を養うといいよ」

「……え？」

「おう。また明日な」

私の肩を抱いて、よっちゃんを見送るソウと、こちらを一切振り返らず部屋を出ていってしまったよっちゃんを交互に見遣《みや》る。

「何ぽかんとした顔してんだ。今日は泊まるんだろ？」

鼻歌交じりに歩き出すソウを止めることなんて、私には出来なかった。

・王子様を独り占めです

「ナターシャ。俺《おれ》に我儘《わがまま》言う気ねぇか？　二人きりになりてぇとか、二人で旅行に行きてぇとか、学園に通うのをやめてぇとか、明日にでも結婚したいとか」

「ソウったら、それはソウがしたいことじゃないの？」

「……正解だ」

ソウの私室のソファの上で、ソウの膝《ひざ》の上に乗せてもらい抱き締められている。

時計を見ればやっと日付が変わる頃《ころ》。……長い一日だった。ソウが弱音を吐くのも頷《うなず》ける。

私の肩に顔を埋《うず》めるソウの頭に手を置いて、優しく撫《な》でる。

「お疲れ様。ソウ。本当はいけないことなのかもしれないけれど、王女様のお誘いを断って、私を優先してくれてありがとう」

「いけないことなんかねぇよ。俺はいつだってナターシャを優先するし、お前しか見えない」

抱き締める力を強くされながらも、言葉は甘く優しく囁《ささや》かれる。

幸せな気持ちが心を満たす……でも他国の王族との交流も大切なのは分かる。

脳裏にコーラル様とレイヴィスカ王女のお顔が浮かぶ。

「私が王女様とお話ししちゃうと、ソウにまた迷惑をかけちゃうかもしれない」

「気にするな。俺とお前の気持ちは同じだろ？　コーラルはともかく、レイヴィスカ王女とは良好な関係を築けたら良いとは思っている。今度やってくるシノノメの王子ともな。明日、王女と接触して話を聞けたら報告してくれ」

「分かったわ」

「よーし。じゃあもうこの話終了！　ナターシャ、補給させてくれ」

「補給？」

「俺の愛《いと》しい恋人を目いっぱい堪能《たんのう》させてくれってことだよ」

「わっ……きゃぅ」

後頭部にソウの手が回され、お互いの唇が触れ合う。

急な口付けだったので、開いてしまっていた唇の隙間《すきま》からソウの舌が侵入してくる。

舌が絡み合い、唾液《だえき》が溢《あふ》れ、くち、くちゅと厭《いや》らしい音が耳に届いてしまう。

呼吸する間もないほど、深く重ね合わされた口付けを繰り返され、息苦しくなってくるとソウが見計らっていたらしく、解放してくれた。

「もっと、味わってもいいよな？」

「んっ、ぅん……」

「俺はナターシャにずっとキスしてぇからさ、制服、脱いでおいてくれよ」

返事をする前に再び唇が塞《ふさ》がれる。

震える手で制服のボタンを外し、シャツを脱ぐ。

下着はどうしたらいいのかと、窺《うかが》うようにソウを見つめると、楽しそうに目を細められ、ちゅうっと舌を吸われたので、脱げということでいいのだろう。

自分の背中に手を回し、ブラのホックを外した。

困ったことに大きな胸はブラを外すと揺れ、その先端を尖《とが》らせてしまっている。

自分で見ても厭らしいその様は、ソウにも当然見られていて、キスをやめ、ソウは胸の谷間に顔を埋めた。

輪郭を描くように舌が這《は》わされ、すんすん匂《にお》いまで嗅がれてしまう。

「あっ。きもちぃ……」

「可愛《かわい》いぜナターシャ。もっともっと、気持ち良くなれ」

「あぁっ！　あんっ！　……あぅっ」

ふふっと吐息を漏らしながら胸の間で笑われる。

胸を下から掬《すく》いあげられ、両胸の乳首を擦《こす》り合わされる。

くにゅくにゅと、乳首同士が触れ合う感触に腰が震える。

痛いほど勃《た》ち上がってしまった乳首をソウは口に含み、ちゅうちゅうと吸いながら、舌で擽《くすぐ》る。

「ひゃぅっ！　あんっ！　ソウっ。両方はダメぇっ！」

「ダメじゃないだろ？　いつも素直なナターシャが、嘘《うそ》はいけねぇなぁ？」

「ダメなの。吸うのもダメ！　あっ！　あっ……下着濡《ぬ》れちゃう」

「濡れちゃうんじゃなくて、濡れているだろ？」

スカートの中に手を差し込んだソウに、下着越しに陰核を突かれる。

危うくそれだけで達してしまいそうになってしまう。

「あっ、はっ……んんっ」

「俺の膝が濡れちまってんだけどぉ？　キスと胸の愛撫《あいぶ》だけで、イキそうだったか？」

腰を浮かされ、ソウの膝を見てみれば確かにそこにはシミが出来てしまっていた。

「ご、ごめんなさっ……きゃあ！」

「ここで謝られるとすげー興奮する」

どうして⁉　ソウの興奮するポイントが未《いま》だに分からない。

素早く衣服を寛《くつろ》げたソウは、私の服も全《すべ》て脱がし、裸で抱き締め合う。

陰核にソウの陰茎が擦りつけられた。

「あぁっ！　ん！　ふぁっ……あんっ、擦っちゃいやぁっ」

「ぐちゅぐちゅ、音がしているな」

硬く熱い陰茎が大きさを増していく。

時折膣《ちつ》口を擦られ、期待したように下半身が疼《うず》く。

腰を動かしながらソウは私を抱き締め、肩や鎖骨にキスマークを付けていっている。

人に見られない位置なら付けられても問題ないと思えるけど、今は、その優しいくすぐったい刺激よりも、膣を熱い陰茎で突いてきて欲しい。

「ソウっ。んっ、ぁ……」

「んー？　どうした？」

分かっているくせに！　素知らぬ顔で、私の身体《からだ》中にキスをし、ソウはなかなか膣に触れてくれない。寧《むし》ろ、わざとずらして陰茎を擦りつけているように思える。

「もう、弄《いじ》って欲しい……」

「可愛いけどもう一声だなぁ」

「ええっ⁉　な、なんで、ちょっと意地悪するのっ……やんっ」

胸の先端を強めに吸われて背筋を震わせると、腰を支えられ、ソウを跨《また》がされる。

陰核と擦り合わされていたソウの陰茎は、先端から透明な液体を垂らしていて、膣口に宛《あて》がわれるとぐちゅっと粘着質な音がした。

すぐに挿入してくれるかと思いきや、動いてくれない。

「俺を欲しがってくれよ、ナターシャ」

ソウの肩に手を置いているので、切なげに見上げてくるソウにきゅんとしてしまう。

カッコいいのに可愛く見える不思議！

「ソウ。挿《い》れて、欲しいっ……」

精一杯のお強請《ねだ》りをしたのに。

「何を？　ちゃんと言わねぇとダメだな」

「っ！」

可愛く見えた顔は、意地悪そうに口元に弧を描いていた。

ソウだって我慢しているのが辛《つら》いようで、先端は膣の中に入ってきているというのに、奥へは進んでくれず、膣口付近で出入りを繰り返す。

そのもどかしさに、唇を噛《か》みしめ、決意を固める。

それでも、とてもじゃないがソウと目を合わせながら言うことは出来なくて、身体を屈《かが》めて、ソウの耳元で、そっと囁く。

「大きなソウので、いっぱい、ナカ突いて欲しい」

「っ！　……マジ、さいこぉっ」

「きゃあああんっ！」

一気に、膣を陰茎が満たす。

去年から幾度も抱き合っているのに、息が詰まるほどの熱さに、ドキドキと心臓が高鳴る。

はっ、はぁと必死で呼吸をしていると、私の呼吸に合わせて、ソウは下から突き上げ始める。

「あんっ！　あぁっ！　きもちぃっ……ふぁああんっ！」

「俺もきもちぃ。愛しているナターシャ」

「んっんぅっ。私もっ、ソウっ、あっ、大好きぃいっ」

ソウの腰の動きが早められ、身体を揺すられる。

その度にソウを誘うように揺れる胸にソウが口付けてくれて、下からの激しい突き上げと、胸への優しい愛撫に快感がこみ上げ涙が自然と瞳《ひとみ》に溢れだす。

ソウの頭を抱き締め、ソウの匂いを私も嗅がせてもらうと、酷《ひど》く安心も出来、興奮もしてしまう。

大好きで堪《たま》らない。

「ソウっ」

「ん？　何だ？」

「ほんとは、二人きりになりたい。ソウとだけいたいの。でもっ、あんっ！　ダメなのも分かってい
るからっ……王女様より、ソウに好いてもらえるよう、私、頑張るわ」

レイヴィスカ王女様は、一国のお姫様だけじゃない人。一つの物語のヒロインでもある。

美しいお姫様だった。だから、私も今まで以上に頑張らないといけない。

ソウに、ずっと好きでいてもらえるように……。

「大好きよソウ。ぇ……ふぁあっ⁉」

「……」

大好きと言いながらソウの額にキスをしたのだけど……まさか、その瞬間、ソウが膣内で射精してしまった。

熱い飛沫《しぶき》の感覚に、つられて私も達してしまうが、ソウは無言。

「ソウ？　どうし、ぁっ……やぁんっ！」

ソウの顔を覗《のぞ》きこもうとしたら、再び律動が開始される。

「可愛過ぎること言って、キスまでしてきやがって……」

「あんっ！　ごめんなさっ……怒っちゃや、ぁあんっ！」

「お陰で俺は予想外に達しちまったよ。クソダセェ。マジでお前には敵《かな》わねぇよ」

「嘘？　嘘でしょ!?　あぁぁあんっ！」

お互いが繋《つな》がったまま、ソウは私を抱え上げ、そのまま寝台に降ろされる。

下からの突き上げから正常位の体勢となった。

突き立てられる陰茎の角度が変わり、刺激される部分が変わっただけで達してしまう。

「ナターシャこそ……」

「はぁっ。んっ……な、に？」

「コーラルに気を許すなよ？　お前は俺のもんだ。そんで俺もお前の。学園でもお前以外の女に興味ねぇって言っただろ？　信じろ」

「うん。信じる」

見つめ合って微笑《ほほえ》み合いながらどちらからともなくキスをし合う。

気を失うまで抱き合うことになり……次の日の朝、城から学園に向かう馬車の中で、疼く腰の痛みに加減してもらえば良かったと、少しだけ後悔した。

・続編は怖いフラグが多いようです

次の日。学園の授業が開始し、休み時間にレイヴィスカ王女様に声を掛けようと思ったのだけど、まさかの王女様が学校にいらっしゃらなかった。

一学年上の近衛《このえ》騎士の方も共にお休みされているみたい。

「よっちゃんにフラれたことが相当ショックだったのかしら」

「どうですかねぇ？　一度や二度フラれていちいちショック受けていたら、ヒロインやってられませんよ。ナターシャさんだって経験お有りでしょう？　デートのお誘いとかこっちから電話掛けて『すまない。その日は用事がある』みたいな冷たい言葉返されたこと」

「うわー。あるー。思い出すー」

「アレ、地味にショックですよねぇ。で、リセットしてもう一度お誘いするとＯＫ貰えたりして、どういうことじゃーい！　って画面越しにムカついたこと数え切れませんよ」

「でもここは現実だからリセットは出来ないもんね」

今現在、私はユリアちゃんと二人でお昼を食べている。

ユリアちゃんがモグモグ食べてくれているのは、王女様と一緒に食べようと思って作ってきたお弁当。女の子同士、少しでも昼食を楽しんでもらえたらと思い、彩りに気を配って作ってみた。

季節のお野菜の煮物には飾り切りの野菜たち。

お握りも小さく丸く結び、ピンクは紫蘇《しそ》、黄色は卵、緑は高菜と味も拘《こだわ》り、箸《はし》でもフォークでも簡単に食べられるように工夫も凝らした。

お弁当の見栄え一位じゃないかと思っている海老フライも入れ、まだ少し肌寒い時がある春の昼食のために、温かいお味噌汁も用意してみた。

「最高ですぅ。お腹《なか》もあたたまって美味《おい》しい。王女様も喜んでくれますよ絶対！」

「ユリアちゃんにそう言ってもらえると自信つくわ。明日はお誘い出来るといいんだけど……」

「ガッツですよ、ナターシャさん。ご馳走《ちそう》さまでーした！」

両手を合わせてご馳走様をしてくれたユリアちゃんに笑みを向けて、お弁当箱を受け取った。

自分も食べ終え、今日の本題に入る。

「ユリアちゃん。聞きたいことが溜《た》まっています」

「宜《よろ》しいですよナターシャさん。お弁当のお礼に、お聞きしましょう」

足を組み、その足の上に手を置いてユリアちゃんが楽しそうに笑う。

もう！　友達だって言ってくれているのに、全部は話してくれないんだもんなぁ。

……聞き過ぎて備え過ぎるのも良くないことなのは分かるけどね。

「ありがとう。あのさ、今のところ、公式通り？」

「いえ、全く」

「全くなの!?」

「ええ。ナターシャさんから2のヒロインのお話聞いて驚きました。初日で攻略対象者に告白なんて相手が誰《だれ》であろうと有り得ません。よほどヨアニス様のことがお気に召されたのか……。ヒロインに関してはもう少し調査が必要だと思います」

「そっか……あ、あと！　コーラル様、私のクラスの担任だったよ!?」

「あははは。それは実は予想しておりました。公式では王族や貴族と関わることを避けるために、1

のヒロインである私やジャック君が在籍するクラス担任になっておられましたけどもぉ。コーラル様はナターシャさんのことを好きですからね。ナターシャさんがいるクラスのご担当になるんじゃないかと予想はしていました」

「予想していたなら教えてくれたらいいのに」

「いやいやだって、公式では違いますからね。担当教科も違いました。公式では数学。地理歴史科ではなかったです。まず間違いなく一学年の時のナターシャさんの成績表でも手に入れたかして、ご担当になられたのだと思いますよ」

「そんなぁ。あ！　そう言えば、去年コーラル様とお約束したユリアちゃんと二人きりで会うって話はどうなったの？」

「それならば先ほど約束を守って下さいましたよぉ」

「本当!?」

去年はお姿を見せなくなってから、少なくとも私の前にはコーラル様は現れず。

もしやこっそりユリアちゃんに会いにいらしていたのかと思ったのだが、ユリアちゃんからも去年お会いすることはなかったと報告されていた。

「地理歴史科の担当教諭の部屋にお呼び下さったんです。ふふふ。コーラル様と二人きりになれるなんて幸せでした」

「それで!?」

「それで、とは？」

「コーラル様に、アプローチみたいなことはしたの？」

「まさか。大ファンですとはお伝えしました。コーラル様からもそれは光栄ですと言われ、二年間宜しくお願いしますね、とも言われたので、こちらこそとお答えしました」

「ええ？　いいの？　だってユリアちゃん、コーラル様のことが大好きでしょう？」

「もちろん大好きです。しかし、今の私にはライ君がおりますからね。ライ君にコーラル様であろうと誰であろうと、私がアプローチみたいなことしているのが疑われるだけで……閉じ込められちゃうかもしれないですもん」

あ、ユリアちゃんが珍しく遠い目になった。

薄々気づいていたのだけれども、ライクレン君、束縛気質なところある。

それもこれもユリアちゃんのことをライクレン君が大好きで、そのユリアちゃんがかなり奔放なのも理由だろう。

「あと聞きたいのはヒーローのこと。この人だって分かれば教えてくれるって言ったよね？　シノノメ国の王子様とレイヴィスカ王女殿下の近衛騎士の方で、正解？」

「正解です。とは言え、出会われてはいないのでルール違反な気もしています。私、去年ナターシャさんと会ってお話しして感動したんですよ。公式の知識なく、前世の記憶もなくナターシャさん自身の力でヒーロー達と絆を持っていた。2のヒーロー達のことも、余計な知識なく出会ってほしいと思っています。しかし、国同士の諍《いさか》いがあるようなので、ナターシャさんが何も知らないのは危険ですね」

「ユリアちゃん……」

「でーもぉ、ナターシャさんが分かったことしかお話は致しません！　2のメインヒーロー。シノノメ国の王子様。ロウルヴァーグ・ゼン・シノノメ様です。腰まで伸ばした黒髪を白い髪紐《かみひも》で結ばれていて、剣の腕はピカイチ。シナリオ内でサイダーハウドさんと剣を交えるシーンがあるんですが、見物ですよぉ」

「やっぱりシノノメの王子様がメインヒーローなのね。あ、ちょっと待って、ソウ攻略の悪役令嬢が私なら、ロウルヴァーグ様攻略の悪役令嬢がいたりする？」

「ご明察！　もともとロウルヴァーグ様の婚約者だった女性。来月シャルロッティ学園に王子殿下と共に留学してくる、ミイツア・ベルン。シノノメ国内のユール国との友好を反対する一大勢力のトップの娘です。だからこそ、レイヴィスカ王女との結婚も猛反対。そして、前作の悪役である公式のナターシャ・ハーヴィと違い、ロウルヴァーグ様のことをちゃんと好きでもある。公式のナターシャ・ハーヴィはソウンディク様のことを好きではなかったと言いましたよね？　けど、ミイツア・ベルンは違う。ですから、しっかり悪役的なことを王女殿下に仕掛けて最後は……」

「最後は？」

ゴクリと、生唾《なまつば》を飲み込む。

「断罪。死刑です」

「死刑!?　可哀相《かわいそう》！」

同じ悪役令嬢として気の毒で仕方ない。

しかも公式の私と違って、ちゃんと王子様のことを好きだから王女様に対して悪いことをなさるんでしょう？　やり方はともかく、その理由は愛故なのに……。

「ロウルヴァーグ様は、ミイツアさんのことをどう想っていらっしゃるのかしら？」

「当初は何とも思っていなかったようですが、レイヴィスカ王女との仲が親密になっていくにつれ、ミイツアを憎んでいきます。ロウルヴァーグ様はなかなか好戦的な方でしてね。ミイツア・ベルンに死刑を執行するのは、王子殿下ご本人。惨殺によって、ミイツア・ベルンは、命を落とす」

「っ」

息を飲んで青褪《あおざ》めてしまう。

「……ナターシャさんに、２のヒーローの皆さんとも、事前知識の偏見なく出会ってほしいと願っておりますが。ロウルヴァーグ様にだけはお気をつけて。残り三名のヒーローと比べても、一番恐ろしい方がロウルヴァーグ様です」

「そうなんだ。じゃあ近衛騎士の方はどんな人？」

「２においてのジャック君のような方で、一番の常識人で王女殿下の幼馴染《おさななじみ》。初めにお会いするのなら、近衛騎士グラッドル様が最良と思われます」

王子殿下はロウルヴァーグ様、近衛騎士さんはグラッドルさん。覚えたわ。

「ワンポイントアドバイスとしては、ロウルヴァーグ様とミイツア・ベルンが留学してくる前にレイヴィスカ王女と接触してみた方がいいと思います。レイヴィスカ王女がこのままヨアニス様を慕い続けるかどうかが重要なんです」

「どうして？」

「戦争の有無が決まるからです。ロウルヴァーグ様と結ばれれば、ユールとシノノメは友好国として長きに渡る平和を手に入れる。しかしロウルヴァーグ様以外の方を選ばれた場合、ユールはシノノメの領土となる。戦争によってね。私達は幸いなことに戦争を体験せずに生きられた前世でしたよね。しかし今は違う。戦争の規模は、私でも分かりませんが、公式ではシノノメの勝利が決まっています。実際に、シノノメ国の戦力の方が勝るのでしょう。この辺りは、本当に戦争が起こった時にヨアニス様に確認して頂いて下さい」

「シノノメ国が勝利するということは、ユール国の人達はどうなるの？」

「滅ぼされるほどではありませんが、多くの方が命を落とすことになるでしょう。公式ではさらりと『戦争が起こり、シノノメ国が勝利しユール国を手に入れた。王女は国を失うが、愛する○○と支え合いながら幸せになりました』となります」

「王女様は幸せになれるの？」

「分かりません。ナターシャさん、私は2のヒロインともヒーローとも接触するつもりはありません。彼女達の物語です。私はなかなか困った部分もある恋人が出来ていて幸せです。ただナターシャさんを心配しています。友達ですから」

「ユリアちゃん……」

「戦争となれば、セフォルズも無関係ではいられないでしょう。公式では記されていませんでしたが、ソウンディク様やアークライト様にも危険なことが起こるかもしれない。そして、王子妃となられるナターシャさんにも……」

「戦争を回避するにはどうしたらいいのかは分かる？」

「公式では両国の王子と王女が結ばれることのみが唯一の方法。私が言うのも何ですが、どうか無茶なことはなさらずに」

「……うん」

「お返事に間がありましたね。とっっってても心配です。心配してもしょうがないんでしょうけどね。先日も言いました。私はナターシャさんの助っ人キャラ。ナターシャさんの『助けて』にはお応えするとお約束しておきます」

　味方が多くて、とても心強くて嬉《うれ》しい。

でも一体何から考えればいいのか分からなくなってきた。

戦争が起こるかもしれない要素があるなんて予想外。

起こってないのだから今から心配してもどうしようもないけど、出来ることはないだろうか？

「大丈夫ですよ」

「え？」

「ナターシャさんは必殺アイテムをいっぱいお持ちですから」

必殺アイテム？　一つも思い当たらない。首を傾《かし》げる私を見て、ユリアちゃんは楽しそうに笑った。

「しょうがないですねぇ。ナターシャさんはこれからお忙しくなり、こうして私とお話しするまで間が空きそうなのでもう一つおまけでアドバイスしておきます。いろいろ不安なこともお有りでしょうが、この世界で一番大きくて、力を持っているのはディルティニア帝国です。シノノメもユールも敵《かな》いません」

「……えっと」

必殺アイテムってそういうこと⁉　不敵に微笑《ほほえ》む帝国の第三皇子様の顔が脳裏に浮かんでしまう。

「ご相談なされたらお喜びになられると思いますよ？　ロウルヴァーグ様より、私の知る限り、ずっとず——っと、お優しいお方ですもん。以上でーす！　またの昼食会を楽しみにしておりまーす！　ソウンディク様達がいらっしゃるところまでお送りしますよ。ナターシャさんが学園内で一人にならないというのは、私も賛成ですから」

私の手を引いて、軽くスキップしながらソウ達の元へと向かって行くユリアちゃんとは真逆で、私の足取りは重い。

コーラル様のお手をお借りすることにならないためにも、頑張らなきゃ！

・よっちゃんとメアリアンは似ているかもしれません

「なんでこんな時に視察に行かなきゃならねぇんだ」

「ソウ。視察は大事よ。よっちゃんも、そんな仏頂面《ぶっちょうづら》じゃ視察先の方々が怖がっちゃうわ」

「私はソウンディクやナーさんと違って無愛想だし、もともと怖がられているから問題ないよ」

そんな捻《ひね》くれたことを言っちゃうくらい不機嫌なのね。

それでもまだ馬車に乗り込んだよっちゃんはマシだ。ソウに至っては、馬車に乗ろうともしてくれない。二年目は視察が多くなるとは、ソウからもよっちゃんからも教えてもらっていた。

視察がこんなに早くからとは思わなかったけど、それは二人にとってもそうだったらしい。

学園は明日から二連休で、授業を欠席するのは今日一日だけ。

わざわざ二人は朝早くにハーヴィ家を訪ねてきてくれて、視察前に顔を出してくれたのだ。

「お嬢のことは俺にお任せ下さいと言えたらいいのですが、一刻も早いお戻りをお待ちしております」

「何言っているのジャック！　私は平気。王女殿下が滞在されるお屋敷にお伺いするのも、ジャックに付いてきてもらうって約束したでしょう？」

私の手を未《いま》だ離さないソウに苦笑を向けると、抱き締められる。

王女殿下が留学なされてから一週間。初日以外の全《すべ》ての日を欠席なされていて、明日、学園がお休みの日にお伺いしても良いかお手紙をお出しし、許可を得られたのだ。

ジャックではなくソウが来てくれる予定だったのだけど、視察が入ってしまったのなら仕方ない。

「我儘《わがまま》、言ってくれねぇか？」

「言いません。よっちゃん、ソウをお願いね？　でもよっちゃんも気を付けてね？」

「分かったよ。任される。仕方ないよ、ソウンディク。行こう」

「……行きたくない」

「ソウが我儘言ってどうするの？　たった三日よ。いってらっしゃい。帰りを待っているわ」

私から離れないソウの頬《ほお》にキスをすると、ガバッと勢い良く顔をソウが上げる。

「頬じゃ足りない。口がいい」

「人前ではちょっと、って、んんんっ！」

問答無用で唇が触れ合わされる。よっちゃんもジャックも、騎士の皆さんもいるのに！

なんだか、新婚ほやほやの旦那さんを送りだす新妻の気持ちが分かる気がした。

こんなに寂しがられると、私まで寂しくなってきてしまう。

「お昼と夜のお弁当作って渡したでしょ？　手紙も入れたから、時間があったら読んでね？」

「絶対に読む」

「ソウ……私だって寂しいのよ？」

「分かっている。行きたくねぇけど、行ってくる」

ぎゅっと一際強く抱き締められて、ソウはやっと馬車に乗り込み、視察先へと向かっていった。

「……毎回こんなに名残惜《なごりお》しまれるんですかね？　お嬢も大変ですね」

「私は嬉《うれ》しいからいいけど、よっちゃんや護衛の騎士の皆さんには迷惑よね。申し訳ないわ」

「自分の主人がお相手と仲睦《なかむつ》まじいのは部下としては嬉しいことだと思います。さて、俺達《おれ》は学園に向かいましょうか」

「そうね」

ソウとよっちゃん不在のシャルロッティ学園は不思議な感じがした。

「本日も、レイヴィスカ王女は欠席なされているのね」

「メアリアン。おはよう」

「おはようナターシャ。そして今日はソウンディク様もご不在。ふぅ。ナターシャ。真面目《まじめ》な貴女《あなた》にこんなことを言っても聞いてもらえないだろうけれど、お休みしても良かったのではないかしら？」

「ソウとよっちゃんに欠席した授業のノートを見せる約束をしているの。休めないわ」

「ジャックが見せればいいことでしょうに。私はナターシャを独り占め出来て嬉しいですけど」

「私もメアリアンといつも以上にお話し出来て嬉しいわ」

友人と照れ臭くなりながら微笑《ほほえ》み合う。

レイヴィスカ王女とも友人になれたらいいと思うけど、王女殿下とメアリアンはよっちゃんの問題で仲良くするのは難しいかな？

「ヨアニス様も、視察にご同行なされているのよね」

「うん。そうだよ。寂しい？」

「別に？」

ニッコリ笑顔で否定されてしまう。腹の探り合いでメアリアンに勝てる訳がないわね。完敗です。

午前の授業を終えて、食堂へとメアリアンと共に向かおうとしていたら……。

「平民のくせに生意気なんだよ！」

とっっても不穏で、それ悪役の台詞《せりふ》ぅっ！　という声が聞こえて慌てて周囲を見渡す。

騒ぎの出所はすぐに分かった。生徒会役員として女生徒に迷惑行為をしようとしていた男子生徒にジャックが注意したところ、その男子生徒が逆切れしたらしい。

震えて蹲《うずくま》っていた女の子本人に聞いた事情だ。

「ジャック！」

美形の執事は全身ずぶ濡《ぬ》れになっていた。逆切れしたうえに、水まで掛けてきたらしい。

「お嬢、すみません。ご迷惑をお掛けして」

「迷惑なんてとんでもないわ。私の友人でもある、我が家の執事になんてことをするの！」

慌ててハンカチをジャックに差し出し、ジャックに水を掛けた帳本人を睨《にら》み付ける。

「うっ、ハーヴィ公爵令嬢。し、しかしですね、私はとんだ濡れ衣を……」

「濡れ衣？　あらあら、それでしたらとんでもないことですわ」

「ラーグ侯爵令嬢……」

私に何か言い訳をしようとした男子生徒は、メアリアンの顔を見て表情が険しくなる。

何で？　メアリアンを見て頬を染めるのが普通なのに。

「ジャック・ニコルソーは王子殿下の婚約者であるナターシャ・ハーヴィ公爵令嬢の執事。そしてシャルロッティ学園の生徒会副会長でもある。どちらの役割も非常に重要ですわ。日々の行動を慎重にしなければならない彼が濡れ衣を、子爵家の嫡男である貴方《あなた》に着せるなんてとんでもない。騎士の方に正式に調査して頂きましょう」

「そ、その必要はありません！」

「貴方に拒否権はありません。被害者と思われるそちらの震えている女生徒にも拒否権はない。何があったか学園の警備に付いて下さっている騎士の皆様にお話しなさるといいですわ。潔白を主張なさるのでしたらどうぞそうなさいませ。女生徒に何をしたかはいざ知らず。ソウンディク王子殿下ご不在中、その婚約者であるナターシャの執事に水を掛けた罪は重いですわよ？　ジェイル・サムド卿」

「な、ナターシャ様！　どうかソウンディク王子にこのことだけは」

「彼女の口から伝えられずとも、私やジャックから貴方の行いは殿下のお耳に届けられることでしょう。騎士の方々がいらっしゃいましたわね。この場はお任せして、私達は医務室に行きましょう」

私の手とジャックの腕をメアリアンは掴《つか》むと、医務室の方へと引っ張っていってくれる。

後ろを振り返ると、メアリアンのことを、ジェイル・サムドが睨み付けていた。

「ごめんね、メアリアン」

「どうしてナターシャが謝りますの？」

「憎まれ役にさせちゃったもの」

「憎まれ役なんて、数多く演じていますわ。一つや二つ増えたところで何てことありませんわよ」

「そうなの？」

ジャックが念のため先生に診断してもらい着替えている間、医務室内にあるソファにメアリアンと共に腰掛けて待つことにした。

「気付いていなかったの？　うふふ。ナターシャらしいわ。例えばそうね、夜会で私は予約表が埋まるほどの男性とダンスを踊っているでしょう？　それで多くの男性を私が毎回夜会で侍《はべ》らせている、もしくは独り占めしていると思う令嬢も多いの。ダンスを踊っても、一人の男性に私が決めないところも、悪い噂《うわさ》話を助長させている理由の一つでしょうね」

「言い返さないの？　メアリアンから男性を誘ったことってないじゃない」

「うふふ。そうだけど、それを言うと自慢にも聞こえてしまうの。言葉って難しいわね。なんてことないのよ。だって、ナターシャは私のことを分かってくれているでしょう？　だから平気なの。ありがとうナターシャ。大好きよ」

「私だってメアリアンが大好き」

メアリアンと抱き締め合いながら大好きと言い合い、二人で笑い合う。

そこに「ハ――ックッショ！」と大きなくしゃみが響いてきた。

「ジャック⁉」

慌てて着替えたジャックの元へ駆け寄ると、医務室の先生にマスクをするように指示される。

「冷える春先に冷たい水を掛けられて、曇《くも》り空の下、難癖をつけられたとお聞きしました。新学年も始まったばかりで、体力、精神力共に疲れる時期です。風邪《かぜ》を召されるのも仕方ないかと思います」

「ずみません、お嬢」

震え出すジャックの背中を撫《な》でながら首を横に振る。

「いつも頑張ってくれているもの。午後の授業はお休みして、シアに看病してもらうのよ」

「いや、ですが、お嬢がお一人になっちまいます」

「私がおりますわ。安心してお帰りなさいなジャック。ナターシャに移したら、ことでしょう？」

「うっ……確かにソウンディク王子殿下とヨアニス坊ちゃんに死ぬほど責められますね。申し訳ありませんお嬢。メアリアン嬢」

ハーヴィ家からシアが迎えにきてくれて、ふらふらになりながらもジャックは何度も頭を下げて帰っていった。

……大丈夫とは言ったものの。ソウとよっちゃんに続いて、ジャックまでいなくなってしまい、思わず隣に立ってくれているメアリアンの手を握ってしまう。

メアリアンは優雅に微笑みながら私の手を握り返してくれた。その笑みは、どこかよっちゃんに似ているように思えた。

・皇子様と手を組んでみます

昼食は仲良くメアリアンと食べることが出来た。午後の授業を受けながら考えたのは明日のこと。

レイヴィスカ王女がいらっしゃるお屋敷への訪問を、見送るべきだろうか。

王女殿下はお忙しいでしょうし、一度したお約束を守らないのは良くない。

授業の合間の休み時間くらいは、単独行動しても問題ないだろう。皆が心配してくれるのは有り難いけれど頼り切ってはいけない。一人で学園内を歩きながら考えを巡らす。

「一人で王女殿下のお屋敷へお伺いしても、失礼じゃないわよね」

「失礼ではない。ですが危険ですよ」

「あ、コーラル、さ、先生……」

しまった。すっかり油断していた。だって、コーラル様ってばしっかり授業なさるんだもの。

ソウやよっちゃんの機嫌が悪くなりそうだから言えないけれど、他《ほか》の先生の誰《だれ》よりも分かり易《やす》い。

「サイダーハウドには送り迎えをさせているのですよね？　学園内にも入れるよう、ソウンディク王子とハーヴィ将軍に進言なされた方がいいですよ」

「そこまでしなくても。コーラル先生こそ、サイダーハウドさんがお傍《そば》にいなくて平気なのですか？　そもそもどうして私の護衛に？　サイダーハウドさんに指示なされたのはコーラル先生でしょう？」

「いいえ。サイダーハウドの意志ですよ。セフォルズ国内が少々荒れそうだと話しただけで、ナターシャさんを心配し始めましてね。そんなに心配なら自分で守りにいってこいと送り出しただけですよ」

「いいんですか？　そんなに軽く護衛を手放してしまって」

「サイダーハウドの顔や名が、少しずつ知られるようになってきていましてね。学園の一教員である私に凄腕《すごうで》の剣士の護衛が付いていると、私が何者か疑う人間が出てきてしまう。ナターシャさんの傍にいさせた方が私にとっても都合が良いのですよ」

サイダーハウドさんが話して下さったこととほぼ同じだ。

ソウとよっちゃんにサイダーハウドさんを受け入れてもいい許可を貰えた次の日から、私の護衛を引き受けて下さることとなった。サイダーハウドさんに「コーラル様に命令されたからですか？」とお聞きしたら「自分の意志です」と断言された。

ジャックも注意してサイダーハウドさんを数日観察してくれて「俺は受け入れ難いですが、怪しい行動は見えません」と渋々ながらも太鼓判を押してくれた。

「ソウとお父様にお願いしてみます」

「それが良いですね。それとレイヴィスカ王女の元へ向かわれる件ですが、私が同行しましょう」

「……ん？　い、いえいえそんな恐れ多い！　というか、まずいんじゃないですか？　帝国の皇子様ってバレちゃったら大変ですよね？」

「それが、少し私も驚きだったのですがね。ちょっとこちらに」

コーラル様に連れられてきてしまったのは地理歴史科の先生が使う資料室。

誰もいないのが問題だ。さらに何故《なぜ》か鍵《かぎ》も掛けられてしまい、冷や汗が出てくる。

密室でコーラル様と二人きりになってしまっている。

「あの、私教室に戻らないと」

「まだ時間はありますよ。それにそんなに怯《おび》えなくとも、何もしませんよ。どこかの王子殿下と違い、学園内でことに及ぼうとは私は思いませんから」

「どうしてご存知なのですか!?」

「やはりソウンディク王子は学園内でもナターシャさんに手を出していましたか。羨《うらや》ましいですね」

……謀《はか》られた。誰かに図書室でソウとの厭《いや》らしい行為を見られてしまったのかと焦ってしまった。

「私が驚かされたのは、レイヴィスカ王女に私が帝国の皇子だと知られていたからなんですよ」

「え!?　顔見知りだったわけではなく?」

「初めてお会いしました。ユール国はさほど大きな国ではない。権力に固執する皇帝が他国人を招くような国でもないので、帝国内にユールの人間が入ったことはあまりない。私は第三皇子ですから、表舞台にも立っていないので、顔を知る人間は限られている。ですが、ソウンディク王子はお見事でしたね」

そう言えば、ソウは初めて会った時からコーラル様を帝国の皇子様って見抜いていた。

「周辺国の次代の王族の情報を普段から収集していたのでしょう。隠れているつもりですが、我ながら兄たちより優秀でしてね。私を皇帝に推す者も多い」

「コーラル様は、皇帝になりたくないのですか?」

二人きりなので、先生ではなく様を付けてお呼びすると、コーラル様もまた、先生の雰囲気ではなくなる。ソウもだけど、なんとなく威厳のあるお方というのは独特の空気があると思う。

室内が、少し冷えた感じがした。

「ナターシャさんが私の妻になってくれるのならば、いつでも皇帝になろうと思います」

「無理ですからね」

「おや残念。またフラれてしまいましたか。しかし今はまだ良しとしましょう。私の今年の目標は、ナターシャさんに信用してもらえるようになることです。ソウンディク王子に勝つ前に、まずはヨアニス君達と同じくらい信用してもらえるように頑張りますよ」

頑張られても、コーラル様とよっちゃん達とは違い過ぎる。

「先ほどの話ですが、レイヴィスカ王女の元への同行を許可してもらえませんか、ナターシャさん」

「ご遠慮します。コーラル様にご足労願わなくても自分で何とかしようと思っています」

「一人になってはいけないと、ソウンディク王子やヨアニス君に言われているのではないですか？あちらには私が何者か知られているので、ナターシャさんに妙な手出しはしてこないでしょう」

「私には利点がありますが、コーラル様には何もないでしょう？」

「利点なら数多くありますよ。ナターシャさんと共に行動出来ることが一番の利点です、が。正体を知られていたことに、警戒しています。レイヴィスカ王女がどのような人物なのか知りたい。学園内で声を掛けてもいいのですがね、教師として接しても情報は引き出し辛《づら》い。お願い出来ませんか？」

コーラル様の提案に悩む。

ソウの不在中、一人で権力のある方の元へ向かうのは危険。私はまだ、ただの婚約者。

今回のように一国の王女様の元へ単独で向かうのはリスクが高すぎる。

だからこそ、当初はソウが一緒に来てくれる予定だった。

「一緒に来て頂けますか？」

ライオンの元へ行くのに、ドラゴンの手を借りるようなもので、どちらにしても危険が伴う。

震えてしまいそうになりながらも問い掛けると、コーラル様はとても嬉《うれ》しそうに笑った。

「ふふふ。シャルロッティ学園に来た甲斐《かい》がありました。ナターシャさんに頼って頂ける機会が、こんなに早く訪れるとは思いませんでしたよ。喜んでご同行しましょう。サイダーハウドも連れてきて下さいね？　さて。本日最後の授業がそろそろ始まります。参りましょうか。あまり愛《いと》しい貴女《あなた》に物を持たせたくありませんが、教材を幾つか持って頂けますか？　その方がいろいろと怪しまれないので」

「分かりました」

本を数冊コーラル様に手渡され、資料室を共に出る。授業開始が近い時間なので、数人の先生や生徒とすれ違ったのだけど、誰にも疑念の目は向けられない。

コーラル様は、私にあらぬ疑いが掛かった方がソウから私を引き離せるだろうに、そういうことはなさらないんだな……。

丁度私達のクラスの授業がコーラル様の担当で、教室の前まで来ると、本を受け取ってくれた。

「運んで下さって助かりました。ハーヴィ嬢」

「いいえ。……あの、お話を聞いて下さりありがとうございました。コーラル先生が共にいらして下さるなら心強いです。明日、宜《よろ》しくお願い致します」

笑顔をコーラル様に向け、感謝を伝えて教室に入る。

コーラル様と話せて良かった。お陰で明日、王女様に集中することが出来る。

「ナターシャ」

「メアリアン。ごめんね。一人で行動しちゃって」

「貴女が無事ならいいのだけれどね。……ねぇ？　もしかしてコーラル先生とご一緒だった？」

「すごい。よく分かるわね」

よっちゃんと同じく名推理。なんだか本当に最近メアリアンてばよっちゃんに似てきたなぁと、友人同士の似ている部分にほのぼのしていた私を余所《よそ》に……。

「帝国一の実力者の第三皇子の頬《ほお》を真っ赤にさせちゃって。困ったものだわ。ソウンディク様とヨアニス様にどう報告しようかしら」

・皇子様と王女様の元へ向かいます

「ぜぇはぁ。ダメですよ。ぜってぇ、ダメですよ。はぁはぁっ」

「ジャック……」

「貴方《あなた》が誰よりダメじゃないですか！　お嬢様に心配させるんじゃありません！」

鼻水を垂らし、荒い呼吸を繰り返すジャックは間違いなく高熱を出してしまっている。

シアに叱《しか》られながらも「ダメです」と繰り返している。

ジャックが反対しているのはコーラル様とレイヴィスカ王女の元へ向かうことだ。

実はもうコーラル様、我が家にいらしてるのよね。

コーラル様は壁に背を預け、呆《あき》れた顔をして、熱のせいで様子のおかしいジャックを見遣《みや》り、首を横に振る。

「参りましょうか。ナターシャさん」

「そうですね。ゆっくり休んでね、ジャック」

「あぁぁっ、どうして帝国の皇子がうちに⁉　お、お嬢、はぁはぁっ、ま、待って、お、俺《おれ》も……殿下が、ヨアニス坊ちゃんが、噴火する……」

「何を言っているのですジャック！　大人《おとな》しく寝てなさい！」

「シア、お嬢を止めてくれ、はぁはぁ、お嬢、行っちゃだめですよぉお！」

「悪化するから寝ていてねジャック。サイダーハウドさん。今日も宜《よろ》しくお願いします」

「はい」

コーラル様と我が家の馬車に乗り込み、その脇《わき》をサイダーハウドさんが馬で並走してくれる。

まぁね。確かにジャックが悲鳴を上げるくらい、ドキドキする状況だけど。

ここで私に何かしてもコーラル様には何の得もな、い……。

「えっと？」

「どうしました？　ナターシャさん」

密着する距離で隣に座られてしまい、腰に手を添えられる。

「……向かい合わせに座りません？」

「このような機会は滅多に得られないものなので、存分に堪能《たんのう》させて頂こうと思います」

とても楽しそうで何よりだと思います。

ぎゅっと膝《ひざ》の上で拳《こぶし》を作り、気合いを入れる。

コーラル様と二人でお話する機会って、ソウ達がいたらほぼ不可能。

私も今この時間を大切に活用するべきよね。

「ユール国とシノノメ国が戦争になったとしたら、コーラル様はどうなさいますか？」

「私は何もしないで傍観ですね」

「傍観……帝国も、傍観でしょうか？」

「ええ。両国の有している海域はそれなりに魅力的ですし、シノノメ国の領土は他国への侵攻に使い易《やす》い。とは言え戦争に介入し、どちらかの国を勝利に導けば、どちらかの国の生き残りに恨まれる。

恨まれてもいいほどの国では、帝国にとってはどちらもないのでね」

「セフォルズは、どうすると思います？」

「一番難しい立ち位置になるでしょうね。両国の次代を担う王女と王子が滞在している状況で戦争になれば、セフォルズ国内にも双方の部隊が侵攻し、戦うことになるでしょう。そうなればセフォルズ国内は大変荒れる。ふふふ」

「何が可笑《おか》しいんですか!?」

「そうなったらナターシャさんを攫《さら》い易いなぁと思いましてね。私と共に帝国に行きたくなったらいつでも仰《おっしゃ》ってください」

「絶対そんなことは言いませんから！」

本当に油断も隙《すき》も見せられない方だ！

「……コーラル様」

「なんでしょう？」

「今、この時の同行して頂いているお礼は必要ないと思って宜しいですか？」

「ええ。私にも目的がありますからね」

うんうん。良し。少なくとも借りは現時点では作っていないと思っていいわよね？

脳裏によっちゃんの顔が浮かぶ。

「ナーさん。私とソウンディクがいない時に帝国の皇子に借りを作ったって？」と。

低い声で険しい表情と共にお説教一時間以上もらうこと確実。

……でも、人命の方が最優先。コーラル様に幾つか確認しておきたいことがある。

「私は、ユール国とシノノメ国が争うのを止めたいと思っています。セフォルズが戦争に巻き込まれないためでもありますが、多くの人に命を落として欲しくないんです」

「ナターシャさんらしいですね」

「これからレイヴィスカ王女様とお話をさせて頂き、来月お会いすることになるシノノメ国のロウルヴァーグ王子ともお話しさせて頂いて、なんとか争いを回避する道を探っていこうと思っています。それでも、戦争になりそうになった時。コーラル様は手を貸して下さいますか？　手を貸して下さる場合、何をお求めになられますか？」

ユール国とシノノメ国が開戦となれば、セフォルズは仲裁役となるだろう。

以前、よっちゃんから戦争となってしまった時の注意点を話してもらったことがある。

他国と争うことになってしまった立場よりも仲裁役になってしまった場合が一番面倒で危険だと。

今回の場合はユール国とシノノメ国だが、どちらかの味方をし過ぎれば、当然どちらかの反感を買う。最悪の場合、中途半端な態度を見せ、両国から敵意を持たれ、両国揃《そろ》ってセフォルズを攻撃してくることもあるのだと話してくれた。

一番良いのは圧倒的な国力、戦力のある国が力を持って短時間で制圧することだとも教えてくれた。

それに該当するのは、間違いなく帝国だろう。

「質問せずとも、分かって下さっているのでは？」

「っ」

頬《ほお》に手を添えられ、指先で撫《な》でられる。

「ナターシャさんが私のものになって下さるのであれば、今すぐにでも帝国の軍隊を率いてユールでもシノノメでも黙らせて差し上げますよ？　ソウンディク王子とはお別れをして頂くことになりますがね」

顔は笑っていても言われていることは怖すぎる。

でも、私がコーラル様の物になれば、最悪の結末は回避出来るのね……。

覚悟をしておくべきかもしれな――ドンッ！

「きゃあっ!?」

馬車の外から強い力が掛かり、大きく揺れた。

コーラル様が支えてくださったのでどこにもぶつかっていないのだが、コーラル様は溜息《ためいき》を吐《つ》くと、馬車の窓を開ける。

「サイダーハウド。乱暴なことはやめなさい。ナターシャさんが怪我《けが》をしたらどうするのですか」

「お嬢様を脅している男に言われたくはない！　ナターシャ様。コーラルの言葉に耳を傾けてはなりません」

私とコーラル様の話を、サイダーハウドさんは聞いていたらしい。

馬車の中の声は、外に漏れにくいのだけど、相当集中して耳を立ててくれていたのかもしれない。

「私とておりります。誰《だれ》にも負けぬよう日々精進しております。何よりナターシャ様のお父上は英雄であらせられるハーヴィ将軍です！　戦となれば、先陣を切って戦うことを厭《いと》われないでしょう！　自分もまた、共に戦わせて頂きたい！」

……目を輝かせて戦うことを望むのはちょっとダメだと思います。

再び馬車の窓を閉めさせて頂く。

「サイダーハウドは戦闘馬鹿なので、大目に見てやって下さいね。ハーヴィ将軍との共闘はアイツの夢の一つなのですよ。しかし戦争を望んでいるわけではありませんから」

「それは何となく分かります」

お父様と話している時のサイダーハウドさんは子供のように目を輝かせているのよね。

「ナターシャさん。私と取引をなさるのでしたら、条件は変わりません。ですが、こういった遣《や》り取りを用いてナターシャさんを手に入れるのは私の本意ではありません」

「そうなのですか？」

「今年の私の目標はナターシャさんの信頼を得ることだと申し上げましたよね？　あれは真実。私が貴女《あなた》を手に入れようと本気を出すのは来年です。学園を卒業し、結婚することが出来る立場となった貴女を手に入れます」

「手に入りません。卒業したら、私はソウンディク王子殿下と結婚します」

「ふふふ。そうなったらいいですね？　今年ですら、ナターシャさんが私の手を取り得るかもしれない事件が起ころうとしている。頑張って回避して下さいね。応援していますす」

コーラル様ってば、心にもないことを笑顔でさらりと仰るわね。

ドキバクと不安と恐怖で心臓が嫌な音を立てて鳴る。

一回深呼吸して落ち着きたいのに、馬車がゆっくりと停車し、王女様のいらっしゃるお屋敷に到着したのが分かった。

「さて。どのような王女なのか、楽しみですね？　愚かな王女ではないといいのですが……」

私に手を差し伸べて下さりながらコーラル様は馬車を降りる。

屋敷を楽しそうに見遣るその姿を見て、やっぱり一人で来た方が良かったかもしれないと早くも後悔してしまった。

・王女様の真実の姿に驚きです

「ようこそお越し下さいました、ナターシャ・ハーヴィ公爵令嬢。学園では大変失礼致しました。お名前を覚えなかった非礼、そして、貴女《あなた》の婚約者であるソウンディク王子殿下にお声をお掛けしてしまったこと、謝罪致します」

「いえ、そんな、頭を上げて下さい。レイヴィスカ王女殿下」

開口一番。謝罪をされてしまう。

反省し、名前も覚えて下さったのね。沢山お聞きしたいことがあるのだが、チラッと隣に立つコーラル様を見上げる。

不敵に笑みを返して下さり、私は一つ頷《うなず》いた。

馬車の中で約束したのだ。先にコーラル様が話をすることを。

どこか緊張した面持ちで、レイヴィスカ王女が頭を上げる。

その緊張は私がさせているのではなく、隣に立つお方が放つ気迫のようなものが原因だろう。

案内された部屋には数人のユール国の騎士もいたのだが、王女殿下が一人を残して下がらせる。

その残ったお一人の方が、近衛《このえ》騎士であり攻略対象者のグラッドルさん。

サイダーハウドさんには劣る体躯《たいく》だが、筋肉質であり、顔は大変整っている。

赤茶色の髪は短く切り揃《そろ》えられ、鳶《とび》色の瞳《め》は穏やかさが感じられる。王女の近衛騎士として相応しい爽《さわ》やかな見た目。王道騎士様、といって申し分ないだろう。

「ディルティニア帝国、コーラル皇子殿下。改めましてお目にかかれて光栄です。ユール国第一王女、レイヴィスカ・リル・ユールです。こちらは私の護衛のグラッドル。殿下のことを話しているのは彼だけですので」

「そうですか。しかし、学園でお会いした時は驚かされました。私は身分を隠し、シャルロッティ学園の教員としてセフォルズにいる。セフォルズ国の中には気付いている者もいるのは承知しているのですがね、レイヴィスカ王女。貴女はどこで、私のことを知り得たのでしょうか？」

「それは……」

答え辛《づら》そうだ。王女様の顔色が悪くなる。何か後ろめたいことがあるのかしら？

ヘタな受け答えをすれば、コーラル様の不興を買いかねない。

王女様の状況は他人事ではない。大変有難いが、出来ればご遠慮願いたいけど私はコーラル様に好意を持って頂いているので、いろいろと目を瞑《つむ》って頂いていることも多いだろう。

私まで緊張し、手の平に汗が滲《にじ》んだ。

「我が国はシノノメ国と現在小競り合いのようなものが起きてしまっております。父が私の身を心配し、両国の中立国であるセフォルズに身を移して下さいました。自国のことは自国で解決せねばならないのは当然ですが、セフォルズ国にお力をお貸し頂きたいのは本音です。さらに申し上げれば、より強い国の力を借りることが出来れば良いと思え、世界一の大国である帝国の情報を集めておりました。その際に、コーラル皇子殿下のことを知ることになったのです」

「第三皇子である私を知った？　第一皇子でも第二皇子でもなく、絵姿もあまり出回らせていない私をよく顔を見ただけで帝国の皇子だと分かりましたね？　ナターシャ嬢のことはヨアニス殿が二度も名を告げたというのに名前を覚えられなかった貴女が」

あぁっ、こ、怖い。膝《ひざ》の上に置いた手が震え出す。

王女様は険しい表情。何かご事情があるのが伝わってくる。

「姫様。下手に隠し立て出来るお相手ではないと、恐れながら申し上げます」

「グラッドル……そう、ね。帝国の皇子殿下と友好国であるセフォルズの王子殿下の婚約者であらせられるナターシャ様に、一層、妙な王女だと思われてしまうのは覚悟のうえで申し上げます。私は、前世の記憶があるのです」

……へ？

「前世の世界の中にこの世界の全《すべ》てではありませんが記されていた物があり、私はそれを読んだことがあるのです。内容を全てではありませんが覚えていた故に、コーラル皇子殿下のことも、お姿を見ただけで帝国の皇子であると判断することが出来ました」

「そんな話を信じろとでも？」

「嘘《うそ》ではないのです。ですが信じて頂けないのは理解出来ます。私も幼馴染《おさななじみ》であるグラッドルにだけ話していることでしたので。しかしこれが真実なのです」

「話になりませんね。そちらがそんな与太話で誤魔化すつもりならばこちらで調べます。帰りましょう、ナターシャ嬢」

「いいえ！　帰りません！　それに王女殿下は誤魔化していらっしゃらないと思います！」

立ち上がろうとするコーラル様の腕を掴《つか》んで首を横に振る。

王女様が覚悟を持って話して下さったのなら、私も同じくカードを切らなければフェアじゃない！

「私も前世の記憶があるのです！　ですから王女殿下のお言葉とても納得出来ます。出身は東京《とうきょう》の下町です。王女殿下はどちらですか？」

「……」

「……」

コーラル様とグラッドルさんが驚いた顔で固まった。

けれど、レイヴィスカ様の表情は輝き出す。

「本当ですかナターシャ様！　私は千葉《ちば》の出身だったのです！」

「千葉！　近いですね。いろいろご説明しなければならないことはあるのですが、私は前世の記憶はあれど、この世界のことは知らないんです」

「まぁ。それは大変ですね」

「ええ。ですがもう一人前世の記憶を持つ子がいて、その子が力になってくれていて……」

「ちょっと待った」

王女様と共に興奮して話し出してしまっていたのだが、グラッドルさんがストップを掛けた。

「ほんっとーに、ハーヴィ公爵令嬢も前世の記憶がお有りなのですか？　つまりは転生、というものをなさっている」

「はい」

しっかり頷いて答えると、グラッドル様が手で顔を覆う。

「マジかよ。なのに、なんでこうも違うんだ！」

「聞き捨てならんなグラッドル。どういう意味かな？」

「お前と違って大変可愛《かわい》らしい女の子じゃねぇか！　前世の世界とやらはお前みたいな変な女ばっかかと思いきや、ナターシャ様は可愛いぞ！」

「女性に対して偏見を持つな。だからいつまでたっても恋人が出来んのだ。そんなことでは一生童貞のままだぞ？　セフォルズで恋人を作るのだろう？　精一杯頑張るのだな」

「俺の童貞をバラすんじゃねぇえええっ！」

……王女殿下の話し方が、変わった。

もしかして、ちょっと男前気味が素でいらっしゃる？

戸惑う私の肩をぽんっとコーラル様が叩《たた》き、耳元で小さな声で質問される。

「今の話、真実ですか？」

「ええ。とても信じられないとは思うのですが、本当です」

「……なるほど。どうやら信じるしかないようですね」

「信じて下さるのですか⁉」

「見知らぬ王女の言葉は信じられませんが、ナターシャさんならば信じるしかありません。私にそんな嘘を吐《つ》く必要が何より貴女にはありませんからね。ですが、そうですか……前世の記憶か」

考え込むコーラル様を見て、ハッ！　とする。

ソウやよっちゃん達に話す前にコーラル様に話してしまった！

そもそも前世の記憶があることを話すつもりもなかった。

あぁでも悪役令嬢ってワードを書いてしまった手紙をよっちゃんに握られているから、いつかは話さなきゃならなかったのかなぁ。

「ナターシャ嬢。申し訳ない。私のせいでコーラル皇子に貴女まで転生者だと知られる結果となってしまった」

「いいんです。王女殿下が同じ転生者と知れて、戦争を回避出来そうな気がしてきました」

コーラル様のことをご存知だった理由が前世の記憶をお持ちだからなら、公式のストーリーを王女殿下は把握なさっている！

つまり、ご自身に起こり得る未来を承知ってことよね？

「……ナターシャ嬢は、我が国を案じて今日、訪ねて下さったのですか？」

「はい。申し訳ありません。私自身には何の力もなく、一人で訪ねることも出来ず、コーラル様に共に来て頂いてしまっています。それでも、レイヴィスカ様とお話しして、シノノメ国との戦争を回避して頂ければと思いまして……？」

自分の気持ちをレイヴィスカ王女にお伝えしていたのだが、そんな私を潤んだ瞳《め》で見つめながら、レイヴィスカ王女は私の手を取り、手の甲に口付けを落とす。

「あ、あの？」

「お美しい貴女に案じて頂けるなんて、我が国は幸せです。お心までお美しい貴女の名を覚えられなかったのも、ナターシャ様のあまりの美しさと可愛らしい雰囲気に心奪われたからなのです。どうか愚かな私をお許し下さい」

……大変だわ。一瞬ドキリと胸が高鳴ってしまった。

王女様らしい柔らかな笑みも素敵だが、凛々《りり》しい笑みを王女殿下は心得ているらしく、胸に手を当てて謝罪する仕草が男前！

コーラル様とグラッドルさんに視線を向ければグラッドルさんは頭を抱え、コーラル様は何故《なぜ》か冷たい雰囲気を醸し出す。

「このクソ王女は女が好きなのです。さっさとその手を離して差し上げろ！」

「正しくは女性の方が好きだ。男と身体《からだ》の関係は持てる」

「そうなのですか⁉　で、でもヨアニスに告白を……」

「あのゲームの中ではまだマシな顔をした男だったのでね。彼は見ようによっては、女性に見えなくもないでしょう？」

あ、確かに私も小さい頃《ころ》のよっちゃんを女の子と誤解していました。

王女様が楽しげにこっそり真相を教えてくれるが、よっちゃんからすれば堪《たま》ったものじゃない判断基準だろう。

「あまりナターシャ嬢に近付かないで下さい」

「おや残念。しかし、コーラル皇子の恋人ではないでしょう？　ソウンディク王子が大変羨《うらや》ましい。ナターシャ嬢を独り占め出来るとは！」

……何故かコーラル様と同じようなことを王女様に言われてしまっている。

「あの、もしかして教室でソウンディク王子殿下の前の席に座ろうとした時、頬《ほお》を染めたのって……」

「貴女に見惚《みほ》れたからですよ、と申し上げたいところですが、実際はナターシャ嬢にも胸が高鳴りましたが、ご友人のメアリアン・ラーグ侯爵令嬢も大変麗しい！　ソウンディク王子もヨアニス殿も、貴女の執事も共にいられない状況ならば、メアリアン嬢とお二人で訪ねて下さるのではないのかと大変楽しみにしていたのですが……まさかコーラル皇子をお連れになられるとは。ふぅ。そう都合良くはいかないものですね。是非三人で入浴したかったのに」

「邪《よこしま》な考え持ち過ぎなんだよ！　申し訳ありませんナターシャ様！」

コーラル様が無言で私を引き寄せる。

「……もう帰りたいのですが、ナターシャさんは話したいですか？」

「すみません。もう少し時間を下さい。あのレイヴィスカ様」

「レイと呼んでほしい。前世の記憶を持つ者同士、気兼ねなく話したいからね。私もナターシャと呼ばせてもらおう」

「分かったわ、レイ。女性好きということは、シノノメ国の王子殿下とは……」

「婚約するつもりはないよ。それにロウルヴァーグとは旧知の仲。アイツは私の性癖も知っている。にもかかわらず、私の父とあちらの父が勝手に婚約話を進めてしまってね。私をよく知るロウルヴァーグは大激怒。まぁ、奴《やつ》の気持ちも分かる。あの男は顔はいいのに粗暴なのだ。好戦的な者が多いシノノメ国だが、女性はやはり優しくスマートな男を好む。私の方がロウルヴァーグよりモテるのでね」

「……モテる？」

「この野郎はユールでもシノノメでも大抵男装しているのです。騙《だま》された女性は数え切れません。騙されたままレイヴィスカにハマってしまう女性も多くて！」

「女性同士でも、いや、女性同士だからこそ、安心して身を委《ゆだ》ね合える。男のようにがっつく必要はないからね。ナターシャ、女性同士の行為に興味があったら、いつでも私に声を掛けてほしい。君ならいつでも大歓迎だ」

甘く微笑《ほほえ》まれ、頬が引き攣《つ》る。

大変だわ。誰よりそちら方面の百戦錬磨《ひゃくせんれんま》なのが分かる。

どうしようユリアちゃん。ヒロインはヒーローでしたよ。

そして攻略対象者と判明したヒーロー二名に女性として見られていないのは明らか……。

コーラル様も今後レイと恋に落ちることは頭でも殴られて記憶を失わない限り有り得ないだろう。

ソウもない。よっちゃんもない。ジャックもなければライクレン君もない。

サイダーハウドさんも……厳しいだろうな。

そもそも、レイが、ヒーローと結ばれることって、あるのだろうか？

・王女と二作目の悪役令嬢

「まさか、ナターシャさんの手作り菓子を食べる機会を得られるとは。幸せです」

「とても美味《おい》しい。美しい容姿と心に加え、料理も上手《じょうず》とは、ソウンディク王子殿下は心だけでなく胃袋もナターシャに掴《つか》まれているのだな。私もナターシャにならば喜んで心も胃も、そして身体《からだ》も差し出したい」

「ウチの王女の言葉は聞き流してやって下さいませナターシャ様！　俺まで焼き菓子を頂いてしまって申し訳ありません。大変美味《うま》いです！」

「良かったです」

三者三様。それぞれが私の作ったお菓子を食べて感想を述べて下さり、戸惑い恐縮する。

王女様と穏やかなお茶会が出来たらと思い、手作りのどら焼きを持参したのだけど、まさか食べて頂けるとは思わなかった。

当たり前のように私が作ったお菓子をソウやよっちゃん達は食べてくれるけど、それは私のことを信用してくれているからだ。

手作りの食べ物は、お菓子であろうと何であろうと身分の高い方は警戒して食べることはない。

それなのに皆さん、躊躇《ためら》うことなく口に運んでくれた。

レイも私と同じ転生者と分かり、詳しい話を聞くためにお茶の時間を挟むことになった。お茶菓子を持参したことを正直に話して良かった。

「ナターシャが作ってくれた菓子は前世で暮らしていた国で多くの民が好んで食していたもの。この世界でもシノノメ国に存在している。私もシノノメ国の食文化には心を救われているのだ。舌に馴染《なじ》んだ味を食すことが出来るからね。そういった意味でも、シノノメ国と争う未来を私は望んでいない」

「レイ、前世の記憶があるのならば、この先に起きることをある程度は予想出来ないの？」

「ナターシャ。気付いているだろう？　必ずしも我々が知る物語通りではない。コーラル皇子殿下の存在も、グラッドルの存在も記されてはいたが、二人とも物語とは違う。そして私やナターシャも違う。ソウンディク王子殿下やヨアニス殿にも驚かされた。私がソウンディク王子に二人きりの話し合いを持ち出したのは、彼が物語通りの状況なのかを確認したかったからなのだ。ソウンディク王子は、私が知る物語の中では病弱で病によって命を落とすと記されていたからね」

ユリアちゃんが話してくれたことが改めて真実なのだと分かる。

隣に座るコーラル様が問うような視線を向けてくるので、一つ頷《うなず》いて肯定する。

レイが話していることは、物語の中では本当のことなのだ。

「だがソウンディク王子殿下は私の誘いを拒否し、ナターシャの肩を抱いて愛していると言い切った。そこに私からナターシャを守るようにヨアニス殿も加勢に入った。ソウンディク王子とヨアニス殿が友人同士であることも分かった。ふふふふ。大変素晴らしいことが多過ぎて、笑わないよう我慢するのに必死で、逆に泣いているように見えてしまったら申し訳なかったね」

あの時。泣いているように見えてしまったのは、笑いを堪《こら》えていたからだったのね。

レイはよっちゃんがソウを暗殺するかもしれない未来も知っているから安心してくれたのだろう。

「そしてナターシャ。君とソウンディク王子は、お互いが愛し合っているのがよく分かる。聞くところによると、学園内でも食事を食べさせ合い、手を握り合って口付けを交わされているとか」

「それに加えて最近では、各地に視察に赴く前は必ずナターシャさんとの別れを惜しんでいるのでしょう？　やれやれ。妬ましいことです」

「どうしてレイもコーラル様も知っているんですか⁉」

「私はサイダーハウドから聞きました」

ソウとの食べさせ合いっこは学園祭で初めてして、その後も時々こっそりしていた。

視察へ赴くソウの様子をサイダーハウドさんからコーラル様に報告されていたなんて……。

「お恥ずかしい限りです」

「私は学園に通う生徒の噂《うわさ》話をグラッドルが集めてくれてね。恥ずかしがる必要はないよナターシャ。君とソウンディク王子殿下の間には入れないと、多くの者が自覚せざるを得ない状況が見事に作り上げられている。コーラル皇子のお気持ちを知れば尚のこと、ソウンディク王子は分かっていてやっているのではないかな。それにしてもここまでラブラブだと横恋慕は苦労なさるだろう？　コーラル皇子、ナターシャが幸せになるのであれば私は応援しておりますよ」

「どうも。最終的には私がナターシャさんを妻にすると決めておりますので。楽しみに見守っていて下さい」

恐ろしいことを宣言しないでもらいたい。

「レイ、中庭で私とソウを見ていたのは、ソウの様子を確認するためだったのね」

「ナターシャの様子を確認させてもらうためでもあったよ？　物語の中のナターシャ・ハーヴィは女性好きの私でもあまり好めない態度や行動が多かったのでね」

「そうなのですか？」

コーラル様が驚いた顔を私に向けてくる。

うぅっ。自分で言うと胸が痛むんだけど……。

「そうです。私、物語の中では悪役でして」

「悪役？　ナターシャさんが？」

「お金遣いも荒く我儘《わがまま》。ソウンディク王子殿下のことも愛しておらず、最後の最後まで反省しない悪女、なのだよな？　ふふふっ」

「ナターシャさんとは真逆ではありませんか」

「物語通りではないことが分かり易《やす》いでしょうコーラル皇子殿下。きっとそんなナターシャだったら貴方《あなた》も好意を抱いておられない。物語の中で貴方が好意を抱いた女性は、ナターシャではありませんでした」

「もしや、ユリア・クライブ嬢ですか？」

「お会いになられていましたか。その通り。ユリア嬢が一作目のヒロインですよ」

チラッとコーラル様が私を見てきて、申し訳なく思う。

物語通りに、コーラル様のことを誘導しようとしてしまったも同然だ。

「コーラル様。申し訳ありませんでした」

「いいえ。決められた話の通りに、自分の感情が動いていないのが分かり安堵《あんど》出来ます。私が愛《いと》しいと思うのはナターシャさんですからね」

「うぅっ」

私の髪の一房を取り、口付けるコーラル様に顔が赤くなってしまう。困るんだけどなぁ……。

目の前に座っているレイも笑顔だし。グラッドルさんは見て見ぬフリをして下さっている。

「一作目の物語で唯一、命を落とす可能性が語られていたソウンディク王子の無事を確認出来た。だから私は、自身が関わる物語へと集中することに決めた。シャルロッティ学園を欠席してしまっているのも、自国とシノノメ国の動向を探るためでね。物語の中では私とロウルヴァーグが結婚することが戦争を回避する方法だったが、私にも奴《やつ》にもその気はさらさらない。何としてもそれ以外の方法を探らなければならない」

「レイ。ロウルヴァーグ様のこと、嫌いなの？」

「奴とは友なのだ。恋人にはなれない。それに私には心に決めた人がいる」

「そうなの!?」

「うん。それについては私の前世について話さねばならないな」

「お二方とも、どうかこの馬鹿の話は話半分に聞いて下さいね。突っ込み所満載ですから」

「？」「？」

ずっと沈黙していたグラッドルさんが険しい表情になる。

コーラル様と二人で首を傾《かし》げてしまった。

「私は前世では、生まれてから一度も病院から出られない難病に冒されていてね。結局死ぬその時まで、病院から出ることはなかった」

「そうだったの。お気の毒に……」

「日々、看護師たちの笑顔と手と仕草と胸に癒《いや》され、美人の女医がいなければ心が死んでいたかもしれない」

……ん？

グラッドルさんがバクリと一口で一つ残っていたどら焼きを飲み込んだ。

「こちらの世界に生を受け、前世の記憶が蘇《よみがえ》ったのが八の年を迎えた時だった。神とやらがいるのならば、粋なことをしてくれると、感謝した。この世界では身分が高いどころか王族として生まれ、身体も健康だったから。だが、少しねじ曲がった考えもした。転生などさせる力があるのであれば、前世の私の病を治してくれれば良かったものをとね。この世界よりも文明が発達していると言っていいあの世界で、私の病は治ることはなかった。両親は有名な医師がいる病院に預けてくれた。入院費とて馬鹿《ばか》にならなかっただろうに。両親の努力も虚《むな》しく、私は命を落とした。幸いなことに前世の私には、妹がいてね。妹が両親を支えてくれていると願うばかりだ。そして病床に横たわる私を癒してくれたのは、現実の女性達だけではなく、本やゲームの中に登場する女性だった」

……女性限定なのね。

「ゲームとは？」

コーラル様の質問にレイが答える。

「ゲームとは、本が少し複雑化したものとも言えましてね。本に描かれている絵が動き、登場人物が声を発するような機能を持たせることが出来た物なのです。ゲームの中でも恋愛をテーマにしたストーリーを攻略していくのを好んでおりました」

「あの、レイ。プレイしていたのは乙女ゲーム？」

「いや。私が主にプレイしていたのはギャルゲーだよ」

「ギャルゲーとは？」

ああ、コーラル様にギャルゲーってフレーズ口に出されるとどうしてか居《い》た堪《たま》れない。

「複数の女性が出てくるお話で、男性視点で意中の女性にアプローチをしていく内容なんです。乙女ゲームは逆で複数の男性が出てきて、女性視点で物語を進めていきます。レイ、貴女の前世って……」

「女性だったよ。しかし私はゲームにおいても女性が好きだった。私がいよいよ亡くなるという時も、多くの女性が涙を流してくれてね。私の両親も妹も大変戸惑っていた」

「素直に悲しませてやれよ！」

「妹が私に偶《たま》には違うゲームもやってみない？　と、この世界が舞台となったゲームを渡してくれたんだ。そこで、私は運命の出会いをすることになった」

もしやそのお相手がよっちゃんとか!?

「ミイツア・ベルン。彼女こそ、私の運命の相手だ」

……んんんっ!?

「そこも女かよぉおおっ！　と、どうぞ全力で突っ込みを入れてやって下さい！　このクソ王女ぉお！」

グラッドルさんの魂の叫びが室内に木霊する。

「ミイツア・ベルンって、二作目の悪役令嬢だよね？」

「その通り。しかしナターシャとミイツアが大きく違う点がある。ナターシャは罪を償うために他国へ送られることとなるが、ミイツアは命を落としてしまう」

「……ナターシャさんが他国へ送られる？」

「あ、あああの物語の中ではですから！」

怒気を放って下さるコーラル様を慌てて宥《なだ》める。

「ミイツアはロウルヴァーグのことを好きだからこそ、公式の私に嫌がらせをしてくる。なんっって可愛《かわい》いんだと、ゲームを持つ手が震えた。その不器用な愛情表現の仕方に打ち震えた！　だというのに、ロウルヴァーグはミイツアの可愛さに気付けず彼女を殺してしまう！　私は消えゆく意識の中、祈り続けた。ミイツアの幸せを……」

胸を押さえて切なげに眉《まゆ》を寄せ、目を閉じるレイはミイツアさんのことを考えているのだろう。

何となくグラッドルさんの方を見遣《みや》れば、重い溜息《ためいき》を吐《つ》いてげんなりしている。

「転生したことが分かり、ミイツアが存在する世界だと分かった私は決意した。私の全《すべ》てを懸けて彼女を幸せにしてみせると！」

……なるほどぉ。頷く私と違い、グラッドルさんはお茶を淹《い》れ直しに部屋を出ていき、コーラル様は私が持ってきたお菓子が入っていた空箱を何故《なぜ》か折りたたんでいる。

ヒーロー二人は話を聞く気が消え失《う》せてしまっている。

「じゃあ、ミイツアさんに会いにいったのね？」

「もちろん。ただ注意は必要だった。ロウルヴァーグとミイツアは幼馴染《おさななじみ》。既に二人は出会ってしまっているし、昔から小競り合いが多かったシノノメにユール国の王女の私が訪問するのは難しい。だから、前世の時よりやってみたかった男装をしてみることにした。ユール国出身であることは隠さず、男としてシノノメ国に入り込み、ミイツアを探した。結果、ゲームでの出会いよりも早く出会えてね。ミイツアの姿を目にすることが出来て、私は涙を流した！」

泣いたんだぁ。すごい愛だなぁ。

お茶を淹れて戻ってきて下さったグラッドルさんはコーラル様のカップにお茶を注ぐ。

コーラル様はグラッドルさんに先ほど折りたたんだ私が持ってきたお菓子入れを持ち帰れる袋か何かないかを問い掛け、何か布のようなものを手渡されている。

「ミイツアはロウルヴァーグに様々な物を差し入れていたのだがね、受け取られることはなかった。気の強い彼女は笑っていたが、陰では悲しんでいることに私は気付いていた。だからこそ、彼女に声

を掛けた。『それを私に譲ってもらえないかい？』と」

「……警戒されなかった？」

「警戒されたよ。何も返事を返されず、ミイツアは逃げ去ってしまった。だから私はロウルヴァーグに近付き、友になった。戦うことを好むアイツに好かれるよう、槍術を学んでね。私との手合わせを楽しみにするようになったロウルヴァーグは友としてシノノメ国に招いてくれるようになり、ロウルヴァーグから改めてミイツアに私を紹介してもらった」

計画的だ。レイの話に聞きつつ、私にもお茶を振舞って下さるグラッドルさんにお礼を言う。

「相変わらずミイツアの差し入れを無視するロウルヴァーグに内心ほくそ笑み、ミイツアにこっそり耳打ちした『今度こそ、私にそれを下さいますか？』とね。ミイツアは迷いながらも私に手渡してくれた。それから数年。ロウルヴァーグのために作られた料理や物は奴が受け取らない限りは私が貰う流れとなった。ミイツアも次第にその状況に慣れていってくれてね。ロウルヴァーグに受け取りを拒否されると、すぐに私に向き直り、『はいレイ！　あげるわ！』と私の名を呼び、笑顔で手渡してくれるようになった。最高に天使。私は幸せの絶頂だった」

「よ、良かったね。でも過去形なの？」

「ミイツアはね、ナターシャ。ロウルヴァーグに差し入れをしなくなった。私に直接料理や手作りの物を渡してくれるようになったんだ。だが、そこでロウルヴァーグに変化が起きた。今まで気にも留めなかった奴がミイツアに声を掛けた。ミイツアは、私に初めて会った時よりも戸惑いの表情を見せたよ。ミイツアは蒼白となって謝罪した。ミイツアの両親はロウルヴァーグの臣下。その娘が王子のためには何も作らず、その友のために準備をしてしまっていた。そうさせたのは私だ。私はミイツアを庇《かば》った。すると、ロウルヴァーグはミイツアに『今後はレイには何も作るな！　俺のためだけに支度をしておけ！』と命じた。私は瞬時に察したよ。ロウルヴァーグの気持ちが変化したことにね」

「ロウルヴァーグ様も、ミイツアさんのことを好きになったのね」

「やっと彼女の魅力に気付いたのだろう。だから私は身分を明かすことにした。本当はユールの王族、それも王女なのだと。隣国のシノノメとの友好のために身分を隠して近付いたことをロウルヴァーグに打ち明けた。アイツは粗暴だと先ほどは言ったが、根は良い奴でね。女とは思えない槍の腕前に驚いた。これからも友でいようと言ってくれたが……まさかのミイツアに泣かれてしまってね。ミイツアは私を好きになってくれていたんだ」

「……え？」

「驚きでしょう⁉　バーカ！　お前の軽率な行動のせいで女の子を傷付けてんじゃねぇか！」

「馬鹿とはなんだグラッドル！　私が当て馬になることで、ロウルヴァーグに恋心を抱かせることが出来た。私さえ身を引けば、ミイツアは幸せになれる。私は二人の前から姿を消した。だが、その後、私とロウルヴァーグの婚約話が上がってしまってね。ロウルヴァーグもミイツアもセフォルズに来ることはゲームで知っていたが、物語が始まる前の流れが違うから、彼らがセフォルズには来ることはないと思っていたんだが……読みが外れた」

「入学前にそんなことがあったら、ロウルヴァーグ様もミイツアさんもシャルロッティ学園には入学しなさそうだけど……。あ！　開戦しないようにレイと話し合うためじゃない？」

「ロウルヴァーグとは手紙の遣《や》り取りをしていてね。わざわざセフォルズで話し合う必要はない。だが、数日前から手紙が届かなくなった。お互いの国の過激な行動を取りがちな連中の情報を遣り取りしていたんだが、何かあったのかもしれない」

　レイは溜息を吐いてソファに背を預けた。

「ロウルヴァーグ様のことが心配ね。レイのミイツアさんへの気持ちは変わってないの？」

「そこですよナターシャ様！　こいつは未《いま》だにミイツア嬢への気持ちを諦《あきら》め切れていないどころか女遊びが激しくなりやがって！」

「……女遊びが？」

「ミイツアの前から姿を消す直前に、ミイツアに告白された。『いなくならないでレイ！』と涙ながらにね。あの時のミイツアの顔が忘れられない。可愛かった、美しかった。だが、ミイツアはロウルヴァーグと共にいた方が幸せになれるのは分かる。私は彼女への想いを断ち切るために、男装を続け、ユール国内で演劇を学ぶことに決めてね。今では私目当てに集まってくれる女性が大勢いるんだ」

「親衛隊まで出来ていて、その親衛隊に手を出しているんですよ。それもミイツア嬢とどこか似た雰囲気の女ばっかり！　ちっっとも断ち切ってねぇじゃねぇか！」

「仕方ないだろう。そう簡単には忘れられん。会えないと思っていた運命の女性と出会えただけじゃなく、恋心まで抱いてもらえたんだぞ？　王族とは性欲に貪欲なものだ。コーラル様ならば分かって頂けますよね？」

「私もナターシャさんと似た女をよく抱くようになりましたが、私はナターシャさんへの想いを諦めるつもりはないので、貴女の気持ちは分かりませんね」

笑顔で否定なさるが、コーラル様のお言葉もいろいろと聞き捨てならない。

いやここは聞こえなかったフリをするべきか。

「……そうか。似た女性を求めている時点で私も諦められていない証拠《しょうこ》だな」

「分かり合っちゃダメ！」

「そうだよ！　ヨアニス殿はどうした!?　少しはマシに思える相手なんじゃなかったのかよ！」

「ナターシャ。私は男はどうでもいいが、女性の気持ちは敏感に察せる。ヨアニス殿のことを、メアリアン嬢がとても切なげに見つめていたのだ。私のせいで彼女の心を傷付けてしまった。ヨアニス殿に手を出すつもりはないとメアリアン嬢に伝えてほしい」

「男の気持ちも敏感に察しろぉおおおおっ！」

グラッドルさんの嘆きをレイは物ともしていない。

「レイ。恋愛はその人の自由に出来るのならば、自由にするべきだと思うわ。でも、戦争は回避してほしい。ソウンディク王子にロウルヴァーグ様と共にお話しするのもいいんじゃないかしら？　来月ロウルヴァーグ様がセフォルズにいらしたら、改めてソウンディク王子とお話ししない？」

「ありがとうナターシャ。私は自国の民を愛している。そしてシノノメの民もね。ロウルヴァーグにはソウンディク王子に共に話しにいこうと手紙で知らせておくよ。あぁ、しかしナターシャ。君もその場に同席してくれたら嬉《うれ》しい。見目も心も美しい女性は場を和ませ、私の心も癒してくれるからね」

「ナターシャさん、帰りましょう」

コーラル様に帰宅を促される。

「はい。あ、でもレイに一個だけもし良かったらの提案があるの」

「私に？　なんだろう？」

今日、レイと会えたらシャルロッティ学園に通い辛《づら》くなっているんじゃないかと聞くつもりだった。

悩みを一緒に解消出来たらと思っていろいろと考えていたのだけど、レイの話を聞いて、誘い易くなった。

「私はレイにも学生生活を楽しんでほしいの。だからね？」

私の提案に、レイは目を輝かせてくれたのだが、コーラル様には苦笑され、グラッドルさんはまた頭を抱えてしまったのだった。

・ソウとヨアニスと新たな王子との邂逅《かいこう》（ソウ視点）

「ソウンディク王子殿下に礼！」

号令と共に一糸乱れぬ礼を国境警備隊が見せてくれる。

隣国との国境に建設された砦《とりで》は複数存在し、視察先はその一つだった。

「大きくなられましたなぁ殿下。ヨアニスもすっかり見違えたぞ」

「久しいなランデル団長」

この砦の主、ゼタールンド・ランデル男爵。団長と呼んだのは騎士団の団長だった時に出会った所以《ゆえん》。ハーヴィ将軍よりも年上だが、その剣術はかなりのもので、若い騎士達はハーヴィ家での修行を終えるとこの砦に送られ、ランデル団長から洗礼を受ける。

俺《おれ》とヨアニスはハーヴィ将軍が鍛えてくれたが、幼い頃《ころ》はランデル団長にも随分、地に転がされた。

「ナターシャ嬢ちゃんとの親密さは俺の耳にも届いておりますぞ。ヨアニス。気を揉《も》む必要がなくなって良かったな」

「はい。学園在学中に進展がなかったら、ナターシャ嬢に一服媚薬《びやく》でも盛ってやろうかと思っておりました」

ヨアニスが笑顔で恐ろしいことを言い切る。

だが、ランデルの耳にも俺とナターシャの仲が親密だと届いているのは朗報だ。

国の隅々まで、ナターシャは俺の物なのだと知れ渡っている証拠《しょうこ》だからな。

「シャルロッティ伝統の武道会では一、二位だったそうですな。ハーヴィの鬼特訓の成果が出たわけだ。ハーヴィはナターシャ嬢ちゃんを殿下に負けず溺愛《できあい》している。義理の父に負かされぬよう精進なされよ」
「心しておくよ、ランデル。それで？　妙な男を捕らえたそうだな」
「はい。なかなか骨のある男でしてな。私の剣にも付いてくる。若い男でナターシャ嬢ちゃんの近衛《このえ》
になり得る腕前の男は報告してほしいと手紙を頂いていたのを思い出しまして」
「団長と剣を交えて無事でいるだけでも大したものですね」
「怪しい男をナターシャに近付けるわけにはいかないがな」
「身形《みなり》も整っているのですよ。捕らえた際、身分の高い相手との面会を要求してきましてね。話を聞
くと、殿下とお会いしたいと言うのです。要望に応《こた》えるのもどうかと思いましたが、丁度殿下に我が
砦に視察に訪れて頂こうと思っていた頃合い。どうなさいます？　お会いになられますか？」
「会おう。連れてきてくれ」
「承知致しました」
ランデルがその男を連れてくる間、砦内の一室で待つことになり、窓から外を見つめる。
砦周辺が荒れている様子は見受けられない。
シノノメとユールと比較的近いこの砦を視察先に選んだ理由も、戦の火種が燻《くすぶ》っていないかの確認
のためだった。
「ユール国王とシノノメ国王から手紙が親父《おやじ》に届いたのは知らせただろう？　和平に助力を、とのこ
とだが。具体的に何をしてほしいかは示されず、双方とも息子、娘を宜《よろ》しく頼むとしか書かれていな
かった」
「王女と王子が揃《そろ》わないと学園内では動きようがないよ。だけど王女には今日ナーさんが会いにいっ

ている。何か動きがあるんじゃないかな」

「動きか……ナターシャなら王女から本音を聞けてそうだもんな」

学園で初めて会ったあの日以来、レイヴィスカ王女からコンタクトはない。二人で会いたい誘いは、国の相談ではなかったということだろうか？

ヨアニスに告白をしたのも解せない。王女から正式に話し合いの場を設けてほしいと頼まれれば時間を作ろうと思っていたのだが、結局今日まで手紙も何もなかった。

あちらもロウルヴァーグ王子が来るのを待っているということだろうか……。

「ナーさんは話を聞くことが得意だからね。私達はシノノメの王子と会えたらいいけど」

年の近い王族の顔と名は絵姿を入手し、大まかなプロフィールを記憶している。

王子にはナターシャが奪われぬよう。王女には余計な俺へのアプローチをされないよう。

日々予防線を張っているのだが、一番クソ面倒な帝国の皇子にナターシャが見初められてしまっている現状だ。

こうしている間にもコーラルがナターシャに近付いていないか気掛かりだが、今はユールとシノノメの動向を探るのが最優先。民が危険に晒《さら》されるのは何としても回避せねばならない。

「連れて参りました殿下」

「ああ。通していいぞ」

ランデルの声が掛かり、椅子《いす》に座って、ヨアニスが俺の傍らに立った。

「こちらのお方は我が国、セフォルズの王子。ソウンディク殿下だ。無礼な態度を見せれば即刻斬り捨て……」

「ソウンディク!?　セフォルズ国の王子のか！」

後ろ手を兵に掴《つか》まれていた男はその手を振り切り俺に近付く。

ヨアニスが腰に下げていた剣を抜き、俺も立ち上がって剣の柄《つか》に手を掛けたのだが……。

「会えて嬉《うれ》しいぞ、ソウンディク王子。俺はシノノメ国の王子、ロウルヴァーグ・ゼン・シノノメだ」

「……は？」

「シノノメ国の王子だと⁉」

「頼むソウンディク王子！　幼馴染《おさななじみ》と恋を成就させる秘策を俺に授けてほしい！　お願い致す！」

シノノメ国第一王子、ロウルヴァーグだと名乗った男は再び兵に捕らわれる前に、自ら床に両手を付き、俺に頭を下げた。

土下座と呼ばれる姿勢を取られ、ヨアニスも兵たちも呆気《あっけ》に取られ、ランデルも剣を納める。

「綺麗《きれい》な土下座ですね」

「冷静に分析している場合か。どういうことだ？　本当にロウルヴァーグ王子か？」

「真《まこと》だ！　そちらは貴殿の右腕でありセフォルズの頭脳と名高いヨアニス殿だろう？　頼む俺の相談に乗ってくれ！」

「頑張って下さいね、ソウンディク殿下」

「俺に丸投げかっ⁉」

「ナターシャ嬢にも殿下にも指摘される通り、私は恋愛方面には不得手でしてね」

自覚しているクセに改善しねぇのどうかと思うぞ。

未《いま》だに床に両手をついているロウルヴァーグ王子と思われる男を見遣《みや》る。

シノノメ国伝統の衣装を身につけ、腰に下げている武器は刀と呼ばれる特殊な物。

そして何より、記憶しているロウルヴァーグ王子の顔だった。

「縄を解き、兵を下がらせていいぞランデル」

「殿下、信じるのですか？」

「記憶しているロウルヴァーグ王子で間違いない。このことは他言無用で頼む」

「承知しました。何かあればすぐにお呼び下さい」

室内には俺とヨアニスとロウルヴァーグ王子だけとなる。

「座ってくれ。このような形で会うとは思わなかった。ロウルヴァーグ王子」

「信じてくれて感謝する、ソウンディク王子。それで早速俺の相談に……」

「恋愛が大事なのは分かるが、貴国は今それどころではないのではないのか？　ユール国と緊張状態にあると聞いている」

「その通りだ。だからこそ、俺は恋を成就せねばならないのだ！」

ヨアニスに目を向けると、腕を組んで椅子に深く座り直し、ひとまず話を聞く姿勢を取っている。

「……詳しく聞こう」

「貴殿に会いたいと願ったのは他《ほか》でもない。貴殿は幼馴染であるナターシャ嬢と大変仲睦《なかむつ》まじいと俺の耳にも届いている。俺も貴殿と同じように幼馴染に好かれたい！　どうしたらいい？」

ロウルヴァーグ王子は真剣だ。ふざけている様子もない。

「どうと言われてもな。好きだと伝えればいいのでは？」

「伝えても、他に想い人がいると断られてしまうのだ」

「片想いということか」

「違う！　元々は俺を好きでいてくれた！」

「元々？」

「どういうことなのです？」

俺とヨアニスの問い掛けに、ロウルヴァーグ王子はバツが悪い顔になりながらも口を開く。

「俺は、色恋よりも剣の腕に磨きをかけることに心血を注いできた。だからこそ、幼馴染の大切さに気付くのが遅れたのだ。気付いた頃にはミイツアの心は俺から離れてしまっていた」

「ロウルヴァーグ王子。その時点でソウンディク王子と貴殿とでは大きな差異がある。ソウンディク王子は幼少期からナターシャ嬢に近付く男全《すべ》てに牽制《けんせい》を続け、恋人となった今も周囲に威嚇をし続けているのです。国王、宰相、役人、騎士の前だろうとお構いなく。私も皆も慣れているので、仕事さえしてくれれば何も文句はありませんがね。真似《まね》しようと思って出来るものではありません」

「俺に喧嘩《けんか》を売ってんのかヨアニス？」

「まさか。寧《むし》ろ現状はそのくらいしないとね。君とナーさんは両想い。でも最悪な人がナーさんを狙《ねら》っているからね。ソウンディクに少しでも不貞の気配があれば、あのお方がナーさんの耳に届けるだろう。既にこの一週間でナーさんのあの教師への評価が上がっているのは気付いているだろう？」

「ああ、地理の授業中、辛《つら》そうな顔しなくなったからな」

コーラルが語るそれぞれの国の特徴や場所の覚え方をナターシャは、目をキラキラ輝かせて聞いているのだ。

その顔は可愛《かわい》い。国の場所を覚えるのも良いことだ。だが、それをさせているのがコーラル皇子だと思うと悔しくて堪《たま》らない！

「俺のナターシャへの愛をなめんじゃねぇぞ」

「はいはい。熱すぎるほど想いは伝わっているよ」

「ヨアニス。少しは恋愛に熱を持て。そんなだからメアリアン嬢と進展がないんだぞ。例えば、夜会でメアリアン嬢から一曲踊ってほしいって誘われたらお前なんて言う？『私は警備で忙しいのでダンスを踊っている時間はありません』とか何とか言って断るだろう？　違うか？」

「その通りだね」

「バカ野郎。学園在学中くらい騎士に警備は任せとけって何度言わせりゃ気が済むんだ！　レイヴィスカ王女に告白までされてて、お前一体どうするつもりだ」

「レイヴィスカがヨアニス殿に好意を伝えたのか!?」

「ええ。ロウルヴァーグ王子も、王女殿下とお会いになられているのですか？」

「レイヴィスカは友だ。だが奴《やつ》がヨアニス殿を、そもそも男を好きだというはずがない。レイヴィスカは、俺の友でもあるが同時に恋敵《こいがたき》でもある！　俺の幼馴染であるミイツアは、レイヴィスカのことを好きになってしまっているのだ！」

「……」「……？」

ヨアニスとお互いの顔を見合い、俺達が一週間前に会ったレイヴィスカ王女は確かに女だったよな？　と姿を思い浮かべる。女にしか見えなかったが、どういうことだ？

「俺も初めはレイヴィスカを男だと思っていたのだ」

「我々はそもそもレイヴィスカ王女を男だと思いもしておりませんが？」

「それは奴がまだ何重にも猫を被《かぶ》っているからだろう。本来の奴は、とてつもなく女に好かれる男なのだ。女だがな」

「ややこしいですね」

「ロウルヴァーグ王子。順を追って説明してもらえないか？　恋愛が戦とどう関わっているのかも話してもらいたい。そもそも何故《なぜ》このような場所に、このような形でいたのだ？　事情があるようなので此度《こたび》は問題にするつもりはないが、不法入国で罪に問われても文句は言えないぞ？」

「申し訳ない。どうしても俺はソウンディク王子とナターシャ嬢の話が真実なのかを自分の目と耳で確かめたかった。そして貴殿らの話が真実だと分かり、俺の相談に乗ってもらいたいと決意を固めた」

「俺とナターシャの話とは？」

「ソウンディク王子とナターシャ嬢は幼馴染で婚約者。そしてナターシャ嬢の父は貴殿の臣下。年齢も貴殿らと俺、そしてミイツアとは同い年。境遇は同じだ。だが届けられる話は俺達とは違い過ぎた」

「どう違ったのです？」

「仲の睦まじさと、民の評判だ。それぞれの親に婚約者に定められたにもかかわらず、貴殿らは惹《ひ》かれあい、恋仲となる前から仲が良かったのだろう？　貴殿は武術の腕前も相当だと聞いた。そして頭脳も明晰で公務もそつなくこなす。同じ王子としてここまで出来る王子がいるものなのかと耳を疑った」

「ソウンディクは外面がいいからね」

聞こえているぞ、ヨアニス。ぼそりと呟《つぶや》いたヨアニスに文句を言おうとしたのだが、その表情を見て言葉を飲み込む。

何故か俺以上に誇らしげな顔をしているので、何も言えなくなってしまう。

「さらに驚いたのは貴殿とナターシャ嬢のことを語るセフォルズの民達の表情だ。一人ひとりが、貴殿とナターシャ嬢のことを知り、好いていた。自国の王の顔すら知らぬ者が多いのが現状だろうに、貴貴殿とナターシャ嬢は違ったのだ」

シャルロッティ学園に入学する前は、ナターシャと二人、時にはヨアニスとジャックも伴ってセフォルズ中を駆け回っていたからなぁ。馬に乗れるようになってからは遠方に多く出掛けていた。

今訪れている皆も例外じゃない。

ランデルに会いにくる意味もあったが、他国との国境というのは子供からすると異世界への扉のようでワクワクし、皆にばかり遊びにきている時があった。

皆を守る顔ぶれは少し違えど知る者ばかりで、到着した時も皆礼をもって接されたが、感動され、ハンカチで目元を拭《ぬぐ》う者が多くて気付かないフリをするのに苦労した。

「貴殿の悪評も聞きたいと思い、何かないかと意地の悪い質問をしてしまった。すると皆がソウンディク王子のナターシャ嬢への独占欲くらいなものだと笑われた。ナターシャ嬢の方は、つい最近までソウンディク王子からの恋慕に一切気付かない鈍さが問題だったと。それと単独で各地に赴く傾向があった点だそうだ。皆心配で気が気でない様子だったぞ。だが、シャルロッティ学園に入学してからは、執事や騎士を伴って出掛けるようになってくれて安堵《あんど》したと話していた」

「一年でだいぶ改善された点だね。私もホッとしているよ」

「そうだな」

去年はまだ単独行動がナターシャは多く、最悪なことにコーラルまで引っ掛けてしまっている。

「そして皆が最後に複雑な表情で語っていたぞ。最近、寂しいとな」

「寂しい？」

「貴殿とナターシャ嬢が顔を出してくれなくなって寂しいと。俺は民にそのような感情を抱かせる貴殿らを尊敬する」

「……式のパレード、国中回るルートを考えないとダメかな」

「前向きに検討してみてくれヨアニス」

ああ、堪らなく、ナターシャに会いたい。

「ソウンディク王子とナターシャ嬢を補佐する私としては大変喜ばしい評価を他国の王子殿下にして頂けて光栄です。それで？　その、どこで捕らえられることになってしまったのですか？」

「貴殿らの評判を考えれば、俺の行動は怪し過ぎた。この砦に怪しい奴がいると連絡が入ったそうだ。捕らえられた際、俺はダメ元でソウンディク王子との面会を希望した。俺の身形を見て、ランデル男爵が剣の腕前を見たいと言われてな。剣を交えると、楽しげな顔を向けられ『もしかしたらその希望、叶《かな》うやもしれんぞ？』と言われ、待っていたのだ」

「なるほど。捕らえられた経緯は分かりました」

「ロウルヴァーグ王子は幼馴染殿と恋仲になりたいということだろう？　来月共に留学してくるのなら、学園で共に学びながら仲を深めていったらどうだ？」

「学園にはレイヴィスカがいる」

「そうか。レイヴィスカ王女のことを幼馴染殿は慕っているのだったな。こうして会えて、話せているにもかかわらず言うのは気が引けるのだがロウルヴァーグ王子。セフォルズへの留学、取り止《や》めにしてはどうだ？　わざわざ恋敵がいる場に、自身の想い人を連れてくる必要はないだろう？」

「ミイツアが、泣くのだ」

「何故？　泣くようなことをしたのか？」

「た、確かに今まではミイツアに冷たく当たってしまっていたが、最近は……まともに会話すら出来ていないから俺が泣かせてはいないはずだ」

「会話すらない？　俺とナターシャの話を集めている場合じゃない。今すぐ帰り、ミイツア嬢と話せ」

「話しても悲しい顔ばかりするのだ！　ミイツアは、レイヴィスカのことを想って泣いている。少しでもミイツアが喜んでくれるように、セフォルズに行けばレイヴィスカと会えると部下を通じてミイツアに知らせた。すると嬉しそうに微笑《ほほえ》んだ。俺はミイツアに笑っていてほしい」

「恋愛事に不得手な私でも良策ではないと判断出来ますが？」

「俺とて分かっている！　だがシノノメ国にいても改善すると思えんし、何より戦の気配が濃厚になってしまう！」

「ここで戦と繋《つな》がるのか」

「ミイツアの両親はユールとの友好を良しと思わぬ者なのだ。一人娘の心がユールの、しかも王女に奪われてしまっていることを知って、すぐにでもユールに乗り込もうとする者を止めるのに苦慮している。俺がミイツアと良好な関係を保ち、レイヴィスカと友であることを示せばミイツアの親や、彼等に賛同する者も大人《おとな》しくなるだろう」

　ミイツア嬢の親族はユールと敵対することを望んでいるわけか。

「もう一つ気掛かりなことがある。ミイツアの兄が行方《ゆくえ》不明なのだ。ミイツアの兄は妹を溺愛している。それでいて、レイヴィスカとも酒を酌み交わす仲だった。だが、レイヴィスカの正体を知った後、姿が見えなくなってしまっている。もしやレイヴィスカがいるセフォルズに入り込み何か企《たくら》んでいるのではないかと思ったのだ」

「そんな危険人物がいるのですか」

「何から何まで迷惑を掛けそうで申し訳ないが、留学中、宜しくお願い致すソウンディク王子！」

お願いされたくねぇ。

「面倒事が起こりそうですね」

ヨアニスの意見に、俺も同意しかなかった。

・ハーヴィ家でのお茶会と危険な侵入者

本日は我が家でのお茶会。自分が主催者となるお茶会はとても楽しい。お茶会は腹の探り合いとも言われるけれど、自分主催となればジャックや、今ならサイダーハウドさんの力も借りて警戒も出来るからね。

形式を重んじるのは少し苦手だけれども嫌いではない。

季節のお料理やお花を準備出来るのが楽しくて堪《たま》らない！

そして、去年からはよっちゃんからの助言もあり、ドレスや装身具にも目を向けるようにしている。

お洒落《しゃれ》に敏感な令嬢たちとの会話も一層弾むようになった。

「ナターシャ様。本日はお招きありがとうございます」

「ようこそお越し下さいました」

ドレスを少し摘《つま》み、美しさを心掛けて礼をし、笑顔を向ける。

「本日は少々賑《にぎ》やかなのですね」

「うふふ。盛り上げて下さる方がいらして下さっていますの。それに本日は夕方からのお茶会ですので、少しいつもと気分が違いますからね」

今日のお茶会は夕方からのもの。

昼間に行われるお茶会は、お茶とお菓子を主に楽しむのだけれど、夕方からのものは軽食を食べ、お茶会の最後にお菓子を食べる。

日が暮れ始めた時分というのは、夜が近付いてくるからか、皆の気分が上がるように感じる。

そして何より今日は賓客をお招きしているのだ。

「素敵……」「素晴らしいですわぁ！」「王子様……」

ご令嬢たちの甘く、うっとりとした声があちらこちらから聞こえる。

音楽と共に透き通った声が会場内に響いているのだ。

音を奏でるのはライクレン・オークス君。

ユリアちゃんの恋人として私は認識が強いのだけれど、多くのご令嬢達は天才音楽家として認識し、その容姿もまた彼女達を夢中にさせる。

そんなライクレン君の音に乗せて歌声を響かせているのが……レイヴィスカ・リル・ユール様の男装のお姿。

そのお声も素晴らしいけれど、男装姿に私も驚いた。

とんでもなくイケメン。長い髪は鬘《かつら》に隠され短くし、眉《まゆ》を凛々《りり》しく整え、服装はユールの王族の男性の衣装。レイを見つめている女の子の言葉の通り、王子様にしか見えない。

「いやいやいやぁ。驚きましたね、ナターシャさん」

可愛《かわい》らしいドレスに身を包んだユリアちゃんが声を掛けてくれる。

「ユリアちゃん。ありがとね。ライクレン君を連れてきてくれて」

「いえいえ。ライ君もナターシャさんと会いたいって言っていましたからぁ。まさか新たなヒロインが転生者で、それも女性好きでいらっしゃるとは。もう既に、多くの女性のお心を鷲掴《わしづか》みになされていますもんね。魅了のチートスキルでもお持ちなんでしょうか」

「凄《すご》いよね」

昨日、レイへ提案したのは私が主催のお茶会への出席。それもね、男装で出席するのはどうかとお誘いした。

レイは目を輝かせてくれて、それならばユールから連れてきた者の中に共に演劇を学ぶものがいるから即興劇を披露させてほしいと申し出があり、そういうことならセフォルズで今大人気の天才音楽家、ライクレン君との共演もいいんじゃないかと考えた。

多忙なライクレン君がＯＫしてくれるか不安だったが、ユリアちゃんがライクレン君にすぐに連絡を取ってくれて、急遽《きゅうきょ》だったにもかかわらず、ライクレン君は応じてくれた。

ライクレン君の奏でる音は美しくて、音楽に詳しいと言えない私ですら聞き惚《ほ》れてしまうほどなのだけど、それに負けない存在感をレイは放っている。

今日お呼びしている令嬢の多くがシャルロッティ学園に通う子。

本来のレイの姿を見せることで、学園でも彼女達と親しくレイが接せられるようにするのが私なりの策略だったのだけれど……。

レイなら、自力で女の子達の心を掴めたに違いない。

そう思えるくらい、劇を終えたレイの周りには多くの女の子が集まっている。

「素敵でしたわ、レイヴィスカ様！」

「嬉《うれ》しいな。レイと親しく呼んでほしい。その可愛らしい唇でね」

「レイ様。あの、私、大変感動致しました」

「ありがとう。ああ、涙目にならないで？　潤んだ瞳《め》を見ているだけで、口付けたくなってしまう」

「そんなレイ様！　私もキスをしてほしいですわ！」

「私だって！」

……あ、遊び人だ。

ちゅっちゅっと、大勢の女の子の頬《ほお》や手、涙を浮かべる女の子の目元に口付けをしていくレイを遠くからユリアちゃんと並んで見つめる。

「アレは大丈夫なんでしょうか？」

「大丈夫じゃないです！　あの馬鹿《ばか》野郎。ほんっとに場を弁《わきま》えず申し訳ありません！」

「グラッドルさん。すみません。ここまでおモテになると思わずお呼びしてしまって……」

レイの護衛役として当然グラッドルさんをお呼びすることになった。

お茶会が始まって早々から、険しい表情でレイを見つめるグラッドルさんはこうなることが分かっていたのかもしれない。

グラッドルさんが姿を見せた途端、ユリアちゃんはニコニコしながら離れていく。

ユリアちゃんは、２のヒーローやヒロインと関わるつもりはないって言っていたものね。私は関わっても問題ないんじゃないかと思うけど。

「ナターシャ様が謝る必要はありません。ウチのバカ王女を心配して下さりありがとうございます。また学園に通うようにもなるでしょう。俺《おれ》としてもアイツがシャルロッティ学園に通ってくれている方が護衛し易《やす》いので助かります」

「そうなのですか？　お屋敷にご滞在されている方が警備はし易いのでは？」

「女性の肌が恋しくなって、セフォルズのそういった店に繰り出す可能性があるんですよ」

……あらぁ。てことはユールでもシノノメでもそういったお店に行ってるのね。

「そう言えば、グラッドルさん。ソウンディク王子とヨアニスからお聞きしたのですが、セフォルズの王城でのレイの滞在を望まれたとか。あの、いろいろご事情が分かったので、不思議で。それとも、それほどレイの身に危険が及ぶ恐れが？」

「ああ、いいえ。違うのですナターシャ様。ソウンディク殿下とヨアニス殿に無礼なうえに申し訳ないことを致しました。レイヴィスカの奴《やつ》が珍しく男の名を口にしたので、臣下としては万が一でも上手《う》くいくのであればと思い、申し出ずにはいられなかったのです。ソウンディク王子とナターシャ様の仲睦《なかむつ》まじさを見て、自分も王女らしくあろうと、少ぉおおおしでもアイツが思ってくれないかと望みをかけてしまったのです！　ほんっとうに申し訳ありません！」

「そ、そうだったんですね。お話を聞かないと分からないことってありますね」

「ナターシャ様は聞きしに勝るお可愛らしさと、ソウンディク王子との仲睦まじさで素晴らしいです。本日のお茶会も、これは、ユールとシノノメの伝統料理ばかりですよね？」

「はい。それぞれの国の方からすれば拙い出来だとは思うのですが、レイも褒めてくれました」

レイなら女の子の作った料理全《すべ》てを優しく褒めてくれそうだけどね。

「いいえ。大変お上手《じょうず》ですし、美味《おい》しいですよ」

「グラッドルさんにそう言って頂けると安心です。私は国の場所を覚えるのは苦手なのですが、その国のお料理の文化を調べて、その料理を作るのが趣味の一つなのです。幸いなことに、私の作った料理を振舞う場もこのようにあり、皆さまに少しでも楽しんで頂き、セフォルズの人々がユール国とシノノメ国に親しみを持ってくれたら嬉しいと思っています」

食文化って、国と国同士が知り合う初めの一歩に思える。

現代日本でも、様々な国の料理店が国内に出来て、その国の料理を本場で食べたいと思えて海外旅行に行く人も多かった。

今日も、ユール国とシノノメ国のお料理を並べると、皆、興味津々に口に運んで、ある人はレイやグラッドルさんにどんな料理なのか聞いたりもしていたから、話題のネタの一つになれていいそうで、嬉しく思う。

「うっ！」

「ど、どうされましたグラッドルさん⁉」

ま、まさかお口に合わなかった⁉　それか食中毒だったらどうしよう⁉

じいちゃんとばあちゃんの食堂を手伝っていた頃《ころ》から食中毒は何よりもの天敵だ。

「感動して！」

「……へ？」

「セフォルズが羨《うらや》ましくて！　申し訳ありません！　顔拭《ふ》いてきます！」

……あ、泣いていらっしゃったのね。

「グラッドル殿はかなり苦労なさっているようですよ」

「ジャック！　身体《からだ》は大丈夫なの？」

「マスクをしていれば風邪《かぜ》をうつすこともなさそうなので、片付けだけ手伝っているんでご心配なく」

「風邪をうつされるより、ジャックの身体そのものを心配しているのよ？」

「ありがとうございますお嬢。いやいや俺もお嬢の執事として苦労はありますがね。グラッドル殿の話をお聞きしてそりゃ大変だなぁと思ってしまいましたよ」

「そんなに？」

「主《あるじ》が不特定多数のお相手とお付き合いされていると臣下は大変だということだけお伝えしておきます」

……そうかぁ。想像することしか出来ないが、レイを想い過ぎた女性が通い詰めることもあったりするんだろう。それも複数。

「そろそろお茶会もお開きですね。主要な方のお見送りはサイダーハウド殿を供にお付けになって下さいね」

「うん。分かったわ」

視線を向けた先にはサイダーハウドさんが待っていてくれて、ジャックに無理しないよう念を押し、お茶会に来て下さった皆様を見送った。

レイには帰り難い、泊まってもいいかと冗談なのか本気なのか分からず言われてしまい、グラッドルさんがその首根っこを引っ張って帰っていってくれた。

「今日は、メアリアンは来られなくて残念だったなぁ」

明日には会えるソウのお弁当の下ごしらえをするために、屋敷の裏庭にある菜園に向かいながら一人呟《つぶや》く。

「ごめんなさいナターシャ。少し考えたいことがあるから」と断られてしまったのだ。

考えたいこととはなんだろう？　私が力になれるのならば、いつだって話を聞きたいと思う。

メアリアンにもユールとシノノメの料理を食べてもらいたい。明日は多めにお弁当を作ろう。

すっかり日も暮れてしまったが、菜園の周辺には灯《あか》りをともしているので実った野菜を確認することが出来る。

「……あれ？」

昼に確認した時はあった野菜が減っている気がする。

お茶会に出すお料理で必要な分は朝に収穫しているので、その後誰《だれ》かが食べることはないのに……。

私の記憶違いかな？　首を傾《かし》げながらも必要な分の野菜を収穫し、厨房《ちゅうぼう》に向かうと、再び首を傾げることになる。

「お弁当箱が、ない……」

一つや二つなくなっても、沢山あるので問題ないのだが、覚えきれないくらいは購入していないので、全てのお弁当箱を私は記憶している。

これは気のせいじゃない。まさかと思うが去年あったように私が作ったお弁当だと嘘《うそ》を吐《つ》いて、ソウに何かしようとしている誰かがいるんじゃ……。

「ナターシャ様！」

「サイダーハウドさん⁉　どうしたんですか？」

「侵入者の気配を感じました！　自分から離れませんように」

厨房に駆け込んできてくれたサイダーハウドさんは腰から剣を抜き放つ。

「サイダーハウドさん。侵入者の気配って、この屋敷の中からですか？」

「ナターシャ様を前にして情けないことを申し上げますが、恐らくとしか今は言えません。私は一定の範囲内であれば、生き物の気配を感じ取ることが出来るのです。お茶会の時も、茶会を終えた今も、ハーヴィ家の邸内にいる人間の人数を気配で把握していたのですが……確実に一人多い」

け、気配で人の数が分かる能力をお持ちなんですか。

公式で世界一の剣士と呼ばれているだけのことはあるんですね。

サイダーハウドさんの背に隠れさせて頂きながら、厨房内を見渡す。

荒らされてはいないのよね。ただ、お弁当箱は二個、なくなっている。

「私が使用するお弁当箱がなくなっているんです。それと裏庭の菜園の野菜も減っていて……」

「なんとっ、くっ！　申し訳ありませんナターシャ様。ハーヴィ将軍ご不在の中、御身をお守りするのは私の役目であるというのに、我ながら何という体たらく！　……悔やんでいても現状が良くはなりませんね。侵入者の気配は微かなもの。その手腕はかなりのものと言って良いでしょう。コーラルが帝国から連れてきた連中の気配よりも、読み辛《づら》い」

「そんな方が私のお弁当箱を盗んで野菜も盗ったのでしょうか？　自分で物騒なことを言うのは怖いのですが、私に何か危害を加えるおつもりなら、私を直接狙《ねら》った方がいいのでは？」

「相手の狙いが不明なうちに推測をするのは危険です。ひとまず、ナターシャ様のご自室へ向かいましょう」

「はい……」

侵入者の狙いが私とも限らないものね。

実際に、お父様の命を狙った者が捕まえられることが過去にもあった。

英雄と国内外に評されるお父様だけれど、お父様を憎く思う人もいる。

「お嬢!?　どうされました？　なんでサイダーハウド殿が剣を抜いているんですか？」

階段の傍《そば》まで来ると、ジャックやシア、我が家で働いてくれている皆が集まってきてくれる。

「ジャック、シア、皆、屋敷の中に侵入者がいるみたいなの！　私の使っているお弁当箱と、裏庭のお野菜がなくなっているの」

「はぁっ!?」

「なんですって!?」

「ナターシャ様のお弁当箱とお野菜が消えた!?」

「こら騎士見習いの小僧ども！　どこに目ぇつけてやがるんだ！」

「申し訳ありません！」

「ナターシャお嬢様、お怪我《けが》は!?」

皆がみんな慌てだしてくれるが、それぞれがすぐに武器を手に持つ。

シアのようなメイド達まで短剣を手にしてくれている。

我が家で働く皆は、全員が武術の心得がある人ばかりなのだ。お父様の影響で体育会系が多くもある。

そんな彼等の目を掻《か》い潜《くぐ》り、厨房と菜園に侵入した人物とは、何者で、何が狙いなんだろうか？

サイダーハウドさんとジャック以外の皆はそれぞれ手分けして屋敷内と外を見て回ってくると駆け出していく。

「お嬢。お部屋へお入り下さい」

「ナターシャ様。決して部屋から出ないようになさって下さいね」

「ジャック、サイダーハウドさん。私だけ守られてばかりでいいのかな？　みんなに気付かれないくらいなのだから、侵入者は強い人よね？　心配だわ」

「何を仰《おっしゃ》ってるんですかお嬢。お嬢にもしものことがあればセフォルズは終わります」

「そんな大袈裟よジャック」

「大袈裟ではないと、まだ新参者の私でも納得出来ますよ、ナターシャお嬢様」

「そうそう。いいですかお嬢。考えたくありませんがお嬢が命を落とすとしますよね。そうするとですよ？　ソウンディク王子殿下が使い物にならなくなります」

「ジャック、一国の王子様を物扱いするのは……」

「今は例え話なんでそこはスルーして下さい。国にいる多くの者が、お嬢大好きなあの殿下が後追い自殺してもさほど驚きません。王子としての役目だとか何だとか全部吹っ飛んでお嬢のことだけしか考えられなくなるでしょう。辛うじて自分がいなくなってもアークライト様がいるくらいはお考えになるかもしれませんがね。そうして殿下もいなくなってお嬢もいないセフォルズをヨアニス坊ちゃんが見捨てて出ていくでしょう。そんで俺だって、もうどうしたらいいか分かんなくなりますよ。シアのことはお嬢とは違う感情で愛していますがね。シアだってお嬢がいないことを泣いて悲しむ。俺達二人揃《そろ》ってお嬢と殿下の後を追うかもしれない。メアリアン嬢だって死を選ぶかもしれません。ほーら。みんないなくなっていくのが分かるでしょう？」

こ、怖い。青褪《あおざ》めて震える私の背中を押して部屋に入れられ、扉を閉められてしまった。

「脅しではありませんからね？」

「必ずや侵入者を捕らえてみせます！」

外から鍵《かぎ》まで掛けられてしまった。

溜息《ためいき》を吐いて、寝台横に置いてある灯りをともす。

ほんのり室内を明るくすると、化粧台の上に置いてある去年ソウから貰ったハーバリウムが光を受けて輝いているように見えた。

手に取って寝台に腰掛ける。

ソウは私に似合う花だと言って、向日葵《ひまわり》を選んでくれた。

「花言葉までは、意識してくれてないわよね……」

前世の私も、食堂に花を飾ることは多かったけれど、花言葉を気にすることはなかった。

男性ならば尚のこと考えて贈ってくれる人は少ないだろう。

花を貰えたのが嬉しくて、ついつい花言葉を調べて恥ずかしくなって寝台を転がってしまったのは誰にも言えない秘密だ。

「会いたいわ、ソウ……!?」

ガタッ！　――ボタボタボタッ。

私の部屋から出られるバルコニーから物音と、そして何故か水が滴り落ちるような音が聞こえた。

……人を呼ばなきゃいけないわよね。

けど、とんでもなく強い人だったら、騒ぎ立ててしまった方が相手を刺激してしまうんじゃないだろうか？

深く呼吸を繰り返し、ゆっくりとバルコニーへと繋がる窓辺へ近付いていく。

恐る恐る外へと繋《つな》がる扉を開けると、ヒュゥッと夜風が室内に入り込んでくる。

「ぁ……」

「っ!?」

バルコニーの端に潜む、真っ黒い装束に身を包んだ人影と目が合った。

その瞳は金色で、猫のようだと見つめてしまうが……ど、どうしよう。侵入者と遭遇してしまった。

何より気になるのは、黒装束を着た人物が顔半分を手で押さえ、その指の隙間から血を流していることだ。

さっき聞こえた水が落ちる音は鼻血が床に落ちる音だったらしい。バルコニーには点々と、血の跡が出来ていた。

怪我をしているの？　でも、まだ誰とも戦ってないわよね？　それとも誰かとどこかで戦った後にウチに侵入したのだろうか？

「だ、大丈夫ですか？」

「……」

不審者に掛ける言葉ではないかもしれないが、私の問いかけに、金色の瞳が見開かれる。

「……い」

「え？」

「尊いっ、なんっっって尊いんだ！　我が姫君！」

両手を広げ、目の前の人物は訳の分からないことを言い出す。

戸惑っていると、顔を隠していた手が外され、私の方が驚くことになる。

侵入者の顔は、とんでもなく整っていた。

金色の瞳が輝く右目には泣きボクロがあり、柔らかそうな髪はオレンジで夜でも綺麗《きれい》なことが分かる。

攻略対象者、だと思うけど、その整った顔にある鼻から、大量の鼻血を垂れ流している。

な、なんで？　誰かに殴られて鼻血出しているんじゃないわよね？

一歩一歩こちらへと近付いてくる相手から、一歩一歩遠ざかる。

すると、相手がハッ！　とした顔になり、慌てて手の甲で鼻血を拭《ぬぐ》う。

「ち、違うのです姫よ！　貴女《あなた》に危害を加えるつもりはありません！　私はただ貴女にお会いしたかった！　そして貴女を感じたかった！　貴女のよく使用する弁当箱と、貴女が愛情を注ぐ野菜を盗んでしまい申し訳ありません。野菜は……一層貴女を感じたくて食べてしまいましたが、弁当箱は、お返し致します」

コトッとバルコニーになくなっていたお弁当箱が二つ置かれる。本当にこの人が盗んだのね。

「あの、姫とは？」

「それは、」

ガシャァアアンッッ！

「きゃあ！」

けたたましくガラスが割れ粉々になり、その衝撃に悲鳴を上げてしまう。

目を瞑《つむ》って頭を覆い、蹲《うずくま》る。

「ナターシャ姫！」

「ナターシャ様に触れるなぁああああっ！」

大きな声に目を開けると、心配した様子で私へと手を伸ばした見知らぬ男性へサイダーハウドさんが剣を振り下ろしているのが見えた。

侵入者の気配を感じ取りサイダーハウドさんがガラスを割ってバルコニーへと飛び出てきてくれたのが分かる。

しかし剣を振り下ろした衝撃で、部屋のバルコニーの半分が地に落ちていく。

とんでもない剛腕だ。震えながらバルコニーの手すりに掴《つか》まり、下を見てみる。

私がいる場所は幸いなことに崩れることはなかったけれど、サイダーハウドさんと侵入者の男性はバルコニーごと落ちてしまった。

でも！　私の部屋は三階にあるというのに、二人とも平然と地に降り立った。

あの人達どっちもヒーローだからだろうけど、身体能力高すぎて怖過ぎる！

「何者だ貴様！　名を名乗れ！」

「名を名乗れだと？　まだナターシャ姫に我が名を知って頂けていないというのに誰だか知らん奴に名乗るわけがないだろう！　おのれ……やっと叶《かな》った姫との逢瀬《おうせ》、邪魔立てするとは！　貴様決して許さぬぞ！」

黒装束のどこかに隠し持っていたらしく、侵入者は剣を二本、それぞれ手に持ち構え、サイダーハウドさんと対峙する。

あの人は二刀流なのね。

「お嬢！　大丈夫ですか⁉　部屋から出ないで下さいって言ったのに！」

「ば、バルコニーは部屋の一部のようなものよね？」

「言い訳しねぇで下さい！　部屋に入って！」

ジャックが私の手を掴み、部屋の中へと引っ張るけども、私はこの場に踏みとどまる！

剣と剣とがぶつかり合う音が響き渡っている。

あの人はサイダーハウドさんと渡り合えるほどの力の持ち主ってことだ。

「ジャック！　あの人、私に危害を加えるつもりはないって言ったわ！」

「だからなんです⁉」

「争う必要はないってことよ！」

「あぁもうしょうがねぇな！　どうしたいんですかお嬢！」

「名前を聞くのよ！」

「はぁっ⁉」

バルコニーの手すりに掴まり、未だに剣をぶつけ合う二人の邪魔をさせてもらう！

「そこの貴方《あなた》！」

「っ⁉」

私の声に、誰より早く侵入者の男性が顔をこちらに向ける。

「お名前は何と仰るの？　私はナターシャ・ハーヴィ。サイダーハウドさんは私を守るためにいて下さっている方です！　貴方は私に危害を加えるつもりはないと仰いましたよね？　ならば私にとってお二人は味方です。剣を納めて頂けませんか？」

「っ」

再び、ぎょっ⁉　としてしまう。

またも侵入者の男性は鼻血を出して、さらには涙を頬から伝わせた。

「姫っ、なんとお優しく素晴らしい！」

サイダーハウドさんも剣を振るう手を止め、屋敷中に散らばっていた皆も集まってきて、侵入者の様子に驚く。

「私の名はドラージュ。姫、私は貴女のお傍にいたい！　……しかし、王子がご不在中は許されないでしょう。またお会いしましょう。我が姫君」

「待て！」

サイダーハウドさんの制止を聞かず、一瞬で、侵入者ドラージュさんは姿を消してしまった。

逃がしてしまう形になってしまったけれど、お名前を知れた。

そしてあのご容姿ならば、やはり間違いないだろう。

ユリアちゃんに後日、報告と相談だ！

・王子と皇子の睨《にら》み合いです

「だから力加減を普段から心掛けろと言っているでしょうサイダーハウド。ナターシャさんの部屋と繋《つな》がるバルコニーを壊すとは、何をやっているのです。誰がお前の尻拭《しりぬぐ》いをしてやると思っているのですか？」

「くっ、俺《おれ》とて反省している。だがドラージュと名乗ったあの男、俺の剣を幾度も受け流した。コーラルよ、俺は世界が広いことを改めて知った！　再戦を希望する！」

「ナーさん？　どこで見知らぬ男を引っかけたのかな？　頭の中の引き出し全部ひっくり返して気合いで思い出しなさい」

「む、無理！　よっちゃん、本当に知らない人だったの！」

「ジャック。ナターシャがコーラル皇子とレイヴィスカ王女の元へ行くことになっちまったって⁉」

「すみません殿下！」

六人が一室で一斉に喋《しゃべ》り出すから収拾がつかない。

昨日の夜の騒ぎを聞きつけてくれて、コーラル様がいち早くハーヴィ家に駆け付けてくれた。

私のお父様には帝国の第三皇子であることを、サイダーハウドさんを私の護衛にする時にコーラル様はお伝えになられていたそうで、バルコニーや破損した屋敷の修繕費を帝国が支払うとの申し出があった。

そして早朝。視察先から帰ってきたソウやよっちゃんに一連の流れが報告され、今日一日の授業を終えて、学園の一室にみんなで集まっている。

ユリアちゃんにドラージュさんについての話を聞きにいきたいけど、私が傍《そば》から離れることをどうあってもソウもよっちゃんも許可してくれなかった……。

「それにしても、何と情けないことか」

「どういう意味でしょうか？　コーラル皇子」

コーラル様がわざとらしいほど分かり易《やす》く溜息《ためいき》を吐《つ》くと、よっちゃんが眉《まゆ》を寄せる。

「サイダーハウドを私がナターシャさんの元へ置いていなかったら、どうなっていたことか。セフォルズの騎士達も大したことはない証拠《しょうこ》ですね」

「コーラル様、そんな言い方しなくても」

「事実は事実ですよ、ナターシャさん。ドラージュという男、サイダーハウドを退けられるほどの力の持ち主ならば、混乱に乗じて、ナターシャさんを攫《さら》うことも、最悪の場合、命を奪うことも出来たでしょう。それをやられなかったのは不幸中の幸い。王子の婚約者を守る警備がザル過ぎるということですよ」

嘲笑しながら言うコーラル様を、ソウと、そしてよっちゃんが睨み付け、二人の纏《まと》う空気がどんどん冷たくなっていく。

「申し訳ありません。おじょ……ナターシャお嬢様をお守りするのは、俺の役目です」

「君はナターシャさんの執事でしょう？　それなりに強いようですが、一国の王子の婚約者を守るには力不足ですよ。それとも、執事程度に守らせれば充分だと思える婚約者だということですかね？」

ダンッ！

「ソウ……」

「ナターシャは私にとって何よりも大事な存在です」

机に拳《こぶし》を叩《たた》き付けたソウは私の手を片手で握り締めてくる。

「コーラル皇子、ご助言感謝致します。今後の警備の参考にさせて頂きます」

「礼には及びませんよ、ヨアニス君。サイダーハウドはもう少し貸し出しておきますよ。私の義理の父君になり得るハーヴィ将軍にも宜《よろ》しく頼まれているのでね」

「ハーヴィ将軍が義理の父？　まだナターシャを諦《あきら》めておられないのですか？　こんなところで教師なんてしておられずに、さっさと帝国にお帰りになられてはどうです？　男装のレイヴィスカ王女が侍《はべ》らせる女性の数に負けぬどころか勝てる人数の女性が待ちわびておられるのではないですか？」

「ははっ、私はあの王女のように不特定多数の愛人を持つのは御免ですね。ソウンディク王子こそ、たった一人の女性を守り切るのが難しいくらい多忙で人員も足りないのであれば、ナターシャさんとの婚約を破棄なされてはいかがです？」

「そちらこそ……」

「ご冗談を……」

目に見えないはずの、火花が飛び散っているように見える。

いけないいわ。今コーラル様と争うのは絶対にダメ。

ユール国とシノノメ国に集中しないといけないいんだから。

「そ、そういえばね」

私が声を上げると、皆の視線が私に集まる。

緊張するけど、恐る恐る折りたたんで持っていた紙を数枚テーブルに並べる。

「なんだこれ⁉」

「……これ、どうしたのナーさん？」

驚きの声を上げるソウと、紙を見つめながら冷静な声で問うてくるよっちゃんに説明する。

「学校に来て鞄《かばん》を開けたら入っていたの。ドラージュさんのお名前が端に書かれているでしょう？」

「またあの男が屋敷に侵入していたってことですか⁉」

「屋敷で入れたのか、学園で入れたのか分からないけど……お上手《じょうず》よね？」

「……」「……」「……」「……」「……」

五人揃《そろ》って無言になられてしまう。うん。そういう問題じゃないのは分かる。

恐らく攻略対象者と思われるドラージュさんは、ご容姿だけでなく、才能にも恵まれているらしい。

私の鞄に入っていた紙には私が描かれていた。それも凄《すご》くお上手。

写真と言われても遜色ない。私の顔だけのもの、足先から頭のてっぺんまでの全身の姿。

笑顔や眠そうな表情などなど、様々な表情の私が紙に描かれていて、着ているドレスも忠実に描かれ、中にはシャルロッティ学園の制服のものまであった。

「こんなもんさっさと捨てた方がいい」

「待った」

ソウが紙を握りつぶそうとするのをよっちゃんが止める。

「興味深いね。探し物が見つかったかもしれないよ？　ソウンディク」

「おい、ヨアニス、それって……」

「ふふふ。貴重な人材なのは、私とサイダーハウドも認めるところ。上手《うま》く飼えるといいですね？　では、私は失礼しますよ」

「俺も、この場にはいない方が良いでしょう。失礼致します。お帰りの際には護衛に戻ります」

コーラル様とサイダーハウドさんが退室していく。

「ヨアニス坊ちゃん、何をお考えになられているんですか?」

「ドラージュはナーさんに固執している。またナーさんに接触してくる可能性は限りなく高い。そうなったら、何としても私とソウンディクと会うように説得してみてほしいんだよ、ナーさん。サイダーハウドと渡り合えるほどの力を持った男を、ナーさんの近衛《このえ》にするためにね」

「ドラージュさんを⁉」

「侵入者として入ってきたうえに、お嬢見て鼻血垂れ流していた変態をお嬢の護衛にするんですか⁉ いいんですか殿下⁉」

「……サイダーハウドが味方なのは今だけだろう。奴《やつ》はコーラルの懐刀だ。コーラルがナターシャを手に入れようと動き出せば、コーラルの力となるだろう。そうなった時に、オレ達も対抗出来る力が欲しい。ジャック、去年の武道会の結果、お前はどう思った? 悔しいがコーラルの意見も少しは頷《うなず》ける。同世代で、俺達に勝てる騎士は出てこなかった。何人束になっても、サイダーハウドに勝てるか分からない。だが、ナターシャもジャックも見たんだろう? ドラージュはサイダーハウドを止めた。こちらに欲しい」

ソウに見つめられ、私は頷く。

考えは理解したわ。ドラージュさんとまた会うことになったらどうしようと悩んでいたのだけど、ソウとよっちゃんとまずは会ってもらえるよう説得するのが私の役目ね。

「来月、つーか来週にはロウルヴァーグ王子とミイツア嬢が留学してくる。両名の護衛と補佐のために、シノノメ国からも多くの人間がセフォルズに入ってくることになる」

「ナーさんとジャックにも伝えておくけど、シノノメ国も面倒事を抱えてくるからね。来てほしくないけど仕方ない。敵か味方かの判断を見誤らないようにね。……さて、それじゃあ、私とソウンディクの不在中に起こったことを報告してもらおうかな？」

「え!?　報告したわよね？」

「コーラルとレイヴィスカ王女の元へ行ったっつーのは聞いたけど、何を話した？　どうしてそうなった？　詳しく聞かせろ」

笑顔のよっちゃんと真顔のソウの追及から逃げることなんて出来ない。

助けを求めるようにジャックを見遣《みや》るが首を横に振られてしまう。

コーラル様とレイヴィスカ王女と沢山のことをお話ししたけれど、その中には私やレイヴィスカ王女が転生者であることも語った。

今、様々な問題が起こりそうな時に、ソウ達にそのことを話すのはどうかと思うけど……。

「……そうね。みんなに聞いてほしいことがあるの」

決意を固めた。

・前世の記憶があることを伝えました

「前世の……」

「記憶？」

「……」

ソウ、ジャック、そしてよっちゃんに、私が転生者であることを話した。

そして前の世界には、この世界について記された物があるということも。

「信じられないわよね……」

私には特別な能力がない。物語のヒロインの多くが持ち得る特別な力がないので、信じてもらうには無理があるのは自分で分かる。ユリアちゃんは優秀な頭脳を持ち、レイは類稀《たぐいまれ》なる演技力と武術も会得している。同じ転生者なのに、こうも違うと少し凹《へこ》む。

「おいナターシャ。誰が信じないって言った？」

「そうですよ、お嬢」

「ソウもジャックも、信じてくれるの!?」

当然と言いながら、ソウにもジャックにも深く頷《うなず》かれる。

「ありがとう。でも、どうして？」

「どうしても何も、嘘《うそ》だとしたら、お前が俺達《おれ》にそんな話して何のメリットがある？　今が少し面倒事を抱えている状況なのはナターシャも分かってんだろ？　けど、お前は俺達に話した。話しておいた方がいいと判断してのことだろ？」

「ソウ……うん。話しておきたかったの。コーラル様にも、レイとの会話で知られることになっちゃったから。ソウ達に先に伝えるべきだったのに」

「前世の記憶をお嬢が思い出したのは一年前だったんですよね？　それなら、話すタイミング掴《つか》めねぇのも分かりますよ。いろいろ大変でしたから去年も」

「お前が俺から急に離れ出した時が思い出した日なんだよな？」

「うん」

「……はぁ。良かったぜ。何か俺がお前にやらかしたんじゃねぇかと思ったからよぉ。ナターシャの中でも葛藤はあったんだろうけどな」

「わっ!?」

ソウに引き寄せられ、頬《ほお》に手を添えられて正面から見つめられる。

「前世の記憶があろうとなかろうと、俺がお前を好きになって、お前も俺を好きになってくれたのは、変わらないだろ？」

「私、前世の記憶を思い出して、自分が悪役になっているって分かっても、ソウが好きになってくれて凄《すご》く救われて嬉《うれ》しかったの」

まだ恋愛感情をソウに抱く前から、ユリアちゃんが現れ、ソウがユリアちゃんの恋人になると考えただけで、寂しかった。あの時既に、ソウのことを好きだったんだと思う。

「ナターシャのことを誰《だれ》より知っていて、分かっているのは俺だ。お前が悪役になれるわけねぇよ。大丈夫だ。俺が保証してやる」

「王子様がソウで良かった。誰よりソウが大好きよ」

「俺もだ。愛してるナターシャ」

ソウと抱き締め合う。ソウに嫌われなくて良かった……。腕の温《ぬく》もりに安心出来て、瞳《め》に涙が浮かぶ。ソウが唇を重ね合わせようと顔を近づけてくるので、当然のように目を閉じる。

「あぁああ！　ちょっとお待ちを。後にして下さい。いやぁもう、お熱いことで何よりですけどね！……で？　ヨアニス坊ちゃんは何で何も仰《おっしゃ》られないんです？」

あ、そ、それは私もとてつもなく気になっていた。

腕を組み、壁に背を預けたよっちゃんはずっと無言。

「あのよっちゃん、何から謝ればいいのか分からないけど、全部本当のことで、話すのが遅れてごめんなさい」

「あぁ、私も、もちろんナーさんの話を信じるよ。ただねぇ、ナーさん？　そーんな面白いこと去年から秘密にしてただなんて、少し怒ってはいるよ。後で詳しく前世の世界の話を聞かせてもらうけど、ユリアへ送ろうとしていた悪役令嬢って書かれたあの手紙の内容もそれに付随している感じだろ？去年のナーさんの挙動不審ぶりを思い出すと納得する部分が多い。物語においての悪役の名と姿になっていたわけだもんね？　そして私達は物語の中でユリアという名のヒロインに選ばれるヒーロー。容姿端麗、頭脳明晰な男を見つける度に何者かを詳しく聞いてきたね？　ナーさんがレイヴィスカ王女と話した内容から、全《すべ》てが記された通りになってはいないことは結論付けられる。けれど……実際にこの世界に存在する人間の名や国は合っている。充分に検証し、今後に生かせる情報だ」

ニィッとよっちゃんがとても悪そうに笑みを深める。

一を話すと十を悟られてしまう。

「おいヨアニス。ナターシャはこの世界について記された物を見てはいないんだ。無理に話を聞こうとするな」

「もちろんだよソウンディク。予言書のように記されたそれを信じ過ぎ、それに準じた動きをするつもりは私にもないよ。だが、ナーさんから話を聞いた限りでもユール国とシノノメ国の戦の話は記され、戦が起これぱシノノメが勝つとなっていたんだろう？　なかなかその知識、使いようによっては脅威だと思うよ。戦になったらユールを見捨てて、シノノメの味方をした方が良いと判断することも出来てしまうんだからね」

　よっちゃんの言葉に息を飲む。

　国がどう動くかを決められる立場にいる人に、前世の記憶にある情報を伝えるのは、とても恐ろしいことなのが実感出来てしまう。

「ごめんなさい。話さない方が、良かったわね」

「いや。ナーさん一人が転生者であるのなら、話すも話さないもナーさんの自由にして良かったと思う。だがユリアがいて、レイヴィスカ王女もいる。今後同じように転生し、他《ほか》の世界の知識を持つ者も出てくるかもしれない。そうなった時に、そういった人間がいることを知っておきたい。話してくれて良かったよ。気掛かりなのはコーラル皇子もそのことを知ってしまっている点だ。そして、ユリアはコーラル皇子を好いている。あぁ、もちろんライクレン・オークスへ向けるものとは違う感情のようだけど。ナーさん、ユリアが転生者であること、コーラル皇子は知っているかな？」

「分からない。伝えたって話は聞いてないわ。でも、ユリアちゃんはその知識を無暗《むやみ》にひけらかしたりしてない」

「ユリアはなかなか賢いようだからね。ナーさんといい、ユリアといい、レイヴィスカ王女といい、その知識を悪用しない者ばかりが転生させられている。私はあまり神を信じる方ではないのだけれど、それなりに考えてのことなのか……。ふぅ。神やら何やらの存在まで考え出すのは良くないね。ユリアから話を聞くのは今後もナーさんに任せた方がいいだろう。無理矢理話を聞こうとすれば、口を噤《つぐ》む可能性の方が高い。けど、ナーさん。ユリアがナーさんよりコーラル皇子にその知識を授受しようとするならば大問題だ。ユリアからその辺りのこと、聞けそうだったら聞いておいてほしい。頼めるかな？　ナーさん」

「うん。分かったわ」

「良し。ソウンディク。ロウルヴァーグ王子が留学してくる前に、私達はレイヴィスカ王女と改めて話した方がいいと思う。ナーさんから転生者であることを聞いている前提でね。ナーさんにも同席を頼もうかな。女の子がいた方が素直に話してくれそうだからね」

「レイヴィスカ王女は転生者。自国がどうなるかを知ってのうえで動いているんだもんな。だが、どうにもあの王女。恋愛に夢中のようで、どこまで何を考えているのか分からねぇぞ？　ある意味、誰よりも厄介だ。ミイツア嬢を運命の相手と定め、彼女のためなら全てを懸けると言っていたんだろ？」

　ソウの問いかけに頷く。

　ミイツアさんのためなら何でもすると、レイは言っていたけれど、確かにどこまで本気なのか分からない。

「レイヴィスカ王女も、そしてロウルヴァーグ王子も戦を望んではいない。戦争となる可能性が語られている両国の王女と王子が望んでいないにも拘らず、戦となるのであれば、王族とは関係のないところで、戦となる火種が燻《くすぶ》っているということだろ？　その一つが、ミイツア・ベルンの兄だな」

「ミイツアさんのお兄さん？」

「ロウルヴァーグ王子の話によると、ユールとの友好は大反対。妹を溺愛《できあい》し、騙《だま》した相手であるレイヴィスカ王女を恐らく憎んでいる。そんな男が行方《ゆくえ》不明らしくてね」

「マジですか。あ！　もしかしてその男がドラージュじゃないですよね？」

「名前が違う。ミイツア嬢の兄の名はヒュウェル・ベルン。レイヴィスカ王女が女だと知らず、二人で女遊びをしまくっていたらしい。ロウルヴァーグ王子よりもレイヴィスカ王女はヒュウェル・ベルンと気が合ったそうだ」

もしかしなくても、ヒュウェルさんも……。

「顔はどうだろうね、ナーさん？」

「え？　あ……考えていること分かっちゃう感じ？　よっちゃん」

「あと二人いるんだろう？　攻略対象者とやらが。なかなか有能な人物が多いようだからね。確信が持てたら教えてね？　ヒュウェルがそうなら後一人。私の方も男の目からじゃよく分からないかもしれないけれど、注意しておくからさ」

「……うん」

よっちゃんに前世の記憶があることを知られてしまったことに後悔はないけど、ちょっと怖い。

きっと、学園の授業のノート以上に詳しく、覚えている限りのことを書かされるだろう。

うぅ。みんなに隠していることがなくなって、心が軽くなった感じがするけれど、よっちゃんからの追及の時間を考えると、気が重くなった。

・みんなで昼食です

「……昼食のお誘いをしようと思ったのだけれど」

「アレでは無理ですわよナターシャ」

「聞きしに勝るとはこのことだね」

「俺達だけで飯《めし》行こーぜ」

「ですねぇ」

お昼のお誘いをしたかったのはレイ。

セフォルズの王城にて、ソウとよっちゃんとそして私も交えて話し合う約束は取り付けられている。

でもその前に、折角だから学園で昼食を共にって思ったんだけどね。

「レイ様！　ご昼食は私と共に！」

「お待ちなさい！　貴女は昨日レイ様の隣に座っていましたわよね⁉」

「そうですわ！　抜け駆けは狡《ずる》いですわよ！」

「美しく可愛《かわい》い貴女達と共に食事をとれるだけで、私はとても幸せだ。怒らないで？　可愛い顔が果実のように真っ赤に染まって、食べてしまいたくなってしまうよ？」

――きゃあああ！　素敵！――

学園でもレイに夢中になる女生徒の数は日に日に増していっている。

レイはシャルロッティ学園の男子生徒の制服を着こなしていて、何度見ても女性には見えなくなってしまっている。

よっちゃんに告白したことは周囲に忘れ去られているわね。

レイが楽しそうで何よりだし、女の子達もはしゃいでいるからいいと思う。

……廊下からその様子を見守っているグラッドルさんの表情は果てしなく険しいけれど。

学校を長く休んでしまった後に行くのって緊張することもあるかと思ったけど、レイは強い。

お誘いは諦《あきら》め、皆と共に食堂に向かい、いつもの席に座ってお弁当を広げる。

「今日はユールとシノノメ国の伝統料理を中心に作ってきたの。ジャックは体調を崩していたし、みんなはお茶会に来られなかったから、食べられなかったでしょ？　結構好評だったのよ」

「美味《うま》そうだな。これは何ていう料理だ？」

「これはね……」

ソウやみんなに一つ一つの料理の説明をしていく。

使われている食材や味付けを話すと、みんなそれぞれ好みの物を食べていってくれる。

ソウはお肉料理の方が好きで、ジャックも同じく。よっちゃんとメアリアンは魚介料理の方を好む。

私がお弁当を作るのは基本的にソウのためだけれど、みんなで食べる時のために、好みを把握するように心掛けている。

五人で食べても多過ぎるくらい作ってきてしまったと思ったけど、お弁当箱は空っぽになった。

『ご馳走《ちそう》さまでした』

みんなで揃《そろ》ってご馳走様が出来て大満足だ。最近忙《せわ》しなかったから、一息つけた感じがする。

「とても美味《おい》しかったわ、ナターシャ。お茶会を欠席してしまって、ごめんなさいね？」

「メアリアンはお茶会じゃない時も訪ねてきてくれるもの。今度は甘い物も作るから是非来てね？」

「うふふ。約束するわ」

メアリアンに試食してもらいたいシノノメ国とユール国の甘いものがいっぱいある。

「お茶会でお披露目したいお料理もいっぱいあるんだけどね。ちょっと悲しい話を聞いてしまったの」

「悲しい話？」

「女の子達が話しているのが聞こえちゃったのよ。ハーヴィ家のお茶会、とても楽しかったけれど頻繁なのは困るって……」

楽しかったと言ってもらえて良かったけれど、レイやライクレン君のお陰だろう。

困らせているのは、私の問題に違いない。

学園に来て、お茶会に出席してくれていたご令嬢達の立ち話を聞いてしまったのだ。

「私、人を緊張させてしまっているのかしら……」

「それはないよ。ナーさんは人の気を抜かせる天才だからね」

「え!?　それどういう意味、よっちゃん!?」

「ナターシャ、誤解しているようだけれど、彼女達が困ると言っているのは別に貴女に緊張させられているからじゃないわよ？」

「どういうことなんだ、メアリアン嬢」

「殿下もお聞きになられたことはないのですね。ハーヴィ家のお茶会にはコルセットの紐《ひも》を緩めていくこと。年頃の令嬢の常識になっていますの。理由は簡単。どこのお屋敷のお茶会よりも、安心して美味しい料理やお菓子を楽しめるから。ついつい食べ過ぎてしまうのよ」

「要するに太っちまうってことですね。そりゃ頻繁に行われたらご令嬢たちは困りますね」

「良かった。それなら今度はヘルシーなメニューを考えるわ」

「悩みが解決されて良かったな。そういやジャック。風邪《かぜ》引いたのは水掛けられたからだって？　普段のお前なら避《よ》けられただろうに、珍しいな」

隣に座っているソウが私の髪を撫《な》でながら、ジャックに問い掛ける。

言われてみればジャックならば、水を掛けられそうになったら避けられる身体能力を持っている。

今更ながらどうして避けなかったのだろうか？

「ジェイル・サムド卿が女生徒を襲っているところを目撃しましてね。泣いている女の子を落ち着かせて服を整えさせている間に背後を取られて。先日のサイダーハウド殿とドラージュって男の戦いっぷりを見て、ただの金持ちの坊ちゃんに俺は水を掛けられちまってマジ凹《へこ》みました」

「女の子を身を呈して守ったってことでしょう？　凹むことないわよ」

「ナターシャの言う通りですわよ、ジャック。殿下とヨアニス様にご報告申し上げようと思っておりましたが、騎士様方から報告はなされましたの？」

「いや、まだ聞いていない」

「私もまだ聞いていないよ。けれど、ジェイル・サムド卿か。女性を見下す傾向にあり、自分より身分の低い女生徒には尚のことその態度は酷《ひど》いという話は私の耳にも届いているよ。そして過去に、メアリアン嬢に婚約話を持ち掛けている。メアリアン嬢は彼をこっぴどく振っていますよね？」

「あ、そうだったの」

「……よくご存知ですわね、ヨアニス様」

メアリアンが険しい顔になり、よっちゃんを睨《にら》む。ど、どうしてそんな顔をするのメアリアン。

でもそうか、多くの男性がメアリアンに声を掛けられただけで頬《ほお》を染めるのに、ジェイル・サムド卿が険しい表情になったことが不思議だったのだ。……こっぴどい振り方とはどんな振り方だったのだろう。

「メアリアン嬢は未《いま》だに婚約者がおられませんよね。ラーグ侯爵も案じておられるのではないですか？」

「……ええ。父からは、シャルロッティ学園在学中に婚約者を定めろと命ぜられておりますわ。けれどヨアニス様の方こそ、ご令嬢たちからの縁談話が後を絶たないとお聞きしていますわよ？」

そうなんだ。でもね、メアリアン？　どうして未だによっちゃんを睨み付けているの？

ソウとジャックも困った顔で両者を見ている。当のよっちゃんはどこ吹く風で食後のコーヒーを嗜《たしな》んでしまっている。いや、よっちゃん!?　今恋の駆け引きどころよ!?

「私は父にも母にも婚約者は自分で決めろと言われていますのでね。特に問題ありませんよ」

「おいヨアニス。そりゃあの宰相やクライブ夫人も匙《さじ》を投げるくらい縁談の話が来ているからだろ？　なんだ、つまり、うん。お前から好意を持った女性にアプローチをもっとするべきだと思うぞ」

ソウ！　素晴らしい援護だわ！

「私は今それ以外のことに手いっぱいだから」

ぐぬぅ。よっちゃんたら恋愛ごとダメ過ぎる！　お世話になり過ぎているから文句が言い辛《づら》い！

それでも一言、もっと何かメアリアンに言うことないの!?　と言おうとしたら、スッ！　と、隣に座っていたメアリアンが立ち上がった。

「ナターシャ。私先に失礼するわね」

「あ、うん……って、えぇえ!?　ちょ、メアリアン……」

待ってと言う前にメアリアンは離れていってしまう。しかし……。

「メアリアン嬢」

よっちゃんが、メアリアンを呼びとめた。

「……何でしょうかヨアニス様」

眉間に皺《しわ》を寄せ、メアリアンが立ち止まって振り返る。

よっちゃんも席から立ち上がると、制服のポケットから何かを取り出した。

「手を出して下さいますか？」

「？」

メアリアンは戸惑いながらも片手を差し出すと、よっちゃんはメアリアンの手の上に何かを乗せた。

見て見ぬフリをするべきなのかもしれないけれど、私もソウもジャックも、よっちゃんがメアリアンに手渡した物をついつい見たくなってしまう。

それは手の中に納まる小さな物のようで、私達からは何なのか見えない。

「メアリアン嬢でもどうしようもなく、困ってしまったらお使い下さい」

「……は？」

「宜《よろ》しければ肌身離さずお持ち下さいね」

「……何だか分かりませんがお礼を申し上げておきますわ。ありがとうございます」

メアリアンはよっちゃんから手渡された物を両手で握り締め一礼すると、今度こそ食堂を出ていってしまう。

その背中を見送るよっちゃんは、とても満足そうに笑みを浮かべていた。

・前世の最後の日の記憶

「ナターシャ、前世の話聞かせてくれよ」

一日の授業を終えて、今日はソウと共に馬車に乗り込んだ。それもこれも少しの間私の部屋には帰れなくなってしまったから。サイダーハウドさんとドラージュさんの戦闘の影響でね。

部屋のガラスの大部分が割れ、バルコニーが半分崩れ落ちてしまった。

室内にもひび割れが確認出来てしまい、修繕には一週間はかかるとのこと。

その間王城に住むことになり、ソウは上機嫌、よっちゃんにまで安心されてしまった。

「役に立てそうなことで覚えていることは箇条書きにしてみようと思っているわ」

「あぁ違う違う。それはヨアニスがお前に聞きたいことだろ？　俺《おれ》が聞きてぇのは、ナターシャが覚えている楽しい話とかだよ」

「楽しい話？」

「話したいこともあるんじゃねぇかと思ってさ。お前の話ならいくらでも聞きたい」

何でも話せと言ってくれるソウに、胸が熱くなる。

「難しいことは説明のしようがないの。この世界でも魔法とかそういった物については語られているでしょう？　私にとっては魔法のような知識を持った人が、離れた場所にいる人と会話出来る道具や、遠く離れた場所を映し出す道具を発明して、人々に普及させていたの。私もそれらを使ってはいたけど、作り方も当然設計図も分からない。とても便利で豊かな国に生まれて育ててもらえたわ」

携帯電話があったら便利よね。この世界でも未来に、優秀な誰かが発明するかもしれない。

「私の家族はお父さんとお母さんは共働きで、二人とも出張が多くてね。私が小さな頃《ころ》は一緒にいてくれたけど、十歳くらいには祖父母に預けられていたの。だから両親のことも嫌いではないし好きだったけど祖父母の記憶が鮮明なのよね」

「良い人達だったってことだな？」

「うん。料理を教えてくれたのはじぃちゃん。厳しい時もあったけど、大好きだった。ばぁちゃんはいつも優しくて、友達と喧嘩《けんか》しちゃった時に泣き付いていたわ。いっつも笑って大丈夫よって言ってくれて、安心出来たの」

あぁ、二人とも、元気だろうか。私は……。

「あ、あれ？」

「ナターシャ？　大丈夫か？」

瞳《め》から涙が零《こぼ》れ落ちる。ボロボロ瞳から溢《あふ》れ出す涙を、ソウが拭《ぬぐ》ってくれる。

「大変だわソウ」

「どうした？」

「私、じぃちゃんとばぁちゃんのこと、思い出して、でも、二人が亡くなったことは思い出せないの。ということは、私の方が二人より早く……死んでしまったってこと？」

思い出せない。でも、もしそうなら、じぃちゃんもばぁちゃんも、そしてお父さんもお母さんも悲しませてしまっただろう。

ユリアちゃんは転移。レイは病死しての転生。

私も転生をしているのは確か。私も寿命ではない理由で、命を落としたということだろうか？

少し眩暈《めまい》がする。ソウが私の肩を抱いて支えてくれているのが分かるけど、頭が痛い。

「ナターシャ、大丈夫か？　もうすぐ城に着くからな」

心配してくれるソウに「大丈夫」と答えたいのに、呼吸が荒くなり、苦しくなって声が出ない。

前世の、一番新しい記憶はいつだろう……。

あぁ、やっぱり思い出すのは食堂だ。下町の一角にあって、通りには人が行き交い、各地の商店街が廃《すた》れてきていたけれどウチの近くは賑《にぎ》わっていた。

――約束だぞ――

……え？

――待ち合わせ、忘れるなよ？――

誰かの声が、遠くから聞こえる。待ち合わせ……、そうだ。誰かとどこかで会う約束をした。

――お前いっつも働き過ぎなんだよ。偶《たま》には遊ぼうぜ？――

誘ってくれたんだ。

――夏海《なつみ》。待ってるからな？――

あぁ、とても懐かしい声だ。その声に、前世の名前を呼んでもらえると、嬉《うれ》しいと思っていた……。

「ごめんね……約束……守れなかったわ……」

そうだ。私はその約束を守れなかったんだ……それは、約束を、守れなかったのは……。

「ナターシャ！」

ソウの必死な声に、応《こた》えたいけど応えられない。

視界と意識が闇に落ちていく……。

その中で、「夏海！」と、ソウと重なる必死な声で名前を呼ばれ、呼んでくれたその人が、泣いているのが見えた。

・ソウとヨアニスと前世のナターシャ（ソウ視点）

「ナーさんが倒れたって⁉」

「ああ。今は落ち着いている。呼吸も安定して、眠っているよ」

「……良かった。ジャックも城に向かっているよ」

ナターシャを寝かせた部屋に駆け込んできたヨアニスが、深く息を吐く。

コイツをここまで焦らせるのは限られた人間だけだろう。

眠っているナターシャを起こさないよう静かに部屋を出る。

「何があったんだいソウンディク？」

「前世の話を聞いていた。俺《おれ》にそんなつもりはなかったんだが、ナターシャは自分が死んだ時のことを考えちまったみてぇでな。前世のナターシャを見守り支えていた祖父母よりも、自分の方が先に死んじまったことを自覚して、動揺しちまったたってとこか……」

「ナーさんもレイヴィスカ王女と同じく、年若く命を落としていたってことかい？」

「恐らくとしか言えねぇな。ナターシャ自身も、まだ思い出し切れてないように感じた」

死んだ時の記憶なんて、思い出さない方がいい。

俺が知りたかったのは……。

「……恋人がいたのか気になったんだ」

「なんだって？」

「だぁかぁらぁ！　前世でナターシャに恋人がいたのかが聞きたかったんだよ！」

さりげなくを心掛け、家族の楽しい思い出話を聞かせてもらってから恋人がいたのかを聞き出し、別に前世の世界のことなのだから俺は気にしてねぇけどなと、なんてことない顔をしている体を装うつもりだったのだ。

まさか、ナターシャを倒れさせる結果になるとは思わず、反省している。

「あぁもう出た出た。ソウンディクのナーさんに関するとダメなところが。前世の世界のことだから、いようがいまいが関係ないだろ？」

「うるせぇ！　自分で反省してんだよ！」

「ナーさんが自分から話すまで待ってあげなよ」

「そう言いながら、お前は前世の世界のことをナターシャから根掘り葉掘り聞こうとしているくせに」

「私はソウンディクと違って、あくまで知識として蓄えさせてもらいたいだけだよ。無理やり聞き出すことはない。ちらっと話を聞いただけでも分かるけど、どうやら前世のナーさんは今以上に料理に夢中で飲食店で働いていたようだからね。この世界にない料理のレシピは知っていても、便利な道具の作り方は知らないだろう。殆《ほとん》どフィクションだと思って話を聞いた方がいい」

「そうだな」

「だから、恋人がいたとしても気にしないであげなよ？　ソウンディクが気にすると、ナーさんも気にするだろうからさ」

「……」

気を失う前のナターシャの様子を思い出し、ついつい渋い顔をしてしまう。

「その様子じゃ、何か言っていたわけだ」

「……前世で誰かと、何か約束をしていたみてぇなんだよ。誰かに謝ってもいた」

「何かの約束を果たす前に、ナーさんは命を落としてしまったのかな」

その約束をした相手が男だったのかが気になってしまう。

前世の記憶なんてもんがあって、実際ナターシャ以外にも前世の記憶を持った人間が存在する。

ならば、前世のナターシャを知っている奴《やつ》が転生している可能性はある。

「俺の第六感が相手は男だって告げてきてんだよ！」

「……ソウンディク」

ヨアニスが呆《あき》れた顔を向けてくるがこっちは真剣だ。

「ナターシャは可愛《かわい》い！　前世でだってぜってぇナターシャを好きになった男がいたはずだ！　お前だってそう思うだろう。ナターシャを好きだった男が自分の想いが届かず、怨念めいた想いを抱いて転生してナターシャを狙《ねら》っているかもしれねぇよな!?　どうしたらいいと思うヨアニス？　俺はコーラルとかドラージュとかが怪しいと思う」

「……仕事と関係ない話をどこまで真剣に聞くか悩むよ」

「聞けよ！　俺の補佐役の前に友達だろヨアニス！」

「はいはい。聞いてる聞いてる」

「もっと真面目《まじめ》に！　ん？」

足音が近付いてくる気配に気付く。

駆け足で来たのは騎士の一人で、ジャックの到着と、そして、レイヴィスカ王女と近衛《このえ》騎士グラッドルの到着の知らせが届けられる。

差し迫ったシノノメ国の王子達の到着前に会える日は早朝か夜しかなく、王女と会う時間としては不適切に思えたが、向こうは気にせず了承してくれた。

その辺の男より男らしい王女は夜間の外出も全く気にならないようだった。

予定ではナターシャも同席することになっていたが、無理はさせられない。

ジャックをナターシャが休んでいる部屋に案内するよう騎士に告げ、ヨアニスと共にレイヴィスカ王女の元へ向かう。

ナターシャ不在で真意を王女が聞かせてくれるかが気掛かりではあるが、待たせていた部屋へと入ると、初めて会った時とは違い、とても楽しそうな笑みをレイヴィスカ王女は向けてきて、背後に立つグラッドルという名の騎士は、胃の辺りを押さえて溜息《ためいき》を吐《つ》いている。

「遅い時間にお呼びして申し訳ありませんでした、レイヴィスカ王女……と、堅苦しい話し方はやめてもいいだろうか？　初めて学園で会った時と違い、貴女《あなた》の本性が見えてきているので」

レイヴィスカ王女の対面に座り、ヨアニスは俺の背後に立つ。

「構わないよソウンディク王子。私も私らしく話せる方がいいからね。さて、まずは改めて謝罪させてほしい。時間を設けてもらえて感謝する。留学初日、不作法なソウンディク王子との話し合いの申し出、そしてその後のヨアニス殿への好意の伝え方。どちらも大変お見苦しかっただろう。申し訳なかった。許してほしい」

「それはもうこちらも気にしていない。一応確認させてもらうが、ヨアニスへの貴女の想いは？」

「男の中では容姿がマシな方だと思ってのことだったのだ。私の真の想い人については、ナターシャから聞いているだろう？　ミイツア・ベルンが私の愛《いと》しい想いを傾ける相手だ。ミイツアが留学してきた時に、私は王女として将来の伴侶を見定めようとしている姿勢を見せるための相手でもあった。だが、やはり自分の心を偽るのはダメだな。男には本気になれない」

「なれよ」

ボソリと低い声で呟《つぶや》かれた声に目を向けると、咳《せき》払いをしてグラッドルが顔を背けた……苦労しているようだ。

「我々が確認したかったのもソコだ、レイヴィスカ王女。俺は数日前にロウルヴァーグ王子に会った」

「ああ、その話ならば、私もロウルヴァーグからの手紙で知らされたよ。貴殿に恋愛相談をしたそうだな？　手紙が途絶えて心配していたが、アイツも可愛らしいことをするようになったものだ」

他国の王子である俺と会うためレイヴィスカ王女はドレス姿。

だが、不敵に微笑《ほほえ》んだその顔は男らしく見えた。

その笑みはどういう意味なのか確認しなければならない。

「レイヴィスカ王女。貴殿に聞きたいことがある。ミイツア嬢が留学してきたらどうするつもりだ？」

「……ナターシャはどうした？　同席してくれる話だったと思うのだがね」

……はぐらかすつもりか？　倒れてしまったことを話すべきか悩む。

「ナターシャ嬢がいないと不都合ですか？」

ヨアニスが質問を質問で返す。

「ふふふ。不都合ではないが、ナターシャがいると自分に正直になれるように思えてね。私自身、どうするべきか、どうしたいのか、分からない。ロウルヴァーグがミイツアに好意を抱いたことは私にとって喜ばしいことだ。その想いにミイツアが応《こた》えれば何よりと思っていたが、本当に？　と自問自答してしまってね。ナターシャにミイツアと話してもらえないかとお願いをしたかったんだ」

「ナターシャに？」

「ええ。ミイツアはシノノメ国に同じ年頃の友が少ない。彼女の友人にもなって欲しくてね」

「ナターシャ嬢であればお願いせずともミイツア嬢と接触しそうですがね」

「そうだなヨアニス殿。出来ることならば、ロウルヴァーグのことをどう想い、私のことをどう想っているのかを聞き出してほしい。ミイツアはロウルヴァーグに忠誠心を持っている。ロウルヴァーグが妻になれと命じれば、その命に応じるだろう。だが、命ぜられて妻になっても、ミイツアは幸せになれるのか？　彼女の幸せが何よりもの私の願いなのだ」

「ユール国とシノノメ国の民の安寧よりもですか？」

「……どうかな」

「ここではぐらかすのは王女としての責務を放棄なされていると判断されても致し方ないと思われますが？」

ヨアニスの意見に俺も同意し頷《うなず》く。

王女の背後に立つグラッドルも、険しい表情でレイヴィスカ王女を見つめている。

「……やはりナターシャがいないと話す気が起きないな」

「レイヴィスカ王女殿下！」

俺達より先にグラッドルが王女を叱責する。

「結論を一つにするつもりは私にはない。ミイツアの命も、ユール国とシノノメ国の民の命も失わせるつもりもないよ」

「その方法は？」

「まだ分からない。だがナターシャが力になってくれるのではないかと期待させてもらっている」

「貴女もナターシャに頼るのか」

「彼女は人を惹《ひ》き付ける。我ながら特異な境遇に生まれ育った自覚はあるんでね。そんな私でも、ナターシャには好感が持てる。あぁもちろん姿も心も美しいことが何より魅力的だが。ヒュウェル・ベルンのこともロウルヴァーグから聞いただろう？」

「ええ。ユール国との友好に反対されているとか……」

「それもね、どうか分からない」

「どういう意味です？」

「ヒュウェルも素直になり切れない男なのだよ。私を目指し、セフォルズにやってくるか、或いは別の理由で行方《ゆくえ》を晦《くら》ましたか。何にせよ、接触があったら報告することは約束しよう。それで？　ナターシャはどうした？」

この王女。外面を作ることには慣れた俺の頬《ほお》を引き攣《つ》らせる。マジで女にしか興味がないらしい。

ヨアニスも呆れ顔で、グラッドルに至っては怒気を迸《ほとばし》らせている。

「……ナターシャ嬢は倒れてしまいましてね」

「何？」「何があったのですか⁉」

まだ出会ったばかりの王女とグラッドルを心配させるとは、ナターシャらしい。

「前世の世界の記憶を、ナターシャは全《すべ》て思い出し切ってはいなかったようでな。それで記憶の中に悲しいことがあったらしく……」

「そうか。それは、倒れても仕方ないだろうな」

「ナターシャ嬢の気持ちがお分かりですか？　レイヴィスカ王女」

「私は八歳で記憶が蘇《よみがえ》った。子供というのは大人《おとな》以上に度胸があると思うことはないか？　この世界で生きていくと、割と早く切り替えることが出来た。大人になって記憶が蘇っていたら、混乱し、場合によっては恐怖しただろう。しかもナターシャは一つの物語の中で悪役として登場している女性に転生している。混乱も恐怖も一入《ひとしお》だったことだろう。前世でどのようにして死を迎えたのかも、ナターシャは思い出してしまうかもしれない。しっかり支えてあげてほしい」

「もちろんだ」

「ソウンディク王子はお気持ちがブレずに素晴らしいな。強敵がいるから、大変だな。それなのに面倒を掛けて申し訳ない。こちらのことはこちらで解決したいところだが、間違いなくセフォルズに迷惑を掛けることにはなるだろう。ロウルヴァーグと共に次は正式な会談の場で会おう。ナターシャの傍《そば》に早く戻りたいだろう？　本日はこれで失礼する」

「お待ちを、レイヴィスカ王女」

立ち上がった王女をヨアニスが止める。

「何かな？　ヨアニス殿」

「参考までにヒュウェル・ベルンについて教えて下さいませんか？　こちらの方が先に発見する場合も考えられますので」

「ヒュウェルはなかなか容姿の整った男だよ。中身は私に負けず劣らずの遊び人だがね。見た目はミイツアと同じ色の黒髪が短く刈り込まれていて、黒色の着物に赤い帯を身につけている。一番の特徴は奴の武器の長剣。その大きな武器に目が止まると思いますよ」

「分かりました。感謝致します」

退席していくレイヴィスカ王女とグラッドルを見つめ、二人が部屋を出たのを確認し、背もたれに背を預ける。

「両国共に迷惑掛けるって言ってくるから困ったものだね。そういう意味ではお互い気が合うのかな」

「解決してから留学してこいと言いたいが、もう来ちまってるからな。何から手を付けるべきか」

「ソウンディクはロウルヴァーグ王子とレイヴィスカ王女と会談して、表向きには国同士の和平が友好的に進んでいることをアピールすべきだね」

「表向きにはか。なら、裏では？」

「ヒュウェル・ベルンの捜索だ。やはり、例の攻略対象者で間違いなさそうな容姿だからね。ヒュウェルを押さえれば、ユールの過激派連中も止められる」

「捜索場所の見当は付くのか？　シノノメもユールも捜しまわっていて見つかっていないようだが」

「その辺りは私もソウンディクもレイヴィスカ王女も三人分の期待を背負わせて申し訳ないけど、ナーさんに頼む」

「……俺は反対だぞ」

「自分以外の男と関わらせるからだろ？　ナーさんにはユリアがついている。それに良い護衛も見つかりそうだ。私とソウンディクの前にドラージュを連れてきてほしいとは頼んだけれど、まずはもう一度接触しないといけないだろ？　我慢して見守ろう。私達も今以上に忙しくなるからね」

ナターシャの近衛となる者は、ナターシャに恋愛感情を抱かないことが何よりもの条件だが。

「我慢だよ、ソウンディク」

「俺の心を読むんじゃねぇ。分かったよ。だが！　ナターシャが嫌がったり困ったりしたらすぐにやめさせる！」

「私だってナーさんが苦しむのは嫌だからね」

「……そういえばヨアニス。お前、メアリアン嬢に何を渡していたんだ？」

ナターシャも不思議がっていたし、恐らくジャックも見えなかっただろう。

「もしもの時の保険だよ。使わずに済むことが一番さ」

結局ヨアニスから何を手渡したのかは聞くことは出来なかった。

・旅立ち前のヒロインに二作目のヒーロー達について確認です

「……真っ暗ね」

目を開けたら寝ていた部屋は暗く、窓の外はもっと暗いのが分かった。

気を失って倒れるなんて……。

前世では、学校に行き授業を終えて深夜まで営業していたじぃちゃんとばぁちゃんの食堂を毎日手伝っても倒れることはなかったのに……。

去年からいろいろあり過ぎるほどあって、体力というか精神力が削られていた自覚はあった。

二学年が始まり、少し寝不足の日が続いていたこともあるだろう。

倒れたお陰で強制的に深く眠ることが出来、少し元気になった気がする。前世のことを考えている余裕は今ない。

「ユリアちゃんに、会いたいわ」

聞きたいことがまた山のように出来てしまっている。

「呼びました？」

「……えっ⁉　わ、むぐ！」

「すみません。大きな声を出されると困っちゃいますぅ」

ひょこっと寝台の下から顔を出したユリアちゃんに、一瞬固まり思わず悲鳴を上げそうになったところをユリアちゃんの手で口を塞《ふさ》がれた。

横になったままでいて下さいとユリアちゃんは私に言うと、寝台の横、窓からは見えない位置に立ち微笑《ほほえ》む。

「ナターシャさん。お話は小さな声でお願いします。二学年で会えるのは今日が最後となりそうです」

「どういうこと？」

「旅に出ることを決めましてね。ちょっとシャルロッティ学園休学して、一年間世界中を回ってきます。ライ君と一緒に」

既に決定事項のユリアちゃんの旅立ちに驚かされる。

「い、行かな、」

「行かないでは、申し訳ありませんが聞けません。そういう台詞《せりふ》はソウンディク様に言って差し上げて下さい。数日前から帝国を陰で支えるような方々に周辺をグルグルされていましてね」

「っ!?」

困り顔のユリアちゃんを見て、青褪《あおざ》める。間違いなくユリアちゃんを探らせようとしているのはコーラル様だ。私が、転生者だと話してしまったせいで。

「ごめんね、ユリアちゃん」

「ナターシャさんに謝られることはありまっせーん！　レイヴィスカ様が漏らしたみたいですしぃ。ま、ナターシャさんにバラされても何とも思いませんし、大ファンのコーラル様が手引きする方々に身辺調査されるなんて興奮するんで無問題です！」

「こ、興奮するの？」

「ええ。帝国の方々は付いてくるかもしれませんが。ライ君に、シャルロッティ入学前に世界一周音楽ツアーをやるって話をされましてね。私も付いていくことにしたんです。ナターシャさんと離れるのは寂しいですが、一年後には戻ってきますので。……私ね？　ライ君のこと本当に好きです。正確に言うと、転移して、この世界に来て、お付き合いしてから好きになったんです。それはライ君が『好き』ってちゃんと私に伝えてくれることもあるんですがね。もう一つ大きな理由がナターシャさんです。この世界の大まかな流れを知る私の頭をナターシャさんは殴って柔らかくして下さったから」

「殴ってないわよね⁉」

「比喩ですよひーゅ！　私はコーラル様が大好きで、転移したならコーラル様のヒロインになりたいと思って昨年行動していました。薔薇《ばら》園で待てど暮らせどコーラル様とは会えない。そんな私の前に現れてくれたのがナターシャさんです。私に『何日も待って会えないなら、そろそろ薔薇園じゃないイベント待ってみたらどう？』って言ったの覚えてます？　私、アレ、驚いたんです。目から鱗《うろこ》ってやつです」

「いや、普通のことだと思うけど？」

だってユリアちゃんてば寝不足になるほど毎日薔薇園で待っていたから。

イベントを通り過ぎてしまったのなら、次のイベントへって意味だった。

「ぜんっぜん私にとっては普通じゃなかったんです。私、まだあの時少しナターシャさんのこと疑っていたんです。ナターシャさんは転生者っぽいけれど、私にとって敵になるかもしれないって。だって、私が見て知っていたのは悪役令嬢のナターシャ・ハーヴィだったから。でも違いました。ナターシャさんのアドバイスを受けて行動してみたら、コーラル様には出会えなかったけれど、ライ君と会えました。悪役令嬢からアドバイス受けて、ヒーローと結ばれちゃうだなんてって、私笑っちゃいましたぁ。様々なルートが存在する世界に転移したのだから、実際生きてくことになったら思い通りになんていくわけがない。しかもナターシャさんも良い人で、メインヒーローの王子様はナターシャさんに夢中というか他眼中なし状態。それなら私は仲良くしたいと思える人とだけ仲良くしたい。ヒロインを放棄することに決めました」

「ヒロインを放棄？」

「私はナターシャさんが大好きですが、ライ君も大好き。学園を休学して、また来年二年生の状態でライ君を待とうと決めたんです。公式ではライ君とは一年間だけの学園生活。でも、ライ君が入学前から恋人になれちゃったんですもん。私も好きな人と、同じ場所で同じ時間を共有したい！　でも！ライ君に先輩って呼ばれたいので、一学年は上にさせてもらいますけどね！　ふふふ。楽しそうでしょう？　ナターシャさんを心細くさせちゃうかもしれないので、申し訳ないですがね」

そっとユリアちゃんに手を握られ、涙が込み上げる。

けど、ここで泣いちゃダメよ。ユリアちゃんを一層困らせてしまう。

「素敵ね。とっても素敵な計画だわユリアちゃん」

「……そう思ってもらえます？」

「もちろんよ。だって、ヒロインを放棄だなんて素敵過ぎるもの！　ユリアちゃんは、ライクレン君だけのヒロインだものね？」

「ええ。そうなりたいと思っています」

学園物の物語で留年なんて有り得ない。

でもそれをやってのけて、大好きな人と一年多く学園生活を共にしようとユリアちゃんはしている。

「気を付けてね？　旅の無事を祈っているわ。あと、来年会えるのも楽しみに待っているわ」

「あぁあ！　ちょっとお待ちを！　旅の無事のお言葉は有難いですがね。言ったでしょう？　私はナターシャさんも大好きです。旅立つ前にユリアの何でも質問受付コーナーをするために、セフォルズの王城に侵入したんですから」

「質問コーナーは嬉《うれ》しいけど、侵入したの⁉　どうして？　もうクライブ姓でもあるし、堂々と入城出来るでしょう？」

「それは、ナターシャさんへの置き土産《みやげ》の確認もしたかったので」

「置き土産？」

「公式でシャルロッティ学園とセフォルズの王城を繋《つな》ぐ隠し通路が存在するんですよ！　人々の動きは公式通りではありませんが、建物の構造は公式と同じ！　ゲームをやり込んだ私は全《すべ》てのマップが頭に記憶されています。方向音痴のナターシャさんにも分かり易《やす》いよう目印を付けてもおきましたので、もしもの時の脱出経路としてお使い下さい。隠し通路は長年使われていないようでした。ソウンディク様やヨアニス様がご存知かを確認しておいた方がいいかもですね」

「あ、ありがとう」

　ユリアちゃんから隠し通路の場所が書かれた地図を手渡される。

　やっぱりユリアちゃんてばチートだわ。

「けど、帰りは大丈夫？　侵入したってバレたらお咎《とが》めがあるんじゃない？」

「バレないように帰りますんでご心配なく！　最悪バレそうになってもドラージュさんのせいに今なら出来そうですからね！」

「ユリアちゃん、何でドラージュさんのこと……」

「ハーヴィ家の屋敷の一部の崩壊は貴族の間で話題沸騰《ふっとう》ですよぉ？　サイダーハウドさんが護衛についていることはナターシャさんに教えて頂いていましたから。サイダーハウドさんを止められるヒーローはドラージュさんくらいなもの。ふふふっ。あははは！　ほんっとナターシャさんてば最高です！　ドラージュさんと会うのは相当難しいんですよ？　２の隠しキャラとも言えるのに！　さぁさぁ、夜が明ける前には出立したいので、時間はあまりありません。どんどん質問しちゃって下さい！」

「お言葉に甘えまくっちゃうわ。宜《よろ》しくお願いしますユリア先生！」

「良かろうナターシャ君！」

楽しいユリアちゃんとの遣《や》り取りが来年まで出来ないと思うと、寂しくて、泣きそうになってしまう。でも我慢するわ。ユリアちゃんにも幸せになってほしい。

グッと涙を堪《こら》え、口を開いた。

「ドラージュさんて、何者？」

「殺し屋さんです。趣味兼特技は絵を描くことです」

「……うん。分かる。私の肖像画もとてもお上手《じょうず》だったもの」

ご職業は忍者とか、暗殺者とか絶対そういう人だと思っていましたよ。

「けどユリアちゃん、２で怖い人ってロウルヴァーグ様が一番って言ってなかったっけ？」

「物語上ではそうなんですよ。だってドラージュさんてば、職業こそ殺し屋ってことになっていますけどねぇ。公式では一切戦う描写がないんです。殺しの依頼が多過ぎて疲弊したドラージュさんを癒《いや》すのが２のヒロインの役目。ですが、私達にとって現実となっているこの世界のレイヴィスカ様は、ドラージュさんを癒す気はないでしょう。ドラージュさんはね、お姫様が好きなんです」

「……はい？」

「ドラージュさんは童話の中のお姫様を理想としています。ドラージュさんの理想はお姫様と王子様が結ばれること。だからドラージュさんを落とすのは相当難しいんです。友情エンドは楽勝ですけどね。王子様を差し置いて自分がお姫様と結ばれるなんて有り得ないってのがドラージュさんです。『王子より誰より貴方が好きです！』って、公式ではレイヴィスカ様が言って、押しに押してやっと結ばれるって感じですね。ですから、護衛役としてスカウトを目論《もくろ》んでおられるのなら、あちらからすれば願ったり叶《かな》ったりでしょう。大好きなお姫様を守れるうえに、王子と結ばれるまでを近くで見守れるんですから。交渉はスムーズに進むんじゃないとか思われます。問題はどうやってエンカウントするかですね」

「エンカウントって言うと幻の魔物みたいね」

「あはは。でも実際公式では運ゲーでした。出会う方法はナターシャさんが考えてみて下さい」

「分かったわ。ありがとう。それじゃあ、ヒュウェルさんについて教えてくれる？」

「二作目の悪役令嬢、ミイツア・ベルンの兄ですね。といっても、最早私に教えられることはヒュウェルさんに関してはないかもです。レイヴィスカ様にお聞きした方が良いのではないかと思います」

「どうして？」

「お気付きではありませんでしたかナターシャさん。悪役令嬢といえば、誰しもに嫌われるんです。風の噂《うわさ》で耳にしましたが、ヒュウェルさん、シスコンだそうですよね？」

「うん、そうらしいわね。って、あ！　そうか。悪役令嬢って家族にも大抵嫌われている設定よね」

「ロウルヴァーグ様だけしか見えていなかったミイツアさんの世界はレイヴィスカ様によって広げられた。公式では、ミイツアさんもお話の中のナターシャさんに負けず劣らずの我儘《わがまま》の強欲令嬢です。確かにロウルヴァーグ様のことを好きではいますが、その他の方への接し方は最悪でした。家族からも当然ながら嫌われ、ヒュウェルさんはシスコンどころか妹を毛嫌いしていました。なのでヒュウェルさんが妹さんを傷付けたレイヴィスカ様をどうにかしようとして動いていらっしゃるのなら、私にはヒュウェルさんの動きの見当は出来ません」

「公式のヒュウェルさんとはどうやって出会えるの？」

「2のヒロインとの関係は敵対関係からスタートです。シノノメ国へとロウルヴァーグ様に連れられて赴いた際に出会えます。ね？　出会いからして違うでしょう？　レイヴィスカ様も面白いことをなさっていると思います。とはいえ両国の関係悪化のタイミングは公式通りです。ゲームではカーソルを動かしてユール国とシノノメ国を行ったり来たり出来るのでヒュウェルさんにも割と自由に会いにいけちゃうんですがね」

「公式では、シノノメ国内の決まった場所にいてくれているってことよね」

「はい。なので、ヒュウェルさんが移動なさっているだけでも私としては驚きです」

ヒロインが会いにいくことで必ず同じ場所にいてくれて会えた人が、行方《ゆくえ》不明ってことなのね。

こういうところが現実味があるなぁって実感出来るけど、困った。

まずはドラージュさんを探すべきかも。

「……ユリアちゃん」

「なーんでしょう？」

「最後の一人は、教えてくれないわよね？」

だって出会えていないもの……。

「ナターシャさん。言ったでしょう？　私はナターシャさんにはお応《こた》えするって。確かに私が勝手に決めているルールでは出会った人のみの情報しかお渡ししないことにしておりましたが。本当に、一年はお会い出来そうもないので……どーぞ？」

「助けてユリアちゃん！」

素直に助けを求めると、ユリアちゃんは笑って頷《うなず》いてくれる。

「最後のお一人の名前はリファイさん。何者かはご本人から聞いてみて下さい。出会いの場所は海。行ってみる価値あると思いますよ」

「うん。行ってみるわ！　ありがとう！」

「いえいえ。喜んで頂けて何よりでっす！　……ナターシャさん。私が知る二作目の物語の結末はレイヴィスカ様がロウルヴァーグ様と結婚して両国が協定を結ぶか、ユールが滅びる未来のみ。どうか私もレイヴィスカ様も知らない結末を導き出して下さい。期待しています」

「……期待に応えられるかしら？」

「大丈夫！　ナターシャさんなら大丈夫って、私信じておりますよ！　では、そろそろ行きます！」

「うん……」

「そんな寂しそうな顔しないで下さいナターシャさん。笑顔で送りだしてほしいです」

「笑って見送るね！　ユリアちゃん、行ってらっしゃい！」

「はい！　行って参ります！」

ユリアちゃんは、こっそり静かに部屋から出ていく。

見張りの騎士さん達に見つからず、脱出出来てしまうのだろう。

セフォルズの警備のことを考えると複雑だが、さすがはユリアちゃんだ。頬《ほお》を、一粒の涙が伝う。

「ユリアちゃんっ……うぅっ」

ユリアちゃんがヒロインで本当に良かった。

私に味方をする必要はない。関わらない道もユリアちゃんは選べたのに、大好きな人と世界中を回る前にまで会いにきてくれた。

「ありがとう。でも、とっても寂しいよ」

窓から朝日が差し込んでくる時まで、泣き続けてしまった。

・単独行動の許可を取ります
「凄《すご》い……」

「複雑だけどやはり欲しいね」

「申し訳ありません。全く気付けず……」

「俺《おれ》はムカつく」

無遅刻無欠席は守れる限りは成し遂げたい。

城からソウ達と共に学園に向かおうと馬車に乗り込もうとしたら……馬車の中が花でいっぱいになっていた。

王子であるソウが乗り込む馬車なので、護衛の騎士の数はかなりのものなのに、騎士さん達も驚いてしまっていた。

こんなことをやれるのはドラージュさんで間違いないだろう。

コーラル様も可能かもしれないが、あの方なら馬車の中の花は薔薇《ばら》で統一されているだろう。

馬車内を埋め尽くしている花は、様々な種類の花だった。

花を傷付けないように馬車から運び出し、四人で乗り込む。

「本来なら俺は主人であるお嬢とはもちろん、王子殿下と同乗なんてしちゃいけないんですが……」

「今更何言ってんだジャック」

「うんうん」

「それなら私も一緒には乗れないよ。どこかの皇子に言われてしまったけれど、まだ何者でもないからね」

よっちゃん。コーラル様に言われたこと根に持っているのね。

「ナーさん。ユリアの休学は知ってた？」

「……聞いていたって感じかしら」

昨日の夜聞きましたとは口が裂けても言えない。

どうやらクライブ家を通じて、よっちゃんの耳に今朝ユリアちゃんの休学が知らされたらしい。

「ナターシャ。聞きたいことは聞けたのか？」

「うん」

「それならいいけど。ねぇナーさん？　帝国の皇子の味方するための休学じゃないよね？」

「大丈夫。ユリアちゃんは無敵だもの」

コーラル様の味方になったり力になったりするかの確認は、敢えて、ユリアちゃんにしなかった。

だって、ユリアちゃんは友達だ。そして誰よりこの世界を知っている。

世界で一番強大な力を持つ帝国の皇子殿下に前世の知識を与えてしまえば、どうなってしまうかを私以上にユリアちゃんなら分かっているだろう。

「帝国の皇子に仕えて暗躍する人達に周辺を探られているって言っていたわ」

「ナターシャ達にとっては前世である別世界の技術や知識を帝国に取り入れようとしているんだろう」

「帝国の皇子殿下からしたら、お嬢を嫁にしたい理由がまた一つ増えたわけですね」

「どうしたら帝国に帰ってくれるんだろうね。まぁでも今は帝国よりユールとシノノメだ」

よっちゃんの言葉に皆で頷《うなず》く。よし。今なら言い出せそうだ。

「あのね？　明日からまた学園は二連休でしょう？」

「……」

「そうだね」

ソウには無言でそっぽを向かれてしまうが、よっちゃんは笑顔で応じてくれる。

「お嬢。俺もダメですか？」

こちらの言わんとしていることを、ジャックも察してくれているようだ。

「一人で行きたい場所があるの。サイダーハウドさんにも付いてこられちゃうと困るから、ジャックにはサイダーハウドさんを足止めしておいてほしいわ」

「分かりたくないですけど、分かりました」

ジャックが了承してくれて安堵《あんど》する。

でも、未《いま》だにソウは私と目を合わせてくれない。

学園に到着し、苦笑しながらよっちゃんが先に降り、ジャックも降りていく。

「ソウ……」

「嫌だ。けど、仕方ねぇのは分かってる。降りるぞ」

ソウに手を握られ、一緒に馬車を降りる。教室に着いてもずっと握られたまま。

「昼。二人きりで食う約束してくれ」

「ええ。約束ね」

少し不貞腐《ふてくさ》れている様子のソウを見て、ソウには悪いが微笑《ほほえ》ましくて可愛《かわい》いと思えてしまう。

休み明けにはいよいよロウルヴァーグ様とミイツアさんと会うことになる。

ソウに恋愛相談をしたらしいロウルヴァーグ様は、在学中もソウと可能な限り話したいに違いない。

本当なら、ミイツアさんと沢山話した方が恋の発展はありそうだけど、何を話せばいいのかも分からないと言っていたそうだから、すぐには難しいだろう。

今のように、私がソウを独占出来る時間は減る。

「本日の午後の授業は自習となります」

午前中の授業を終えて、コーラル様から午後の授業の予定が告げられる。

自習か、それなら、ゆっくりお昼を食べることも出来そうね。

多くの生徒が食堂へと向かっていくが、ソウは食堂とは逆方向へと歩き出す。

連れられてきたのは使われていない物置のような場所。

物置き部屋と言っても、貴族の子女が通う学園。定期的に行われている掃除が行き届いていて綺麗《きれい》。

これならお弁当を広げても問題ない。

城に泊まり、ユリアちゃんとの別れの悲しみで泣いたまま朝を迎えてしまい、お城のメイド長であるリリィさんに怖い夢を見てしまったんですと嘘《うそ》を吐《つ》いて涙痕《るいこん》をお化粧で誤魔化してもらえたのだが眠れてはいない。

それでも、何があろうとソウの昼食だけは私が作りたい！　気合いを入れて寝不足なんてなんのそのと思い、今日もお弁当を作ることが出来た。

「ソウ！　今日はね、ソウの好きな揚げ物中心に……ぁ」

部屋の鍵《かぎ》を内側から掛けたソウは私を抱き締めてくれる。

「腹も減ってるけど、ナターシャ不足なんだよ」

「当分毎日お城に泊まることになるわよ？　毎日朝も夜も会えるわ」

部屋の壁へと追い詰められながら、逃げ道を探ってしまう。

いやだって、確かに私もソウと二人きりの時間が減ったなって思うけれど、ここ、学園だし。

視線を彷徨《さまよ》わせるが、両頬《ほお》にソウの手が添えられ、正面を向かされてしまう。

「ナターシャ。俺がどれほどお前を好きなのか、ちゃんと伝わっているか？」

「うん。ソウは好きって伝えてくれているもの。もちろん私だって負けないくらい大好きよ？」

「……好きでいてくれているのは分かるが、俺のお前への好きな気持ちには勝てねぇよ」

「そんな……きゃ⁉」

肩に顔を埋《うず》められ、首筋を舐《な》められる。

「ヤベェほど、ナターシャ以外欲しくない」

「っ」

少し掠《かす》れた声で耳元で告げられ、顔に熱が集中する。

強く抱き締められ、首に触れていたソウの唇が私の唇へと触れ合わされる。

熱い舌に唇を撫《な》でられ、隙間《すきま》から舌を差し入れられると、啄《ついば》むように幾度も角度を変えて口付けられる。

「ふっ、んっ……ちゅっ」

「俺以外にお前を守らせたくない。俺だけのナターシャでいてほしい」

「ソウっ。ん、……ぁ」

キスを繰り返されながらソウの気持ちが伝わってくる。沢山求めてくれているのが、分かる。

新たなヒロインが現れても、ソウは変わらず私だけを見てくれている。

……まぁ、かなり予想外のヒロインだったけど。

「情けねぇとこ見せているよな。嫌いにだけはならないでくれナターシャ」

「なるわけないわ」

ソウの背中に手を回し、背中を撫でる。

「ソウがいてくれるから、頑張れるの。ソウのためだからお弁当も毎日作れる。ソウが王様になるセフォルズが大好きだから、ユールとシノノメのために、出来ることをしてみようって思えるの」

「王妃になるのはナターシャだぞ？」

「ええ。ふふ。ソウが特別一番だけれど、よっちゃんもジャックもメアリアンも、セフォルズにいる人が大好きなの。だから頑張っちゃうわ。任せて！　ドラージュさんを必ず連れてきてみせる！　それに私には情報屋さんが沢山いてくれているのはソウも知っているでしょう？　ヒュウェルさんも見つけちゃうかもしれないわよ？」

ソウに安心してほしくて、悪戯《いたずら》っ子のように笑って見せる。

「何かあったら……いや、何も起こらずとも城には必ず毎日戻ってこい。お前に何かあったら騎士団を動かす。ハーヴィ将軍も黙っちゃいねぇだろうがな」

行方《ゆくえ》を晦《くら》ました人を見つけるのに最適な場所がある。そこにまずは行ってみようと思っている。

「本気を出すとソウも怖いけど、お父様も怖いものね。気を付けるわ」

ソウとキスをし合うと、やっとソウが笑ってくれた。

良かった。これでお弁当を……。

「弁当の前にナターシャを食わせろ」

「……そこはなしにしてくれないのね」

お弁当へと手を伸ばそうとした私の手は、お弁当に届くことはなかった。

・ソウとナターシャの甘い時間（ソウ視点）

ナターシャを背後から抱き締め、腕の中で身体《からだ》を震わせるナターシャの首筋に口付ける。

全身可愛《かわい》くて仕方ないが、首も弱いらしいナターシャは首にキスをすると、ふにゃんと身体の力を抜いてくれることが多く、今も、背中を俺に預けてくる。

首筋から頬《ほお》へとキスを移動させ、制服を着せたまま下着を脱がしていく。

ナターシャの豊満で白い胸を包み込んでいた下着が外れ、胸の先端がピンッと尖《とが》らせているのが制服の上からでも分かった。

「ん、ぁ……」

服が擦《こす》れる感触だけで感じてしまっているらしい。

「ナターシャ、可愛いっ」

「あっ、んっ。ソウっ……」

制服の上からナターシャの柔らかな胸を揉《も》ませてもらう。

時折人差し指で胸の先端を弄《ろう》ってやると、その度に可愛らしい声を聞かせてくれる。

本来なら、ナターシャの甘い声を存分に楽しませてもらいたいところだが、学園には要注意人物もいるうえに、気配を読み切れない男もいる。

ならば学園で行為に及ぶなとヨアニス辺りにツッコミを入れられそうだが、城でも学園でも当分忙しい俺には今くらいしかたっぷりナターシャを抱ける時間はない。

「ナターシャ、声は抑え気味にな？　誰かにお前の声を聞かせたくねぇから」

「んんっ、そ、それなら今はやめてくれたらいいのにっ、あぁっ！　……っ」

尤もなナターシャの意見は聞こえなかったフリをし、胸の愛撫《あいぶ》に集中する。

手のひら全体で胸を揉みながら、乳首の形をなぞるように指をゆっくりと移動させていく。

ぷっくりと厭《いや》らしく膨らんだ可愛らしい乳首を摘《つま》み、少し引っ張る。

「ふっ……んっ……んぅぅ」

両手で自らの口を塞《ふさ》いだナターシャは、首を横に振る。

嫌なのか、気持ちいいのか、声に出して聞かせてほしい。

嫌がっていないのは、無意識だろうが俺《おれ》の腰にお尻《しり》を押し付けてきているので違うと思うが。

スカートの中の下着も片手で一気に引き下げ、既に硬くなっている自身の陰茎を取り出し、ナターシャの秘部へと押し付ける。

陰茎の先端が少し濡《ぬ》れる。俺ではなく、ナターシャの漏らした愛液で濡れたのは分かった。

ナターシャの耳元に唇を寄せ、そっと告げる。

「もう、濡れてんな？」

「っ」

「前に抱いてから少し間が空いたもんな？　期待してくれていたら、嬉《うれ》しいぜ」

ナターシャの腰を持ち上げ、壁に手を添わせる。

窓に近いその場所は、ヘタをすると、外から見えてしまいそうだが、明るい時間、人目があるかもしれない場所で愛《いと》しいナターシャを抱けると思うと興奮する。

複雑だが、コーラルに見せつけてやりたい。ナターシャは俺の物なのだと。

あぁ、だが、こんなに可愛らしく厭らしい姿を見せるのは癪《しゃく》だ。

「ソウっ、あのね、その、ここはちょっと……」

「恥ずかしいか？　安心しろ。エロいとこは見られないように俺が隠してやるからさ」

「そういう問題じゃ……ぁぁっ！」

ナターシャを壁に押し付け、身体を密着させた。

陰茎をナターシャの陰核に擦りつけるように腰を打ちつけながら、秘部には指を挿入させる。

グチュリと厭らしい音を立てる秘部に入れる指の本数を増やしていきながら、膣《ちつ》壁を指の腹で擦り、ナターシャの特に感じる部分を指の関節でノックしてやる。

「あ！　あんっ！　やぁっ！」

甘い声を聞かせてくれるナターシャに気を良くし、ぐちゅぐちゅと音を響かせながら膣を解《ほぐ》す。

呼吸を乱し始めるナターシャと同じく、俺の呼吸も乱れてくる。

あぁ、ヤベェ。早く挿《い》れたい。だが、一度イかせてもやりたい。

片手で胸の愛撫を再開し、膣を同時に弄ると、ナターシャの方から柔らかなお尻を俺の陰茎に押し付けてきてくれる。

わざとやっているのか無意識なのか、どちらにしても俺の限界も近くさせられてしまう。

「あん！　イッちゃう！　イクっ！　あぁあんっ！」

ナターシャの背が仰《の》け反り、エッチな声と共に愛液を溢《あふ》れさせてくれた。

指先に付着したナターシャの愛液をペロリと舐め、ナターシャに口付ける。

唾液も愛液もどちらも甘く感じるのは愛しい相手だからだろう。

「んっ……ん、ソウっ、あのっ……んんっ」

「んー？　どうした？」

「わ、わざとなの？」

「何がだ？　あぁ、ナターシャお前、やっぱりこの可愛いお尻を俺の陰茎に押し付けてきたのは狙《ねら》ってやってんのか？」

「違うわよ！　コーラル様とレイが言っていたの！　ソウが、……ぁんっ、わざと、私とイチャイチャしているとこ、見せつけているって！　ぁあっ」

胸の愛撫を止めてやらずにナターシャの言葉を聞き、内心でチッと舌を打つ。

コーラルに報告したのはサイダーハウドか。やはり奴《やつ》は敵だな。

騎士の連中に多いのだが、修行時代をハーヴィ家で過ごすためにナターシャを陰ながら慕う男も多い。

視察の度に寂しいと嘆く情けない姿を見せても、俺への愛を示してくれるナターシャを見せつけたかった。

そしてそんな俺の様子を視察先でも騎士に語らせる。婚約者が近くにいないだけで、ダメになる王子と噂《うわさ》になれば、俺へと寄ってくる女除《よ》けにもなるから一石二鳥の策なのだ。

「お前はどう思うナターシャ？」

「ぁんっ、ど、どうって……ふぁあんっ」

達したばかりで敏感になっている陰核を、きゅっと摘む。

ナターシャの耳たぶを食《は》みながら問いを続ける。

「俺が、わざとお前を俺のものだと見せつけているように思うか？」

「私は……あぁんっ！」

会話に気を取られているナターシャの隙《すき》を突き、陰茎を膣口に宛《あて》がう。

「あ、やぁっ……ダメぇぇっ！」

「ダメって言われても挿れる……くっ」

グププと音を立てながら熱く張り詰めた陰茎がナターシャの膣を満たしていく。

最奥まで到達し、一度動きを止めると、ナターシャは深く息を吐く。

「わ、私はっ、わざとなのかは分からなかったしっ……ぁん。恥ずかしいと思ったけど、ゃっ……ソウに、寂しがられて、嬉しいと思ったわ……きゃぁっ！」

可愛いナターシャの言葉に、グッと肉棒が脈打つ。

身体を跳ねさせたナターシャを抱き締める。

「俺が誰よりお前が俺のものだと分かっていてほしいのは、ナターシャお前だ。同じく俺もお前のものんだ。コーラルは当然、ドラージュにもぜってぇ渡さない。覚えておけよ？　俺は独占欲がかなり強いからな」

「きゃあぁあんっ！　あぁっ！　やらぁっ！　あぁんっ！」

ナターシャの首筋に噛《か》みつくように口付けて痕《あと》を残し、少々乱暴に腰を打ちつけていく。

陰茎の先端から溢れ出す先走りと、ナターシャの愛液が混ざり合い、膣から厭らしい液体が溢れ出し、ナターシャの太腿《ふともも》を伝い落ちる。

腰を打ちつける音と、厭らしい水音が静かな室内に響き渡り、耳でも興奮する。

陰茎を膣口のギリギリまで引き抜き、再び最奥を穿《うが》つ。

「あっ！　あぁっ！　もうダメぇっ！　イッちゃう！」

「ああ、俺もイク。一緒にな？」

「やぁあっ！　んんっ！　んぁあっ！」

最奥のこれ以上進めない部分まで陰茎を深く挿入すると、きゅうきゅうと甘く痺れるような締め付けをナターシャにされ、堪《たま》らず陰茎は精液を吐き出した。

膣内を放った白濁が満たし、たっぷりナカを堪能《たんのう》させてもらって引き抜くと飲み込み切れなかった白濁が零《こぼ》れ落ちる。

「ナターシャ、もう一回……」

腕の中のナターシャは目を閉じ、すーすーと寝息を立てていた。

……もしかして、寝不足だったのか？

それなら、無茶をしてしまって悪かったと思うが、どうやら単独行動を決意してしまったらしいナターシャをギリギリまで休ませてやることは出来そうだ。

午後は自習なので、医務室で寝かせてやろうと決め、ナターシャの制服を整え、弁当を忘れないよう手提げ袋に入れて腕に掛け、ナターシャを横抱きに抱え上げ行儀が悪いが誰も見ていないので、足で部屋の扉を開ける。

「王子としてマイナスだね。今後はなるべくしないように」

「……ゲッ」

足で扉を開けてしまったところをヨアニスに見られてしまった……つーか。

「何でここにいる？」

「コーラル皇子の足止めをしてあげたんだよ。適当な質問をしてね。……それとも、もしかして、コーラル皇子を牽制《けんせい》するつもりだったかい？」

「いや、ナターシャの声を聞かせたくない。ありがとな」

「それなら良かったけど、約一名には声は聞かれてしまったかもね。それともそれはソウンディクの狙いかな。ナーさんと愛を確かめ合っていた場所は、天井裏は存在せず、覗《のぞ》き見が出来ない場所だもんね？　そこ、見てご覧」

「……」

ヨアニスの指差す先には鼻血の水溜り。

やはり学園内にも忍び込んでいたらしい。

抱えているナターシャの鎖骨部分に唇を当て、滑らかな肌にキスマークを付ける。

「……ソウンディク。見えるとこには付けないでって、ナーさんが言っていなかったっけ？」

「忘れてた」

本当は覚えているけどな。

溜息《ためいき》を吐くヨアニスを放《ほう》って医務室を目指し歩き出す。

身体を重ね合う時間が取れるかは分からないが、毎日マーキングはさせてもらおう。

・タロ助《すけ》に乗って出発です

ユリアちゃんのように、王城をこっそり抜け出すことは私には出来ない。

「ナターシャ様。おはようございます」

「おはようございます。当家の馬をお預かり頂き、ありがとうございます」

「ナターシャ様の愛馬のお世話をさせて頂くことは、大変名誉なこと。さすがはお嬢様《さま》のタロ助ですな。相変わらず面構えも良い」

「……でしょう？」

表向きの挨拶《あいさつ》をすると、幼い頃《ころ》からソウやよっちゃん、ジャックと共によく顔を出していた厩舎《きゅうしゃ》の管理人のおじさんに小声で本音を告げられる。

それに私も笑って小声でお返事をさせてもらう。

そんな私達の様子を見て、私を心配して見送りに来てくれているジャックが溜息を吐く。

「お嬢のようなご令嬢が馬に乗る時はお供が欠かせないのに……」

「それは言わないでジャック。ソウやよっちゃんも見逃《みのが》してくれているんだもの」

タロ助にひょいっと軽くジャンプして背に乗せてもらう。

タロ助の首筋を撫《な》でると、ブルルと嬉《うれ》しそうに鼻を鳴らされた。

「お嬢は一人で乗れますもんねぇ。やれやれ昨今の馬を怖がる貴族の男連中に見習わせたいですよ」

「暴れ馬もいるからね。馬には敬意を持って接さないと！」

「仰《おっしゃ》る通りで。本当にお気を付けて」

「ええ。行ってくるわ」

タロ助の手綱を引き、正門からは出ず、裏門から出立する。

門を守る騎士の皆さん全員に心配の顔をされてしまうが、それに笑顔を返しタロ助を走らせる。

目指すはセフォルズの港町ミアゾ。

一人で馬を駆けさせることは、シャルロッティ学園入学前で終わりだと思っていた。

お弁当作りのための食材は自分で購入したくて、それなりの荷物になってしまうので、タロ助で出掛けるとその背に載せて運んでもらえたから。

けれど出掛けて帰ってくる度に、ジャックが胃を押さえ、お父様がお屋敷に滞在している時は静かに叱《しか》られた。

ソウやよっちゃんの耳に入ると恋人になる前のソウからは「俺《おれ》も行きたかったー！」と羨《うらや》ましがられ、よっちゃんからは「控えるように」と注意されてきた。

タロ助の鬣《たてがみ》を撫でながら話し掛ける。

「タロ助……私、ソウのお嫁さんになるの」

馬に人間の言葉は通じない。それでも感情は伝わると信じている。

「とても嬉しく思うけど、貴方に乗る機会はもっと減るわね。寂しいわ。タロ助も、キュン吉《きち》と一緒に走りたいわよね？　一緒じゃなくてごめんね」

タロ助は、ソウの愛馬のキュン吉と仔馬《こうま》の時から一緒だ。

共に走ると競争を始めてしまうこともあるので、そこには困ったけれど、楽しい思い出だ。

タロ助は馬体も大きく、本気を出せばスピードもかなりのもの。

王子の愛馬に選ばれているキュン吉にも負けないのだから、貴族令嬢の私の愛馬よりも騎士馬になった方が幸せなのかも……。

「わっ!? ちょっと、タロ助、そっちじゃないわ！」

道を外れて走り出すタロ助に慌ててしまうが、タロ助はすぐに足を止める。

止まる寸前までスピードを出していたために、止まった場所に咲いていた花達を宙に舞わせてしまう。

どうやら花畑に突っ込んだようで、お花の手入れをしている人がいるのかは分からないが、花が風に舞う様はとても綺麗《きれい》。

「……もしかしてタロ助。気にするなって言っているの？ それともソウとの結婚を喜んでくれているのかしら？」

問い掛けると、タロ助は空へ向かって高らかに嘶《いなな》く。

これはその通りだと受け取っていいのだろう。

「タロ助。ソウから貰うお花が一番嬉しいけれど、タロ助からのは二番目に嬉しいと思えたわ」

コーラル様とドラージュさんから貰ったお花は、困ってしまう気持ちの方が大きかったから。

ぎゅっとタロ助に抱きつくと、タロ助は軽く跳ね、また花を飛ばしてくれる。

「綺麗だけど、お花が可哀相《かわいそう》だからそろそろ行きましょう。ありがと……え？」

タロ助の様子が急に変わる。

穏やかな表情が攻撃的な表情に変わり、耳が後ろにしぼられた。

これは……威嚇の時の馬の顔。

お父様から習ったことを思い出し、タロ助が睨《にら》み付けるように顔を向けた先を私も見てみると……。

「あ」

「はぁはぁ。す、すみません。あまりに素晴らしい光景に近くで見ずにはいられなくてっ……はぁはぁっ、姫っ、本当に、貴女《あなた》は素晴らしいっ……」

花畑の近くでスケッチブックとペンを握り締めながら蹲《うずくま》り、鼻血を流している人と目が合った。

タロ助が威嚇するのも頷《うなず》ける。

とはいえ、会いたかった人の一人目に再び会うことが出来た。しかも周りには誰もいない。

タロ助から降り、鼻血を出している人、ドラージュさんに近付こうとしたのだが。

「降りないで下さい！」

「え？　何故《なぜ》？」

もしや周辺に敵でもいるのだろうか？

「馬に乗っている姫の美しさを、スケッチさせて頂きたい！　乗馬服も大変お似合いです。お傍《そば》にいることを許可して下さるのでしたら、私から近付きますので！　ち、近付いても宜《よろ》しいですか？　はぁはぁはぁはぁ」

「……どうぞ。あ、でも馬には注意して下さいね？　蹴《け》られると大怪我《けが》しますから」

「はい！　あぁ、本当にお優しくて、堪《たま》りません！」

呼吸を派手に乱しながらドラージュさんはこちらに近付くと、すぐ傍で膝《ひざ》を地につき、こちらを瞳《め》を潤ませながら見つめ、スケッチブックにペンを走らせはじめた。

明るい場所で改めてドラージュさんを見て思う。最上級の美形のお兄さんだ。右目の泣きボクロがセクシーにも見えるんだけど、今日も鼻血を出しているから残念だ。

タロ助はドラージュさんを警戒しているようで、足踏みをその場で繰り返しているが、大丈夫な人だと落ち着いてもらえるよう首筋を撫でる。

「ドラージュさん。話し掛けても宜しいですか？」

「もちろんです！　姫の声ならば、常に私の耳に届けていてほしいですから」

「常には難しいですよ。あの、私一応変装しているんですけど、ナターシャ・ハーヴィって分かり易《やす》いですか？」

去年ソウへの贈り物を購入する時。城下町へ出掛けた際に変装したのが、沢山の人にバレてしまった。

失敗を踏まえ、目立つ空色の髪を鬘《かつら》を被《かぶ》って茶色にし、眼鏡《めがね》を掛け、服装も町娘風に見えるようリリィさんに相談しながら整えてもらった。

結構自信たっぷりな変装だったんだけどなぁ。

「姫。申し上げにくいのですが、姫の気品、美しさ、愛らしさはいくら服装を変化させようと隠しきれません。私は相手の変装を見抜く目を鍛えておりますが、私ではなくともナターシャ姫だと気付く者も多いと思われます」

「そうですか」

王子の婚約者が単独行動なんてはしたないやら、危機感が薄いやらと陰口を叩《たた》く人もいる。

港町ミアゾは貿易が盛んで、当然全国から様々な物が入り、珍しい物好きな貴族が訪れることも多い。出来れば、ゆっくり話を進めたかったのだけど。

「ドラージュさん。私の護衛になって頂けませんか？」

「……今、なんと？」

「私の護衛になってほしいのです」

はっきりとお伝えすると、涙と鼻血を垂れ流しながら、ドラージュさんがスケッチブックを抱き締める。

「わ、私のようなものが姫の護衛に⁉　それもっ、姫自ら、わ、私をっ、はぁはっ、護衛にと望んで下さっている⁉　あぁっ、あぁあああっ！　私は今この瞬間のために生きておりました！　喜んで！　はぁはぁ拝命致します！」

「あ、ありがとうございます。宜しくお願い致します」

「はい！」

よ、良かったのよね？　少し怖いと思えてしまうけれども。

「そうだ。ドラージュさん、どうやってここまでいらしたんですか？　馬の姿が見えないようですが」

「走って追いかけて参りました」

「走って⁉　馬を⁉」

「ええ。持久力は馬に敵《かな》わないと思いますが、幸いにも足を止めて下さいましたからね」

い、一時とはいえど、かなりのスピードを出せるタロ助を人間の足で追い掛けるなんて……。

やっぱりヒーローの一人、チートな能力をお持ちなのね。

「私は今港町ミアゾに向かっています。同行して頂けますか？」

「はい！　喜んでお供致します！」

「ではどうぞ、私と二人乗りして参りましょう？」

「えぇ⁉　そんな⁉　そのような恐れ多いことは出来ません！　姫が共に騎乗なさるのは王子でなくては私の美学にも反します！　それに……ふふ、さすがは我が姫、馬にも大変好かれているのですね。

私を乗せるのは嫌なようですよ？」

「……タロ助」

タロ助は首を何度も横に振って拒否を表明していた。ソウやよっちゃん、ジャックも平気なんだけどな。まだドラージュさんにはタロ助は警戒しているみたい。

「港町ミアゾまでの距離ならば、再び走って追い掛けられます。どうぞご安心下さい」

そうは言ってもそれじゃあ、申し訳ない。

同じだけのスピードを出せるのは分かったが、考えたくないがミアゾでドラージュさんに頼るようなことも起こるかもしれないし。……決めたわ。

「姫？」

眼鏡を取り、鬘を取って、空色の髪を風に靡《なび》かせる。

この近くにはよく卵や牛乳を購入させてもらっている牧場がある。

キョロキョロ辺りを見渡せば、その牧場で働いている人と目が合った。

「こんにちは！　牧場主さんはいらっしゃる？　馬を一頭貸してほしいの！」

「ナターシャお嬢様《さま》!?　お、お待ち下さい！　すぐに！」

「あ！　でも忙しかったら……」

「とんでもねぇ！　そこに連れていきますんでお待ちを！」

転びそうになりながら馬を連れにいってくれる人には後でお礼をしないといけない。

「ドラージュさん。馬を貸してくれるので、乗って下さいね？」

「姫っ、民衆にも信頼され、愛されているのですね！　感動です！」

また鼻血を出して喜んでくれているドラージュさんに苦笑を向ける。

二作目のヒーロー、お話し出来ていないのは、ロウルヴァーグ様含めて三名。

ついついレイをヒーローに数えたくなってしまうが、残りの人達、そんなに困った方じゃないことを祈りたい。

「無事に到着しましたね」

「ええ。姫のお美しい肌に一ミリたりとも傷など付けさせはしませんがね。やはりドレス姿の姫は一層お美しい！」

「心強いです。ありがとうございます」

変装の意味がないのなら、ハーヴィ家の令嬢としてミアゾに入った方がいいと思え、ミアゾに入ってすぐにドレスを一着購入し、乗馬服からドレスに着替えた。

未《いま》だにドレスを購入することが少ないので、お店の皆さんに大袈裟なくらい喜ばれてしまい、「ナターシャ様が購入して下さったお店と明らかにして宜《よろ》しいですか？」と問われ、頷《うなず》いた。

店を出るとすぐに幟《のぼり》に「王子妃ご用達」の文字が書かれ、掲げられた途端にお客さんが殺到していたので……これがよっちゃんの言う経済を活性化させるってことなんだなぁと実感出来た。

けど、まだ王子妃じゃないのにいいのだろうか？

タロ助《すけ》とお借りした馬を預け、ミアゾの町を歩いていきながら、隣を歩くドラージュさんを見遣《みや》る。

ソウより背が高い。お父様とサイダーハウドさんが、よく知る人の中では背が高いと思うけど、ドラージュさんは筋肉質ではないけれど、彼らよりも高く感じた。

「あぁっ！」

「どうしました？」

ドラージュさんが突然苦しげに呻《うめ》く。

「姫の視線を感じ、鼻血を出さないよう必死で堪《こら》えています！」

「それはぜひとも我慢して下さい」

人の多い町中で鼻血を出すだけで注目の的だが、ドラージュさんのような美形のお兄さんがそんな醜態晒《さら》すのは食い止めたい。黒装束の衣装も目立つので、貴族の青年が好む服に先ほどの店で着替えてくれている。

一見すると貴族にしか見えないだろうけど、きっと背中を見て驚くだろう。二本の大きな剣を背負っているのだ。

「ドラージュさんの武器って変わった形ですよね」

「英雄の娘であらせられる姫は、武器の知識にも長《た》けておられるのですね。素晴らしい。私の武器はグラディウスと呼ばれるものです。一般的に使用される剣よりは短いのですが、二刀を扱う私には扱い易《やす》いのです」

「サイダーハウドさんと渡り合っていましたもんね！　とっても強くて驚きました！」

「あぁぁっ、姫っ、お褒めのお言葉を頂けて光栄ですが、興奮して何かが爆発しそうです！」

「堪えて下さいね？」

「はいっ、はぁはぁはぁっ」

い、息は乱れてしまうんですね。イケメンでも変態のように見えてしまうものなのが不思議だ。

「ナターシャ様ぁ！」

「お嬢様！」

「あ！　こんにちは！」

港で飲食店を営む方々が声を掛けてくれる。そろそろお昼時だ。

ぜひ入っていって！　という気持ちがみんなの目から伝わってくる。

「ドラージュさん。腹が減っては人探しも出来ません。お昼にしましょう」

「姫とですか⁉　そんなっ、どうしたらっ……幸せ過ぎて死んでしまう！」

「死にませんから！　さぁさぁ入りましょう！」

どのお店にするか悩むところだが、最初に目が合った人のお店に入らせてもらうことにした。

……何を注文するか頼む前にどんどん食事が運ばれてきてしまう。

「ちょっ、ちょっとすみません！　こんなに食べられませんって！」

何故《なぜ》か他《ほか》のお店のお料理まで運ばれてきてしまい慌てると、お料理を作って下さる人も、食事を運んできて下さる方も、お会計をして下さる方からも、

『ナターシャ様に再び来店して頂けて幸せです！　どうぞ召し上がって下さい』

と、笑顔で声を揃《そろ》えられてしまう。

その中でも、顔を覚えているお店の方を手招きする。

「私、今日は一応お忍びなのよ」

「分かっていますよ。ソウンディク様がいらっしゃいませんものね？　けれどナターシャ様。同席なさっている方は、護衛の方で宜しいのですか？」

「ええ。凄腕《すごうで》なの」

「そうですか、良かった。安心しました」

「安心？」

「町にいる者、みんなが気になっていても聞けなかったので私が代表して質問させて頂きました。執事殿のお顔は知っていますし、騎士の方でもないご様子だったので。ナターシャ様に限って浮気など

有り得ないのは我々町民でも重々理解しております。ならば警戒すべきはナターシャ様に危害を加える人物か否か。ソウンディク様のお耳に入れるか否かの会議を開いておりましたので」

「……心配してくれてありがとう」

時折ドラージュさんへ向けて睨《にら》み付けるような顔をする人を見かけたのは、私に危害を加える人物じゃないのか審議してくれていたらしい。

テーブルに並んだ料理の種類こそ多種類だけど、一皿の量は減らしてくれている。

食べ切れる量を考えて運んでくれたのね。有難く頂かせてもらう。

港町だからこそ、新鮮なお魚料理が多く、とても美味《おい》しい。

お寿司こそセフォルズにはまだないものの、生魚をセフォルズ国内で唯一食べられるのがミアゾだ。

ソウはあまり好まないが、よっちゃんはミアゾに来ると必ず食べている。

私も捌《さば》けるんだけど、お弁当に生魚を入れるのは食中毒の危険性があり過ぎるし、こぶ締めにしても心配だからお弁当には入れられない。

そう言えばメアリアンも生魚好きなのよね。一度だけメアリアンともミアゾを訪れたことがあり、その時恐る恐る口に運んでいたが、一口食べて「美味しい！」と喜んで食べていた。

一緒にお食事しているドラージュさんは好き嫌いがないのか、全《すべ》ての料理を食べていっている。

お腹《なか》いっぱいになるまで食べ切り、ドラージュさんに聞いてみたかったことを聞いてみる。

「ドラージュさん。世界に国は多くあり、お姫様も大勢ではないかもしれませんがいらっしゃいます」

「そうですね。しかし私にとっての姫はナターシャ姫が唯一です」

「私は、正確には姫ではありません。ソウンディク王子の妃《きさき》となっても王女ではないので王子妃です。

姫とは言えないのではないですか？」

「お立場だけ見ればそうなのかもしれませんがね。ナターシャ姫は姫なのです。私が私の中でそう決めております。この命尽きるまで、姫のために剣を振るうことを誓います」

笑顔で誓いを立てて下さるドラージュさんを見て、私は考え込んでしまう。

殺し屋として生きてきたことは、ドラージュさん自身からはまだ聞けていない。

けど、私を守ってくれるという言葉は本当のように思える。

「ドラージュさん。私の護衛として正式に採用を決めるのは、ソウンディク王子殿下とヨアニスなのです。一度、彼等に会って頂きたいのです」

「はい。王子殿下と次期宰相様とお会い出来るのは光栄です。しかし姫。どうか覚えておいて頂きたい。私がお守りしたいと思えるのは姫のみ。王子殿下と次期宰相様の御身までお守りするかはお約束出来ませんので」

「私だけなんですか？」

「はい」

今までで一番きっぱりハッキリ肯定される。

ソウとよっちゃんのことを守らないという発言は引っ掛かるけど、彼らも守られるつもりはないだろう。

「分かりました。覚えておきます。改めて護衛、宜しくお願い致します。けど！　命は懸けないで下さいね？」

「あぁ、姫の優しさにまた鼻血を噴きそうです。承知致しました。善処致します」

「よーし！　ではドラージュさん！　次に目指すは情報屋さんです。……ちょっと怖い方が多いところなので、喧嘩《けんか》を売られても、少し我慢して下さると助かります」

食事を終えてお店を出て、町の裏道へと入っていく。

「血の気の多い者が多いのですか？」

「基本酒場となっているお店で、喧嘩っ早い人が多いです」

アルコールの力も加わっているのかもしれないけどね。

目当てのお店の前に到着すると、スキンヘッドの強面《こわもて》で身長も二メートルはありそうな門番が一人、仁王立ちをして門を塞いでいた。

話し掛けるのに気が引ける人もいるだろうけど、私は彼に見覚えがあるし、お父様の方がやっぱり顔は怖い。

「どうも」

笑顔で話し掛けても、相手は無表情。

けど、不機嫌なのではない。これがこの人の普通だ。

「ナターシャお嬢。お一人でのご来店は、俺《おれ》のようなもんでも反対ですよ」

「でも、どうしても聞きたいことがあるの。お願い。護衛も連れてきているから」

チラッと強面の人が私の脇《わき》に立つドラージュさんを睨み付ける。

「お嬢はお下がりを」

「え？」

「腕前を見せてもらおう。俺らみてぇなもんでもナターシャお嬢には借りもあって世話にもなっている。ハーヴィ将軍にもな。生半可な覚悟でお嬢の護衛を名乗るんじゃねぇぞ。構えろ」

門番の方は店の壁に立てかけていたドでかい斧を持ち、ドラージュさんへと向ける。

「武器を使うまでもない」

「何だと⁉　クソがぁあぁ！」

グラディウスと呼ばれる剣を背中から取り出さず、ドラージュさんが振り翳《かざ》される斧を平然と見つめると、ズンッ！　と重い音が二回聞こえた。

どちらが先に耳に届いたのかは、あまりに一瞬のことで私には分からない。

一つは重い斧が門番さんの手をすり抜けて地に突き刺さる音。

そして、もう一つは門番さんが地に倒れ伏した音。

「ドラージュさん⁉　殺していませんよね⁉」

「はい。気を失わせただけです。獲物を手にするとついつい殺してしまいそうなので、素手でお相手させて頂きました。今思えば、私に武器を取らせたというのに、サイダーハウドとかいう奴《やつ》は忌々しいことです」

「……争う必要がない時は争わないで下さい」

サイダーハウドさんとドラージュさんが町中で戦ってしまったら、周囲の建物にどれほどの被害が出るのか……怖いので、考えるのはやめにしよう。

酒場に入ると、ムワッと煙草《タバコ》の匂いとお酒の匂《にお》いに包まれる。

普通の令嬢は嫌がるかもしれないけど、私は平気。

前世の記憶を思い出したから尚更慣れたものだ。

じぃちゃんとばぁちゃんの食堂は、分煙も考えていたようだけど、私の記憶が残る限りは喫煙可能で、夜は特に煙草を吸う人とお酒を飲む人でごった返していたから。

「よぉ。ナターシャお嬢」

情報屋と誰《だれ》もが呼ぶ酒場のマスターは、子供の頃からずっと変わらない姿のおじいちゃん。実際は年を取っているのだろうけどね。

一人残らず強面の門番や店員を従えるその面構えは、年季の入った怖い顔。

酒を飲みながら煙管《キセル》から煙を燻《くす》ぶらせた男の人に声を掛けられるなんて、普通の貴族令嬢なら卒倒しているところよね。

「マスター、門番さん倒しちゃったの。ごめんなさいね」

「そんくれぇの護衛じゃねぇと、あの怖ぇ王子と今の宰相より怖ぇ宰相の息子が許さねぇだろうさ。で？　何を知りたいんだ？　お嬢」

「人を二人探しているの。一人目はヒュウェル・ベルン。どこにいるのか知りたい。会って話もしたいわ」

「厄介事に首を突っ込むお嬢の悪い癖は抜けねぇな。シノノメとユールの戦の匂いはこんな酒場にも届いている。どうにかしてぇわけだ？」

「ええ。その通りよ」

頷くと、酒場中から溜息《ためいき》が漏れる。

「お嬢よぉ。今は学生やってんだろぉ？　外交は王子妃になったら嫌でも駆り出されるんだ。お勉強して王子や貴族の令嬢と茶でも飲んで過ごせばいいものを」

「あら。お勉強もしているし、お茶会も楽しんでいるのよ？」

「……やれやれ。狐《きつね》の子は面白《つらじろ》か」

「どういう意味？」

「ガイディンリューによく似ているってことだよ。お目当ての人物はミアゾに来ている。会うのは一般市民には難しいが、お嬢なら楽勝かもな。何か目的があるみてぇで、ミアゾによく来る貴族の何人かと親しくなっていっている」

ミアゾによく来る貴族とヒュウェルさんが会っているのね。

「目的は？」

「表向きは友好国の高位の人間同士の交流だ。だがどうやらシノノメから武器を持ち込んでいるって話だ。主に船でな。シノノメ国旗を掲げているわけじゃねぇが、船員は全員シノノメ人だ。船を見つけたきゃ、シノノメ人を探すんだな」

その船にヒュウェルさんも乗ってきたわけね。

けど、ユール国との戦を目論《もくろ》んでいるのなら、どうしてセフォルズに武器を運んでいるのかしら？セフォルズ国内でユール国の人達と争うつもりなのか。或いはセフォルズ国と争う気もある？

これはソウとよっちゃんに報告ね。

「もう一人、リファイって人の情報が欲しいわ」

「……困ったお嬢だ。それはガイディンリューに聞きな」

「お父様に？　お父様のご友人なの？」

「友ね。ははは、そう呼ばれるのはお互い嫌だろうなぁ。昔、お嬢の母さんをガイディンリューと取り合った男だ」

「……ん？　え!?　お母様を取り合った!?　じゃあえっと、帝国の男性？」

「ああ。年は四十代だったかな。現帝国の第四師団長。ガイディンリューがどこまでお嬢に話すか分からねぇが、お嬢の母さんの婚約者でもあったらしいぜ」

「あらぁ」

お父様ってば、それは略奪婚ってこと？

それにしてもそうか。ヒーロー最後のお一人は絶対お顔も良いであろうイケオジキャラってわけね。

年上キャラは既にいらっしゃるけど、乙女ゲームで意外と多いのが渋めの男性キャラ。

学園物では校長先生とか、王子様中心のお話のゲームでは若い王子様よりもなんならそのお父様の王様とか王弟キャラとか結構好きだった。

公式ではリファイさんと、悪役令嬢であるナターシャ・ハーヴィとの関わりはどうだったのだろう。

リファイさんにとって恋敵《こいがたき》であるお父様の娘というだけでも敵視されそうだし、関わりはなかったのかな。けど帝国の師団長でイケオジってだけで十分カッコいい。

それにしても帝国の方かぁ。コーラル様に聞いても居場所を知ることは出来そうだけど……。

「帝国の皇子に聞くのはやめときな」

「……やっぱりマスターは知っているのね」

「まぁな。お嬢の血故なのか世界で一番面倒な男を引っかけたな。ソウンディクの坊主《ぼうず》もしくじったもんだ。帝国の皇子の中で一番優秀な男だ。気をつけな。ユールとシノノメに気ぃ取られ過ぎていると帝国に攫《さら》われちまうかもしれねぇぞ？」

「冗談じゃ……」

「冗談じゃねぇから言ってんだよ。帝国の人間がセフォルズ国内に増えてきている。リファイを呼んだのもコーラル皇子かもしれねぇ。不確定で悪ぃな。情報屋として情けねぇが、皇子の身を守る帝国の影と呼ばれる連中は尻尾を出さない」

「シャルロッティ学園にも幾人かいるようですね」

「そうなんですか、ドラージュさん!?」

「はい」

さらりと肯定されて驚く。ソウやよっちゃんは把握しているのかしら？

「強い男がお嬢の護衛になったようでジジイは安心だ。聞きたいことは終わったか？」

「ええ。ありがとうマスター。お代を」

「金はいらねぇ」

用意してきた金貨や宝石を鞄《かばん》から取り出そうとしたのだが、マスターに止められてしまう。

「でも……」

「だがお代をいらねぇと言っているわけじゃねぇぞお嬢。情報への支払いはなぁ、もう二度と、ここに来ないことを約束しな」

「そんなマスター、寂しいこと言わないで」

「寂しい寂しくねぇの問題じゃねぇんだよ。お嬢。王子妃になるんだろう？　セフォルズの多くの者がお嬢を好きだ。だが嫌いな奴もいる。その一部の嫌いな奴が、お嬢がこんなところにいることを嫌な言い方で問題にするかもしれねぇ。ソウンディクの坊主が何とかするだろうが、汚れは普段から消すにこしたことはない」

「ここは汚れてないわ！」

「汚れだよ。令嬢はお嬢以外来たことがねぇ。貴族もガイディンリューくらいだ。あぁ、ソウンディクの坊主とクライブ家の坊主はお嬢と来たことはあったたな。だが、連中も表立っては来ていない。セフォルズは良い奴が多い。だが悪い奴もいる。忘れんなよお嬢？　全員が味方じゃねぇんだ」

「頷きたくない。マスター、今日でお別れってことなの？」

きゅうっと胸が痛む。初めてここに連れてきてくれたのはお父様だった。

「女の子は嫌かもしれないが」と、お父様は店に入るのを躊躇《ためら》っていたが、前世の記憶が戻る前からこういったお店の雰囲気に抵抗がなかった私はすぐにここが好きになった。

「はは。お嬢らしいな。こんなジジイとの別れを惜しんでくれてありがとよ。そこの護衛の兄さんの顔は覚えた。ジジイから話を聞きたければその男を寄越せ。ナターシャお嬢に迷惑掛けねぇように店に入ることとくらい、簡単だろう？」

マスターの問い掛けに、ドラージュさんが無言で頷く。

マスターはドラージュさんが殺し屋だったことも、知っているのね。

「寂しいわ。最近お別れが多いの」

「アークライトの坊主と、新しくお嬢の友達になったっていう貴族の嬢ちゃんのことかぁ？　あの二人はお嬢との再会が楽しみで仕方ねぇんだ。悲しい顔をすんなよ」

「ふふ。マスターには何もかもお見通しね」

「ああ。ジジイは耳だけは良いんでね。だがまだ目も利く。国中の年寄り連中が冥土の土産《みやげ》に楽しみにしているお嬢とソウンディクの坊主の結婚式を見せてくれよ。ここには来ないことを、約束してくれるな？」

「うん。分かった。約束するわ」

「よしよし。じゃあなお嬢。もう行きな」

しっしっと追い払うように手を振るマスターに苦笑してしまう。ドレスを少し摘《つま》み、貴族らしい礼をして店を出た。少し歩き、人の姿が少ないところまで来て、足を止める。

「っ」

滲《にじ》み出る涙をなんとか堪える。町中で私が泣いてしまったら目立ってしまう。

マスターが私に悪い噂《うわさ》が立てられないように助言をくれたんだもの。

店を出た途端に泣いてしまったら、迷惑が掛かるかもしれない。

奥歯を噛《か》み締めて堪えているところに、スッとハンカチを差し出される。

「ドラージュさん……」

「姫が見られたくないのでしたら、私がお隠しします。姫の涙を拭《ぬぐ》う役目は王子であってほしいですから。誰もいません。私も見ません」

「……ありがとうございます」

ハンカチを受け取り、涙を流す。ソウのお嫁さんになる時が近づいてきているのが分かる。

とても幸せなことだ。何より望む未来の自分の姿。

結婚式を、沢山の人が楽しみにしてくれていると知れた。

泣くより笑顔でいよう。結婚式は自分が感動して泣いてしまうかもしれないが、その時の涙は絶対嬉《うれ》し涙だ。

「……よし！　お待たせしました！　ドラージュさん。今日のところは一旦《いったん》帰りましょう。ソウンディク王子達が心配しますからね」

「あぁあっ、姫！　ほんっっっとうに尊い！　どうかハンカチは洗わず、今お返し下さい！　一生の宝物にします！　ぁああっ！」

……だ、誰もいなくて良かった。

私の涙以上に見られない方が良さそうな顔で、ドラージュさんは鼻血を出してハンカチを握り締めていた。

・護衛役の面接と結果

「お前がドラージュか」

「お会い出来て光栄です。ソウンディク・セフォルズ王子殿下、ヨアニス・クライブ様」

セフォルズの王城に戻り、ドラージュさんを連れてソウとよっちゃんの待つ執務室へと向かった。

二人へ礼をするドラージュさんを何となくハラハラしながら見てしまう。

ドラージュさんは穏やかな笑顔を浮かべているが、ソウとよっちゃんはジッとドラージュさんを観察している。

「ナターシャと共にいるということは、彼女の護衛になりたいと思っていると取っていいのか？」

「その通りです王子殿下」

「ドラージュ殿、以前の仕事は何を？」

「お答えしなければなりませんか？」

「ナターシャは王子である俺《おれ》の恋人であり婚約者。素生の分からない者を護衛役には出来ないのは、分かるだろう？」

「その通りですね。私は姫以外でしたらどんな相手から蔑《さげす》んだ目を向けられても何とも思いません。しかし！　姫に嫌われてしまったら生きる意味をなくします！　過去に私が何をしていたのかを知ってもお傍《そば》に置いていただけますか？」

悲壮な表情で見つめてくるドラージュさんに私はすぐに頷《うなず》かせてもらう。

この場にいる誰《だれ》もまだ知らないが、私はユリアちゃんにドラージュさんが何者なのか教えてもらっ

ているからね。

「大丈夫ですよドラージュさん。過去は過去です。未来に、自分がどうありたいかを決めるのは自分です。私はソウンディク様が一番大好きで、お嫁さんになりたいのですが、帝国の皇子殿下から妻にと望まれているのです。大変光栄なことなのでしょうが、困っています。ドラージュさんに、味方になってもらいたいです」

「姫。承知致しました。私はナターシャ姫の剣になりたい。……姫の存在を知るまで私は、殺し屋をしておりました。依頼人は貴族平民身分関係なく。そして対象者も同じく老若男女様々でした」

「ナターシャの言う通り、過去は過去だ。だが、念のため聞かせてもらおう。セフォルズ国内で殺しはしたことはあるのか？」

「いいえ。姫に誓って断言致します。セフォルズ国内では殺しはしておりません。先ほど帝国の話が出ましたね。私は主に帝国内で殺しをすることが多くありました。依頼主と対象者を明らかにせよと命ぜられればお話し致しますが……」

「今はそれを聞く必要はない。ドラージュ殿の胸の内に秘めておいてもらった方がいいでしょう」

よっちゃんの言葉に私もソウも頷く。帝国内での殺しか。聞かない方が良さそうだ。

十を越える皇子皇女が存在し、皇帝が病に倒れている現状。

帝国は長子が皇帝を継ぐ決まりはないと昨年私も聞いた。皇族同士の争いが起こるのも頷ける。

一部ではあるけれど昨年まではセフォルズでさえ第二王妃を中心に、アークを王太子にするべきだと言う人達もいたくらいだ。

皇族の意志関係なく、周囲を取り巻く人間が勝手に殺し屋に依頼をしてしまうこともありそうだ。

「ドラージュ。ナターシャを妻にとふざけたことを言ってきているのは第三皇子のコーラル皇子だ。

面識はあるか？」

「コーラル様ですか。面識はありません。私のような者を使わずともあのお方ならば帝国の騎士団を動かせますし、帝国に代々仕える影と呼ばれる連中の多くをコーラル様は従えております。ナターシャ姫にも申し上げましたが、シャルロッティ学園内にも幾人か忍び込んでいるようです。把握なされていらっしゃいますか？」

ソウとよっちゃんが頷く。そっか、良かった。二人ともそれは気付いていたのね。

私はサイダーハウドさんからコーラル様の護衛のような方々を連れてきている話は聞いていて、昨年学園祭の時に私がコーラル様と二人きりになったのはその影の方々の力だったことも後からソウとよっちゃんに教えてもらった。セフォルズの騎士団の目を眩《くら》ませることも出来る人達。

そんな人達が学園内にまだいるのね。サイダーハウドさんを私の元へやっても、コーラル様は何の問題もなかったわけだ。

「ドラージュ。正直に話してくれていると信じよう。ナターシャの護衛を改めて俺からも頼みたい」

「私からもお願いします」

二人がドラージュさんを認めてくれて安堵する。

「はい。力の限り姫を守ると誓います。ですが姫にも申し上げました。私が守るのは姫のみ。殿下やヨアニス様をお守りすることは難しいと覚えておいて頂きたい」

「ど、ドラージュさん」

そんなハッキリ言って大丈夫かと心配になるが、ソウもよっちゃんも深く頷いた。

「それでいい、というかそれがいい。騎士として任命することも出来るが、そうすると制約が付き纏《まと》う。ドラージュにはナターシャだけの護衛であってもらいたい。頼むぞ」

「お任せ下さい、殿下」

「では味方になったということでドラージュ殿にお聞きしたいことがあるのですが、宜《よろ》しいですか？」

「はい。なんでしょうか、ヨアニス様」

「シャルロッティ学園に帝国のネズミ連中がいることは我々も把握しています。セフォルズ城内には、どうですか？　入り込んでいる気配はありますか？」

セフォルズとディルティニア帝国は友好関係にある。帝国と隣接していないところも大きい。

お互いが支え合うに見合う国力をどちらも持っているということで、ソウのお父様である国王陛下とあちらの皇帝陛下が和平協定を結んだ。その裏にはお父様の存在も大きかったとか聞いたことがある。帝国内の紛争をお父様が鎮めたことが大きかったらしい。

「いいえ。今のところ、侵入されてはいないと思われます」

「……そうですか」

「意外か？　ヨアニス」

「そうでもない。万が一帝国の間者が入り込んでいるのがこちらに知られれば、協定は破棄となる可能性もあるからね。セフォルズとの協定は帝国にとっても失いたくないはずだ。戦争になってもそう簡単にはこっちも負けない力もあるし、実際そうなったらどんな手を使ってでも勝ってみせるけどね」

よっちゃん。悪い笑みを浮かべているけど、手段を選ばないのなら、戦争をなんとしても回避してほしい。

「ドラージュ。今後帝国が入り込んでくることがないとも言い切れない。気配を察したら、俺やヨアニスに報告するのが嫌ならナターシャに報告してくれ」

「承知致しました。では、私は身を隠します。今後はひっそり、陰ながら姫をお守りいたします」

「ずっと、傍にいて下さっていいんですよ？」

「いいえ姫。騎士としてお仕えするわけではないのです。セフォルズの騎士からすれば私は今後も素性が知れぬ者。王子殿下とヨアニス様にはお顔を覚えて頂けましたし、私の存在もお伝え出来ました。あとはっ、はぁはぁっ、あとはもうっ、そろそろ隠れさせて頂きたい。そうじゃないとっ、姫と殿下の前でっ、はぁはぁっ鼻血を噴き出しそうです！」

我慢していたんですか!?

胸と鼻を押さえて呼吸を乱し始めるドラージュさんをソウとよっちゃんが呆《あき》れた顔をして見ている。

「そ、そうでした。大切なことを忘れておりました！　姫と殿下が愛し合う際には、絶対に覗《のぞ》かないと誓います！　是非、拝見させて頂きたいですがっ、そうすると、もう本当に、天井裏か床下を、はぁはぁっ、血の海にしてしまうと思われますので。はぁはぁっ、ではっ、失礼致します」

どうやって消えているのか分からないが、ドラージュさんが一瞬でまたも目の前から消えてしまう。

「す、凄《すご》い人よね」

「いろんな意味でな」

「まぁでも今はまだどこにいるのか分かり易《やす》いけどね」

「え？　よっちゃんも、凄腕《すごうで》の人の気配読めるようになったの？」

「まさか。それなら私よりソウンディクの方が強いから気付くよ。耳を澄ませてご覧ナーさん。荒い息遣いが聞こえるだろう？　その方向に目も向けてご覧」

耳を澄ますと、はぁはぁはぁはぁと呼吸音。

そしてその音がする天井を見上げると……赤い液体が、天井に小さな染みを作っていた。

だ、大丈夫だろうけど、心配になるわね。また後で声を掛けよう。

ミアゾで集めた情報をソウとよっちゃんに伝えた。

「ヒュウェル・ベルンがセフォルズの貴族と接触しているって？」

「ええ。マスターの話だから間違いないわ。ミアゾに出入りしている貴族らしいの。ヒュウェルさんとどこまで関係があるのか分からないけれど、武器を積んだ船に乗ってミアゾに来たみたい」

「そう。ならナーさんには一旦《いったん》ヒュウェルからは離れてもらおうかな。その武器使って何するつもりなのか調査したい。ミアゾに出入りの多い貴族も見当が付くからさ」

「そっちは任せたぞ、ヨアニス。それでナターシャ、もう一人の攻略対象者って呼ばれる奴《やつ》は見つかりそうなのか？」

「それがね、ソウ。昔お父様と私のお母様を巡って争ったことがある人なの。名前はリファイさん。帝国の騎士団長さんですって」

「チッ。また帝国かよ」

「そっちは関わるのはやめておきな、ナーさん」

「ええっ!?　でも、何か重要なことをご存知だったりするかもしれないじゃない？　お父様にお話をお伺いしようと思うの。丁度明日遠征先からお帰りになられるから。陛下にご報告も兼ねてお会いになるだろうから、その後に、リファイさんについて聞いてみようと思っているの。ダメかしら？」

「ハーヴィ将軍に話聞くくらいならいいか」

「そうだね。全く知らない状態で会ってしまう方が厄介だ。ソウンディクも一緒に聞いておいた方がいい。二人で話を聞かせてもらいなよ」

「ソウって、明日時間作れるの？」

「ああ……寝なければ」

「そうだね。寝なければ」

「二人ともそんなに忙しいの!?」

遠い目をするソウに反して、よっちゃんは綺麗《きれい》な顔で笑う。

「いつもならここまで忙しくはねぇんだけどさぁ。ロウルヴァーグ達が来るだろ？　書類に目を通している暇が取れなさそうだから前倒しで仕事をしてんだ。書類作る方も急《せ》かして作らせているからな。王子の俺が手を止めるわけにはいかねぇ」

「素敵ね、ソウ。カッコいいわ。なら私も夜食を作って応援するわね！」

「は!?　いや、ナターシャは寝ろよ。お前この前ぶっ倒れたばっかりだろ？」

「気を失って倒れたお陰でしっかり寝られているから大丈夫！　それに二人に夜食を差し入れたらすぐに寝るから安心してお仕事してね？」

「二人にって……私の分も作るのかい？　ナーさん、無理しなくても」

「一人分も二人分も変わらないもの。任せてよっちゃん。元気が出る食事持っていくわ。それじゃあまた後でね！」

朝昼晩の規則正しい食事以外、特に真夜中に食事をするのはあまり身体《からだ》に良いとは言えない行為。なのだけど、これがまた美味《おい》しいのよねぇ。

前世では受験勉強のため徹夜した時にじぃちゃんが作ってくれたカツ丼が格別だった。

食堂を手伝うようになってからは、閉店後の深夜にうどんを啜《すす》るのも負けないくらい好きだった。

夜食を差し入れるのは初めてだ。二人にもカツ丼を味わってもらおう。

ソウの一番の好物だもの。気合いを入れて作るわよ！

・国王陛下とお父様

「ふぁああ。ねみぃ」

大きな欠伸《あくび》をするソウに苦笑する。

「やっぱり眠れなかったのね？　ごめんねソウ。私だけ寝ちゃって」

「お前が眠そうにしている方が心配だからいいんだよ。それにカツ丼、美味《うま》かった。ありがとな」

「どういたしまして」

髪に口付けられ照れ臭くなりながら笑顔を返す。

学園がお休みの日なのに、朝からソウと一緒にいられて幸せ。

「おはよう、ソウンディク。ナターシャ」

「国王陛下！　おはようございます」

「おはようございます、父上」

王子様であるソウのお父様。つまりはセフォルズの現国王陛下。クラウディアス・セフォルズ様。

陛下の髪色はもともとソウと同じ金の髪色だったけれど、今ではロマンスグレーの髪を短く切り揃《そろ》えられ、王冠がとてもよく似合う。

正直申し上げて、大変素敵です。

ソウもアークもそれぞれどちらかと言えばお母様に似ている。

陛下は美形というよりも男前に近い男らしい顔立ち。野性味があるとも言え、お父様と並んでいるとその……申し訳ないが任侠映画を想像出来てしまう。

「いつ見てもお前達は仲睦《なかむつ》まじいようで父として安心だ。ナターシャ、ガイディンリューに話があるそうだな？」

「はい。父は本日登城した後、また別の遠征に出ると聞いておりますので、陛下へのご報告を終えましたら少し時間を頂きたく思います」

「娘との時間はガイディンリューも何より優先することだろう。ナターシャ。まだこの国にあの男より強い者は存在しない。父を国が独占してしまうことを許してほしい」

「そんな陛下。大変名誉なことと父も私も思っております」

「すっかり大人《おとな》になったな、ナターシャ。昔はガイディンリューが遠征に行く度に泣いていたのに」

「いつの話をなさっているのですか⁉」

「父上。あまりナターシャをからかわないでやって下さい」

「ソウンディク。お前もナターシャも大きくなってしまって大人は寂しいのだよ。二人に私の王冠を隠された日のことを今でも鮮明に思い出せる。クライブが激怒してナターシャが大泣きしてガイディンリューと言い争いを始めて、いやはや楽しい思い出だ」

いや全く楽しくない思い出ですよ。

確か八歳くらいの時だったかな。ソウもすっかり元気になって城の中で駆け回って遊んでいた。

その日、よっちゃんはどうしても読みたい本があるということで、後から合流することになり、それならよっちゃんを驚かせるために何かしようとソウと話し合った結果。

国王陛下の王冠を間近で見せてあげたら、セフォルズの歴史について調べているよっちゃんを驚かせるだけじゃなく喜ばせることが出来ると考えた。

王子様であるソウが国王陛下の王冠を取ることは簡単だった。

王様とはいえ常に王冠をつけてはいない。だから陛下の部屋に二人で忍び込み……というか騎士の方もメイドの方も笑顔でスルーして下さって王冠を無事ゲット出来てしまった。

やった！　と二人で手を叩《たた》き合い、よっちゃんの元へ持って行くと、よっちゃんには青褪《あおざ》められ、すぐに多くの人に知られることとなった。

クライブ宰相から貰ったお叱《しか》りは未《いま》だにトラウマだけど、恐らくあちらにとってもトラウマだろう。

その頃《ころ》から優しくして下さっていたクライブ夫人、つまりはシャーリーさんに子供に本気で怒ってどうするの！　と後から聞いたが初めてクライブ宰相は怒鳴り返され、息子であるよっちゃんからは「ナーさんを泣かせるのは父上でも敵です」とものすっごい子供らしくない冷たい目で睨《にら》み付けられていたから。

「すまなかった」と、あの宰相が私とソウに謝るほど、妻と息子に怒られたクライブ宰相は凹《へこ》んでいた。

途端ソウが「あははは！　クライブが謝った！」と指差して笑うものだから、私もつられて笑ってしまったのだけど……きっとあちらからしたら私にもソウにもあまり関わりたくないだろう。

だって悪いことしたのは私達だからね。あのあとちゃんと反省もしましたよ。

「ナターシャ。ガイディンリューに何の話があるのだ？　私にも教えてくれないか？」

ソウと顔を見合い少し悩む。お父様と陛下は立場を越えて友人関係にある。

そんな陛下にお父様の、もしかしたら聞かれたくない話をお耳に入れていいのかな。

「親父《おやじ》からも話を聞けたらいいじゃねぇかナターシャ。話してやれよ」

「ソウ!?」

離れた位置にいる騎士達に聞こえない程度にいつも通りの話し方に戻るソウに驚いてしまう。

「なんだ。その様子だとガイの奴《やつ》の不祥事か？　やれやれ煙草《タバコ》を吹かしたくなってくる内容なんだな？　結婚前にソウとナーの子供が出来た報告かと楽しみにしていたのに。つまらん」

陛下は懐から煙草を取り出し吸い始める。この素の状態だとクラウさんと呼んでいる。

ソウのお父様や陛下とお呼びすると不機嫌になることが昔はあったからね。

それにしてもお医者様から煙草の本数を減らすように言われているって聞いているんだけど……全くその様子が見られない。

騎士から一応見えないよう背を向けて煙草の煙を燻《くゆ》らせるクラウさんにソウが問い掛ける。

「ハーヴィ将軍がナターシャの母さんを帝国の師団長と取り合った話、親父は知っているか？」

「俺は直接会ったことはないが、帝国の中でも特に強いと言われていた男だな。確か名前はリファイだったか」

「そうです！　その方について何かご存知でしたら教えてほしいんです」

「ナーにあまり帝国の者に関心を持ってほしくない。俺のとこにも届いているぞ？　帝国の皇子に求婚されたんだって？　やるなぁさすがはナーだ。だが帝国だろうがどこだろうが絶対にやらん。お前は俺《おれ》の娘になれ。ぬかるなよ、ソウ」

「分かっているよ。そんで親父はリファイって奴のことで話せそうなことは？」

「現皇帝にも実力を認められた男。帝国騎士団のトップになるべき男だそうだが、前線に立つことを何より希望していて国外と争うことが一番多い第四師団長の立場にいるらしい。ガイの奴とは幾度も争ったこともある。そして勝敗もその時々で様々だった。つまりはガイに対抗出来る男だ」

「その後結婚したかどうかとかは？」

「そこまでは他国の者だから知らん。リファイを何故《なぜ》調べている？」

「海で会えると、情報の出所までは言えないのですが、信用に足る人物から聞きました」

「海とは、セフォルズの海か？」

「はい」

「……ほう。リファイがセフォルズ国内に入ったか。第三皇子との接触でもしたいのか。なんにせよ帝国から師団長の入国の知らせは届いていない。秘密裏か、旅行者として入国しているのだろう。動きがない限りは国としては動かん。あまり火に油を注ぐなよ？　シノノメとユールが出ていってから火をつけろ」

「つけていいのかよ」

「火種を燻《くすぶ》らせておくよりも、さっさと燃やして灰にしてしまった方がいいこともある。健闘を祈る。行くぞ。ちょうどいい、ナターシャも共に来なさい」

「はい」

煙草を一本吸い切って、クラウさんは国王陛下に戻り大広間へと向かって行った。

・お父様とお母様と帝国の師団長

「お父様。遠征お疲れ様でございました」

「ナターシャ。屋敷での騒動はジャックからも報告が届いている。お前に怪我《けが》がなくて何よりだ。ソウンディク殿下、娘は暫《しばら》く城に身を置きます。しかしくれぐれも、結婚式まではお控え下さいますよう」

「もちろんだ。ハーヴィ将軍」

ソウもさらっと笑顔で嘘吐《うそつ》けるようになっちゃったわよね。

一度怒られ済みだと言うのに、ソウとは数えるのが恥ずかしくなってしまうほど身体《からだ》を重ねてしまっている。

陛下との謁見を終えたお父様と共にいるのは、城の一室。

ソウが場を設けてくれて、室内には三人だけの状態だ。

「それで、私に話とは？」

「帝国の師団長リファイさんって、お父様ご存知？」

「……何故《なぜ》？」

あぁ、お父様にしては珍しく私に不機嫌な顔を向ける。

顔が怖いから迫力が半端ないが、私もソウも慣れている。

「将軍。リファイはセフォルズ国内に入国しているようなのだ」

「アイツが？　……まさかナターシャ。何か接触でもあったのか？」

「いいえ。まだお会い出来ておりません」

「まだ何も今後も会う必要はない。殿下、奴《やつ》はどこから入国したのですか？」

「セフォルズの海にいるという情報が入っている。ミアゾで間違いないだろう」

「……ミアゾか。逆方向だな」

「遠征先とってこと？　会いにいくつもりなの？　お父様」

「奴が用があるのは私なのだよ、ナターシャ」

「……私に用があるってことはない？」

「……」

強面《こわもて》の無言の威圧やめて欲しい。娘でも少し怖い。

「ハーヴィ将軍。ナターシャの母君であるサーシャ殿とリファイは婚約者だったそうだな？」

「はい。私は英雄と呼ばれておりますが、一部の者から恨まれております。その中でも強く恨んでいる者がリファイです。決して私はサーシャに結婚を無理強いはしておりません。サーシャとリファイは幼馴染《おさななじみ》だった。私も殿下のご両親であるクラウディアス様とその妻になったフィアナ様とは幼馴染で、その大切さはよく分かります。サーシャは弟のように思っていたようですが、リファイは違った。私がサーシャと会っていると、彼女は自分の婚約者だと言ってサーシャを私から離した。それでも私はサーシャに会いにいった。いつしかサーシャも私を望んでくれるようになった。リファイの怒りや恨みは当然私に向いた。戦場ではないのに剣で斬り合った。リファイはサーシャが私と結婚するまで諦《あきら》めなかったよ。その後ナターシャを身籠り、サーシャが命を落とした時、リファイは私に会いにきた。涙を流して睨《にら》み付けられた。私のことも、ナターシャのことも許さないと」

「ナターシャも？」

「サーシャが命を落としたのはナターシャを産んだためだと、リファイは思っているようでした」

実際そうなのかもしれない。私を産まない選択をしていたら、お母様は……。

「ナターシャ」

「お父様」

ポンッと頭に手を置かれ、撫《な》でられる。

「サーシャは望んでお前を産んだ。腹の中にいる頃《ころ》から慈しみ、ナターシャと名付けたのもサーシャだ。毎日毎日、お前に話しかけていた。誰より幸せになれるよう。健康に育つよう。数え切れない祈りを捧げていた。それに、お前を産んですぐに命を落としたわけじゃない。少しずつ、産後の身体を病が蝕《むしば》み、命を落とすこととなったのだ。ナターシャのことを頼むと私に何度もサーシャは願ったよ。お前の幸せは私が守る。ソウンディク殿下。どうか、娘をリファイと接触させないで下さい」

「分かった」

「私はこれで。ナターシャ。単独行動はするなよ」

「分かりました」

部屋を出ていくお父様を心配させないよう良い返事はさせてもらう。

でも、そうか。明確に、私を恨《うら》んでいる人がこの世界にお一人はいるのね。

その理由もとても納得が出来てしまう。

「誰にも恨まれてねぇ人間なんていねぇ」

「ソウ……」

「俺だって恨まれている。第二王妃とかな。きっと今だって遠い場所から俺に呪いでもかけているさ」

「そんなこと……」

ないとは言えないのかな。リファイさんも私を呪っているのかもしれない。

「お前の母さんをお前が望んで死なせたわけじゃねぇだろ？　いてほしかった。いなくて寂しい思いを痛いほど赤ん坊の頃から経験して、泣いてきた。恨まれる筋合いなんかねぇ。リファイと会っても胸張って言い返してやれ。『望まれて、愛されて、産んでもらった！』ってな」

「うん」

ボロボロ涙が零《こぼ》れ落ち、ソウが抱き締めてくれる。

「母上がいなくて寂しい気持ちは、俺だって、痛ぇほど分かる。お互い、母親に会いてぇよな、ナターシャ」

「本当ね」

お母様のお陰で健康に育って、素敵な王子様が恋人になってくれたのよって、報告したかった。

小さな頃から一緒のソウの話や、大好きな友人達の話も聞いてほしい。

どんな人だったのかな。他国の将軍に一目《ひとめ》惚《ぼ》れをされ、帝国の騎士団長に惚《ほ》れ抜かれた人。

絶対素敵な人だっただろう。リファイさんなら、幼い頃のお母様のこともご存知だろうけど、話はしてくれないだろう。お父様のお嫁さんになるまでのお母様はきっと、リファイさんだけのものだと思えるから。

「何度だって言うが、愛しているぜ、ナターシャ。お前がいなきゃ俺は生きていけない。ドラージュがいても油断はするなよ」

「ええ」

リファイさんは、私に会おうとしているのか、それともお父様と会おうとしているのか。

何の目的で動いているのだろう？　公式ではどうなのかユリアちゃんにはもう聞けない。

そういえばレイは知っているだろうか？　学園で話せそうなら話を聞きたいが、レイはミイツアさんを最優先にするだろう。他《ほか》のことには関心を向けなさそうだ。

ならば、コーラル様は？　マスターは聞かない方がいいって言っていたけれど……。

「コーラルには俺が聞いてみる」

「ええ!?」

「知っているかどうかは分からねぇけどな。学園にいる間に時間を取ってみる。ナターシャ。お前にはミイツア嬢と話をしてほしい。ユールとシノノメも放《ほう》っておくと勝手に燃え上がっちまいそうだからな。帝国の連中には静かにしておいてもらわねぇと困るってコーラルに釘を刺す。女は女同士にしか話せねぇこともあるだろ？　ミイツア嬢を頼むぞ」

考えなければならないことが多く、頭の切り替えが難しい。

しかしミイツアさんは公式では唯一、死を予告されている存在。

レイがなんとしても守るだろうけれど、彼女とも話したい。

「ミイツアさんは私に任せて。話してみたいって思っていたから」

「俺はレイヴィスカ王女とロウルヴァーグ王子と話す。話の鍵《かぎ》を握るのは……」

「ミイツアさんね」

ミイツアさんなら、ヒュウェルさんの居場所も知っているだろうか。

誰が戦争の幕を開けようとしているのか。

現状一番怪しいのは武器をミアゾにまで持ってきているヒュウェルさんだけど……まだ分からない。

・王族勢揃《ぞろ》いです

「シノノメ国王子。ロウルヴァーグ・ゼン・シノノメだ。宜《よろ》しく頼む」

「ミイツア・ベルンと申します。宜しくお願い致します」

ソウからロウルヴァーグ様の人となりは聞いている。

精悍な顔立ちをなさっているが、恋愛方面はヘタレとご本人には聞かせられない評価をしていた。

私は珍しくソウとよっちゃんから離れ、メアリアンと教室の片隅の席に座って様子を見守る。

ロウルヴァーグ様はミイツアさんと並んで空いている席に座った。

今日の一時間目の授業は地理歴史。担任であるコーラル様がそのまま授業を開始する。

教えて下さっている帝国の皇子様は我関せず。一人増えた王族を何とも思われていないのか、いつもの調子で授業を進めていく。

私は一番集中してコーラル様のお話を聞かなきゃならないのに、王子様や王女様の様子が気になって仕方がない。ミイツアさんの様子も気になる。

レイと会いたかったであろうに、教室に入ってきても俯《うつむ》きがちで他者と目を合わせないようにしているようだ。

ミイツアさんはユリアちゃんと同じくらいの体格で、腰まで伸びた髪を二つに分けて三つ編みにしていて可愛《かわい》らしい印象が強い。顔も美人というより可愛いと言えるのに、その表情は緊張しているのか硬い。

ロウルヴァーグ様は無表情。そしてレイは笑顔だった。

ただしその笑顔はミイツアさんに向けられているわけではなく、左右に座っている令嬢達に向けられている。

好きな人を前にしてその態度良くないわよ！　と注意したくなってくるが、レイなりに何か考えがあるのかもしれない。

ソウはよっちゃんと何やら談笑していて、あちらはいつも通りかな。

「ナターシャ」

「何？　メアリアン」

小声で話し掛けられ顔をメアリアンの方に向けようとしたのだが、メアリアンに止められる。

「顔は黒板の方を見ていなさい。コーラル先生のお話は聞いておいた方がいいわ。それで？　今日はどうするの？」

「お昼にミイツアさんをお誘いしたいのよ」

「あらあら。そちらから攻めるわけね。私もご一緒させて頂いていい？」

「もちろんよ。ミイツアさんと二人きりで食べるか悩んでいたから嬉《うれ》しいわ」

メアリアンが一緒に来てくれるなら心強い。話題に困ったら頼らせてもらおう。

「でもね、ミイツアさんはレイかロウルヴァーグ様とお食事されたいかしら？　どう思う？」

「そういう時は先手必勝ですわ。この授業が終わったらすぐにお昼にお誘いするのよ。お昼休み前から約束を取り付けておけば、たとえ王子や王女でも口を挟めませんもの」

「それいいわ。やってみるわね」

ロウルヴァーグ様かレイからお食事を誘われてしまったらミイツアさんは断れない。

その前に私がお誘いをさせて頂こう。

授業が終わり、席から立ち上がる。誰かが声を掛ける前に一番に私がミイツアさんに話し掛けたい！

メアリアンには待っていてもらい、ミイツアさんへと近付いていく。

「ミイツア様」

「？」

お名前をお呼びすると、ミイツアさんが首を傾《かし》げながら振り返ってくれる。

その小首を傾げたような仕草が可愛らしくて微笑《ほほえ》ましい。

「私はナターシャ・ハーヴィと申します。宜しければ本日の昼食、私とご一緒しませんか？」

「!?」

私を不思議そうに見つめていたミイツアさんの表情が驚きに変わる。

小さくて可愛らしいお顔の頬《ほお》が桃色に染まり、これは喜んでくれていると表情だけ見ればわかり易《やす》かったのだけど……。

「し、仕方ありませんわね！　貴女《あなた》がどうしてもと言うなら、一緒に食べてあげても宜しくてよ！」

ミイツアさんはぷいっとそっぽを向きながら腕を組んだ。

お、驚いたわ。表情と言葉が合っていない。何せ、言ってしまった帳本人がみるみるその顔を青褪《あおざ》めさせている。秒で反省しているミイツアさんを見てこちらも焦る。

まだコーラル様も教室から退室していないし、ソウもいる。レイもいる。ロウルヴァーグ様もいる。

そして一番の危険は教室の天井。殺気が漏れ始めている。ど、ドラージュさん!?　ミイツアさんを暗殺しないで下さいね!?　お願いですから！

ここは私が何か言わなければミイツアさんが危ない！　全力の笑顔を向けさせてもらう。

「良かった！　では、ご一緒しましょうね。その時に学園内もご案内しますわ」

「え!?　でも私、今あの、一緒に食べる気しないんじゃ……」

「あら。私ちっとも断られていると思いませんでしたよ？　それとも、ロウルヴァーグ王子殿下とお約束がありました？」

チラッとミイツアさんの隣に座っているロウルヴァーグ様に目を向けると、首を横に振られる前にミイツアさんがガタッ！　と音を立てて立ち上がる。

「お約束しておりませんわ！　あ、あの、誘ってくれて、ありがとう」

最後のお礼はとても小さな声だった。

それでも、私の制服の裾《すそ》を掴《つか》み、頬を真っ赤に染めてお礼を言うミイツアさんを見て、ちょっとレイの気持ちが分かった。

これはキュンとする。これがツンデレなのね。理解したわ。レイの方を見遣《みや》れば両手で顔を覆って天を仰いでいる。ツボだったのね。凄《すご》く気持ちが分かった。

よし。コレでミイツアさんとだけ約束を取り付けられたわ。ではまた後でと言って離れようとしたのに、まさかの……。

「ナターシャ嬢。俺《おれ》もご一緒させて頂いて宜しいだろうか？」

「っ!?」

ロウルヴァーグ様からの申し出に驚愕《きょうがく》する。そ、それは困るわ。だって女同士だからこそ話せることもあるもの！　ミイツアさんをチラッと見遣れば、凄く困った顔をしている。

「ロウルヴァーグ王子。貴殿には話したいことがある。レイヴィスカ王女にもご同席願う予定だ」

ソウ！　何も言わずともフォローを入れてくれる素敵な恋人に感謝する。

「しかし……」

「ミイツア嬢も他国のご令嬢と話したいこともあるだろう。ロウルヴァーグ王子。あまり婚約者を独占してやるな。学園でくらい伸び伸びさせてやって何か悪いことでも？」

「レイヴィスカ」

ソウに続いてレイもロウルヴァーグ様を止めてくれるが、こちらは若干、喧嘩《けんか》を売っているように感じる。

友達だと互いに言っていたからこそかもしれないが、ロウルヴァーグ様はレイを睨《にら》み、レイは不敵な笑みを返す。

「お前はセフォルズでもそんな姿でいるのか。ユールの王女としての自覚はあるのか」

「私は私らしい姿でいると決めたのだ。王女としての仕事はしているぞ？」

「お前な！」

「言い争いは後にしろ。次の授業が始まる」

ソウにそれぞれ肩を掴まれ、押し黙る。

私は王子様達が話している間にミイツアさんをロウルヴァーグ様から引き離してしまった。

こっそりミイツアさんの手を引いて席に戻る。

「ナターシャ。お姫様を奪還成功ね」

「大成功よ、メアリアン。ミイツア様、こちらはメアリアン・ラーグ侯爵令嬢。私の友人なのです」

「お二人とも、とても綺麗《きれい》ね。私、恥ずかしいですわ！　本当にナターシャ様、ごめんなさい！」

教室の隅っこだからか、ミイツアさんは少し肩の力が抜けたらしく、机に突っ伏して謝罪してくれる。

頭を撫《な》でたくなってしまうその姿に、メアリアンと顔を見合せて笑ってしまった。

・女の子達の恋心

「手作りの料理に抵抗があったら申し訳ありません。食堂から何かお持ちすることも出来ますよ」

ぶんぶん首を横に振るミイツアさんを見て安心する。

ソウの分のお弁当は今日も当然作っているのだけど、今日は女の子だけの昼食会を考えていてお弁当も可愛《かわい》らしい色のものを選んでみた。

メアリアンも同席してくれたら嬉《うれ》しいと思いながら作ったので、量は丁度いいと思う。

「いつ見ても美味《おい》しそうなものばかりね、ナターシャ。いただきますわ」

「どうぞ召し上がれ」

私達がいるのは食堂ではない。

ユリアちゃんとよく甘い物を食べていた、あまり人が来ない学校の裏庭。

パクパク食べてくれているメアリアンと違い、ミイツアさんはじーっとお弁当を見つめている。

「ミイツア様？　お嫌いなものばかりでしたか？」

「いいえ！　あの……ナターシャ様がお作りになられたのよね？」

「はい」

「お噂《うわさ》でソウンディク王子殿下にもお弁当をお作りになっていると聞きましたけど、本当ですか？」

「ええ」

「すごい。見た目も綺麗《きれい》……」

ミイツアさんがお弁当を見つめて目を輝かせ、おかずを一つ取り口に含んで食べる。

「美味しい」と頬《ほお》に手を当てて飲み込んでくれるミイツアさんを見て私も嬉しくなる。

「良かったですわ」

私も自分の作ったお弁当を食べていく。

自分で食べても美味しいと感じるけど、誰《だれ》かが食べてくれて美味しいと言ってもらえると嬉しい。

「ミイツア様もお料理をされるとレイヴィスカ様にお聞きしたのですが、どういったものをお作りになられるのですか？」

シノノメ国の伝統料理だろうか？　それなら是非ご一緒に料理を作らせて頂きたい。

「レイったら！　ナターシャ様になんて恥ずかしい話をしているの！」

「恥ずかしいのですか？　とても素敵なことだと思いますけど」

「……ナターシャ様。私、とても不器用なのです。不器用だと分かったのは自分で料理を作ってみて分かったことなのです。私の話を聞いて頂けますか？」

「もちろんですわ。ここでのお話は私たちだけの秘密です。ね？　メアリアン」

「ええ。口は固い自信がありますわ。恋の話でもあるのでしょう？　お聞きしたいわ」

お弁当を食べ終えて、温かい紅茶を三人分用意していく。

「ありがとうございます。恋の話も関わります。お聞き苦しかったら申し訳ありません」

不安そうなミイツアさんに安心してもらえるように笑みを向けて頷《うなず》く。

メアリアンもティーカップを持ちながら微笑《ほほえ》んだ。

「私はシノノメ国の貴族として生まれロウルヴァーグ様の婚約者となりました。愚かにもどれだけ私が素晴らしい存在なのかを分からせてやろうと、王子殿下に対しベルン家を自慢しました。メイドに料理を作らせ、献上品を準備させました。ロウルヴァーグ様は無視をするどころか私の姿を見ると不快そうに眉《まゆ》を顰《ひそ》めていました。拒否をされるとメイドに当たり散らし、彼女達からは怖がられていたと思います。ロウルヴァーグ様に嫌がられていることに気付けたのはレイとの出会いです。突然現れたレイはロウルヴァーグ様への差し入れを指差し『それを頂けませんか？』と申し出ました。私はハッとしました。急激に、視界が開けたように思えました。私は堪《たま》らずその場から逃げだしたのです。恥ずかしいことをしていたことに気付けたのです。『それは貴女《あなた》が用意しているものではないだろう？』と言われた気がして」

レイは、愛《いと》しいミイツアさんが用意したものならどんな物でも笑顔で受け取りそうだけどね。期せずして、ミイツアさんを正しい道に導いているのはレイのミイツアさんへの愛故だろうか。

「そこで私は自分で料理を作ってみることに決めました。けれど先ほど申し上げた通り、不器用で裁縫はグチャグチャ。料理は、食べられはするのですが見た目が悪く、とても王子様に差し入れられるものではありません。でも、その料理をロウルヴァーグ様に持っていってみることにしました」

「あら。勇気がいることですね」

「どんな反応をして下さるか、見てみたくて。でも、その反応を見ることは出来ませんでした」

「どうしてですか？」

「受け取って頂けなかったのです。悲しいと思いましたが同時にホッとしました。こんな不出来な物をロウルヴァーグ様に見られなくて良かったと。泣きながら今までのことをメイド達に謝罪しました。彼女達に馬鹿にされてしまうと思いました。けれど一人も私を笑わず、共に泣いてくれるメイドもいました。メイド達との関係は改善され、両親にも今まで我儘《わがまま》ばかりでごめんなさいと言ったら、両親にも泣かれてしまって。私の我儘に両親も困っていたのでしょう。兄にはその数日後。初めて頭を撫《な》でられました。レイとまた会えたらお礼を言いたいと思っていると、再び姿を見せてくれましたが私は驚かされました。レイはロウルヴァーグ様に以前私と会ったことを隠しているようで、こっそりと私に『今度こそ、私にそれを下さいますか？』と言って微笑んだのです。私はその時、レイのことを好きだと自覚したのです」

恋に落ちたわけですね。

「レイが傍《そば》にいてくれるようになってからは、見た目の悪い料理も食べてくれて『日に日に美味しくなっているね』と褒めてくれて。御世辞だと分かりましたが、嬉しかった。一生懸命作った料理を食べてくれる人がいることを幸せに思いました」

「分かります」

ミイツアさんと笑みを向けあう。

「裁縫は料理よりも向いていなくて、上手《うま》くは出来ないのに、レイは服の解《ほつ》れを直してほしいと私に渡してきて困りました。指を幾度も刺し、レイの服に見た目の酷《ひど》い縫い目が出来てしまって、買い換えた方がいいと言ったのに……。とても嬉しそうに『一生の宝物にする』って言うのです」

ミイツアさんが話しながら涙を流す。

あぁ。ミイツアさんは、レイを好きなままなのね。もらい泣きしそうになってしまう。

「そんな日々が続いていた時、ロウルヴァーグ様から自分の分はないのか？　と驚きのお言葉を頂きました。拒否をされ続け、ご用意する食材や物が勿体《もったい》ないと考えるようになり、レイが受け取ってくれる分だけを用意していました。私は、自分の不敬さに気付きました。レイが庇《かば》ってくれて。その時にレイが女性であることと、ユール国の王女であることを知りました。やはり王族だったのだととても納得しました。女性だったことには驚きましたけれど」

「騙《だま》されていたとお怒りにはならなかったのですか？　ミイツア様は恋をなさっているのに」

「全然。怒りは湧《わ》いてきませんでした。その時告げられた『自分は姿を消す』というレイの言葉の方にショックを覚えました。いなくならないでほしいと涙ながらに訴えました。でもレイは困ったように微笑んで、私を抱き締めると『ごめん』と一言謝罪し、次の日にはいなくなってしまいました」

ミイツアさんの涙が止まらない。

ハンカチを差し出すと、儚《はかな》げに微笑んでお礼を言われた。

「その後、ロウルヴァーグ様が、私に会いにいらしたのです。驚きました。初めてのことでしたので」

「もしや、そこでロウルヴァーグ様から告白が？」

「え？　いいえ。差し入れを続けるようにとのご指示と。私はロウルヴァーグ様の婚約者なのだと自覚を持てとのことでした」

ロウルヴァーグ様ぁ!?　いやもう知り合いにすらなれていないが、この時ほどレイからミイツアさんの心を奪えるチャンスはなかったでしょうに！　とツッコミを入れたい。

「奪われそうになって気付いた」でも何でもいいから言わないと！

またも恋愛音痴が現れたと、よっちゃんの顔を思い浮かべてしまう。

「私、気付いたのです。ロウルヴァーグ様を好きではなかったことに」

「え!?　あ、え？　そ、そうなのですか？」

「はい。恋を知り、恋することの素晴らしさや苦しさを教えてくれたのは、レイです。ロウルヴァーグ様がその後、他《ほか》の女性と並んでいる姿をお見かけしてもなんとも思いませんでした。寧《むし》ろ良かったと思えたのです。私なんかよりももっと相応《ふさわ》しい女性がロウルヴァーグ様にはいるはずだと。けどね、ナターシャ様。レイが私以外の女性と共にいるのを見ると、胸が痛くて、すぐに涙が溢《あふ》れ出してくるのです。これが恋ではなかったら、なんなのでしょうか？　教室でレイが他のご令嬢たちと並んでいるだけで悲しくて、見てられなくて……」

「ミイツア様……」

ミイツアさんを抱き締めると、私の胸に縋《すが》ってミイツアさんが涙を流し続ける。

あぁレイ、罪な男、いや罪な女ね。どうしたものか、とても悩ましい。

そしてロウルヴァーグ様にもとても困る。ミイツアさんに好きとも言ってなさそうだ。

ソウに確認してもらわなければならない。

泣きやまないミイツアさんを、セフォルズ滞在中に住むことになるお屋敷にお送りするか、医務室で休んでもらうか、メアリアンに意見を聞こうとメアリアンの方へ視線を向けて驚く。

何故《なぜ》かメアリアンが、テーブルの上に手を組んで険しい表情をしてどこか一点を見つめていた。

「ど、どうしたの？」

ミイツアさんの背中を撫でながらメアリアンに問い掛ける。

「気にしないでナターシャ。とんでもなく悔しい自覚を今しそうで、自分自身と戦っていますの」

どういうことなの？

「他の女性といるのを見ると、胸が痛い。他の女性からその人が告白されていると悲しい。うぅ。悔しいですわ！　ハーヴィ将軍がそうなっているのを想像してもなんとも。くっぅぅっ」

……メアリアンが葛藤している。

これはもしかしなくても、奇しくもミイツアさんもメアリアンもレイが原因で恋心を自覚することになっているのかもしれない。

・ソウと他国の王族たち（ソウ視点）

昼食の時間は俺《おれ》にとって、ナターシャと出会ってからは幸せな時間だが、今は全く幸せじゃない。

テーブルを囲んでいるのは俺とレイヴィスカ王女とロウルヴァーグ王子の三名のみ。

レイヴィスカ王女の近衛《このえ》であるグラッドルは少し離れた位置で待機している。

ナターシャもいなければヨアニスもおらず、ジャックもいないのだ。気が滅入る。

ナターシャがミイツア嬢と昼食をとることは事前に聞いていた。

だがその昼食にロウルヴァーグ王子も加わりそうになってしまったので、急遽《きゅうきょ》、俺が昼を誘う形を取り、レイヴィスカ王女も巻き込む形となってしまった。

何の話をするにせよ、この二人と話すのであれば城でしたかったのだが仕方ない。

ヨアニスは調べたいことがあると言って昼からどこかへ姿を消し、ジャックは王族だけの席には同席出来ませんと断られてしまった。

「申し訳ない、ソウンディク王子。愛《いと》しの婚約者との癒《いや》しの時間を私と、この空気を読めない王子のせいで潰《つぶ》してしまって」

「レイヴィスカ王女。貴女《あなた》こそ今日もまた令嬢たちと約束があったのだろう？」

「まあね」

「誰が空気を読めないだって!?」

「お前のことに決まっているだろうロウルヴァーグ。美しく可愛《かわい》い女性だけの昼食会に乱入しようとするな」

「乱入ではない！　俺はただミイツアと親睦を深めるために昼を共にしようとしただけだ！　……ソウンディク王子がナターシャ嬢とそうして愛を深め合っているとも聞いていた。ナターシャ嬢も交えて、ソウンディク殿とミイツアと四名で食事をとれたらと思ったのだ」

「その面子《めんつ》は何だ。ナターシャとソウンディク王子は別としてミイツアが可哀相《かわいそう》過ぎる」

「なぜだ？」

「少しは考えろ。ナターシャのことだ。今頃《ごろ》はミイツアの心を解《ほぐ》し友に近い立場になれていそうだが、まだナターシャがミイツアと話す前に他国の王子も交えた昼を共にさせてみろ。緊張してミイツアは何も話せん。そして口下手なお前も話さず、気を遣ったナターシャとソウンディク王子が話題を提供し続ける様が目に浮かぶ」

レイヴィスカ王女の意見に俺も同意だ。

「ロウルヴァーグ王子。貴殿とミイツア嬢の関係は事前に聞いていたよりも距離があるように俺には思えた。時間はたっぷりとは言えないが、ある。焦ってことを進めても良いことは何もないぞ」

昨年ナターシャが俺から離れそうになって堪《たま》らず抱いてしまったことは棚上げさせてもらおう。

ナターシャが傍《そば》にいないのであれば、せめてナターシャの存在を感じようと、今日も当然のように作ってくれた弁当を広げる。蓋《ふた》を開けると美味《うま》そうな匂《にお》いが鼻を擽《くすぐ》った。

俺の好きな物ばかりが入った愛情溢《あふ》れる弁当に頬《ほお》が緩みそうになるが、王子と王女が共にいる席だ。気を引き締めて食事をしていかねばならない。

「素晴らしいな」

「この弁当のことか？」

レイヴィスカ王女が弁当の中身を見つめ笑みを浮かべる。

「ああ。ナターシャが毎日ソウンディク王子のために作っているのでしょう？　何年になるのですか？」

「……今年で十年になるな」

七歳の頃からナターシャは作り続けてくれていて、今年誕生日を迎えれば十七歳となり、ちょうど十年だ。

「十年！　それは凄《すご》いな」

ロウルヴァーグ王子にも感心される。

そうだよな。凄いことだよな。恋人となる前どころか婚約者となる前からナターシャは俺のためにずっと弁当を作り続けてくれているのだ。

十年目か。何か贈り物をすべきだろう。絶対しよう。

弁当に入っているカニクリームコロッケを口に運び食べる。噛《か》むとジュワッとクリームが口の中に広がりとても美味い。

「カニクリームコロッケは特に作るのが難しいのを知っているか？」

「そうなのか？」

レイヴィスカ王女の質問に俺は顔を王女へと向け、ロウルヴァーグ王子は不思議そうに問い返す。

俺達二人の顔を見て、レイヴィスカ王女は小さな声で「この世界にルーや冷凍庫はないから尚のことな」と俺には理解出来ない言葉を発した気がする。

「事前に中身のクリームを作らなければならないのだ。フライパンの上にバターを熱し刻んだ玉ねぎを入れて、少しずつ小麦粉を加える。更に少しずつ牛乳を加えてとろみを出していく。これだけで一時間はかかることもあるらしい」

「一時間……」

「カニクリームコロッケと名が付くからな。当然蟹《かに》の身も加える。王子に出すものなら当然本物の蟹だな。蟹の出汁《だし》をクリームに馴染《なじ》ませ、蟹の身を解して中に入れ混ぜ続ける。その後、粗熱を取るために数時間置いておかなければならない」

「そんなにかかるのか！」

ロウルヴァーグ王子が驚く。

そして俺も知らなかった。そんなに手間が掛かっていたとは……。

「私自身、作り方を聞いただけで作ったことはない。しかし大変なのは容易に想像できる。油で揚げる時にも、クリームだからな。形を整えるのも苦労するし、適度なタイミングで揚げないと中身のクリームが衣から飛び出し残念な形のカニクリームコロッケが出来上がるそうだ。だがナターシャの作った弁当に入っている物はどれも楕円《だえん》が美しい。彼女の才能もあるだろうが、努力の賜物《たまもの》だな」

食べる時は三十分も掛からず食べ切ってしまうが、前日から準備をしておいてくれているのが改めて分かった。

「感謝はしているつもりだが。足りないな」

「そんなことはないのではないか？　ソウンディク王子が残さず食べ、ナターシャに感謝しているからこそ、ナターシャも続けられているのですよ。問題なのは……」

レイヴィスカ王女がロウルヴァーグ王子に冷たい目を向ける。

「何だその目は」

「ロウルヴァーグよ。お前、私が姿を消してからミイツアの出した料理を食べたか？」

「食べたが？　それが何だ」

「どう思った？　何を食べた？」

「どうとは別に。何を食べたかは、覚えていない。普通に食べ切ったぞ。美味いとは思ったと思うが」

「……ほう？」

レイヴィスカ王女の問いはどういう意図があるのだろうか。

「ミイツアに後で怒られてしまうかもしれないな。だがまぁ知っておいた方がいいだろう。ミイツアはなロウルヴァーグよ、不器用なのだ」

「不器用？　どういう意味だ？」

「どうもこうもそのままの意味だよ。料理をナターシャのように出来ない。お前の記憶に残らなかったということは、可もなく不可もなく。お前が食べ慣れた料理人の作る整った見た目と味の料理だったということだろう。それはミイツアが自ら作った料理ではない……やはり、お前には出せなかったか」

「レイヴィスカ、ミイツアの何を知っている！」

「ミイツアはお前にどう接したらいいのか分からなくて困り、もしかしたら少し怖いとも思っているかもしれんな。ロウルヴァーグ、例え話だ。お前に出された料理が、焦げ目がついていたり、それこそ揚げ物の衣が崩れ、中身が飛び出してしまっていたりしたら口を付けるか？」

「いや、作り直せと言うと思うが？」

さも当然のように言うロウルヴァーグ王子を見て、俺はレイヴィスカ王女が何を言いたいのかを察する。

「ロウルヴァーグ王子、ミイツア嬢が作った物だったらどうだ？」

「ミイツアが作った物だったら？」

腕を組んで考え込んでしまうロウルヴァーグ王子を見て、なるほどこれは前途多難かもしれないと思える。

ここは即答せねばならないところだ。「ミイツアが作ったものなら何でも食える」と。

案の定、レイヴィスカ王女の纏《まと》う空気が重い物に変化していっている。

これは俺が間に入ってやらねばならないか……。

「ナターシャは、初めから料理が得意だったわけじゃない。初めは七歳の子供が作った指の形が残ったままのサンドイッチやお握りだったよ。だがナターシャが作ってくれたものだ。気にせず食べて、美味かったことを覚えている」

俺の場合は母上が毒で殺されてしまった関係で、ナターシャ以外が作る食事を信用出来なかったことも大きいが。

それを抜きにしても、好きな相手が作ってくれたものならば美味いと思えるものだ。

「ロウルヴァーグ王子。ミイツア嬢の手作り料理はきっと見た目は悪いのだろう。だがその分、愛情は詰め込まれている。わざと焦げ目を作っているわけでも形を悪くしているわけでもない。どうしてもそうなってしまう時もあることを理解してやってほしい」

「恋人の手作り料理を食べた百点満点の彼氏の意見だ。さすがはソウンディク王子。恋愛相談をしたのだろう？　ロウルヴァーグ。少しでいいから見習え」

「わ、分かった」

本当に分かったのかどうかは、ミイツア嬢がロウルヴァーグ王子に手作り料理を出した時に分かるな。

「そもそも再会したら聞こうと思っていた。ロウルヴァーグ。お前、ミイツアのどこが好きなのだ？」

「ミイツアの……それはまぁ、全体的な部分というか……」

「……ははっ」

「鼻で笑うな！」

ロウルヴァーグ王子へとバカにした目を向けながら笑うレイヴィスカ王女を見て、冗談めいた態度を見せてはいるが、内心では怒っている感情が伝わってくる。

「ソウンディク王子。手本を見せてやってくれないか？」

「手本？」

「ナターシャのどこがお好きかを。ロウルヴァーグ王子に言ってやってくれ」

片手で目を覆ったレイヴィスカ王女は何を思うのだろう。

だが俺もこのままではいけないことは痛感してきている。

「俺はナターシャの特に好きな部分は笑顔でね」

「笑顔……」

「ああ。恋人になる前から特に好きだった。ナターシャが笑ってくれているとこちらも嬉《うれ》しくなった。彼女が笑顔でいてくれるように頑張ろうと思えた。恋人となった後は尚更だ。ロウルヴァーグ王子よ。ミイツア嬢は貴殿に笑顔を向けているか？　少なくとも俺には、教室での様子を見た限りではとてもそうは思えなかった。幼馴染《おさななじみ》で婚約者以前の問題だ。まずは、ミイツア嬢を安心させてやることから始めるべきだと思う」

「……すまん。先に失礼するぞ」

タイミングが良いのか悪いのか。ロウルヴァーグにシノノメの兵が声を掛けた。

シャルロッティ学園内には現在ユールとシノノメの者が数名、それぞれの王子と王女の護衛や補佐のために出入りしている。

王族というのは国から離れている時でもいろいろと仕事がある。

シノノメの兵と共にロウルヴァーグ王子は食堂を後にしていった。

「困った王子だろう？　私も困った王女だから、友としてならば奴《やつ》とは楽しく話せるのだがな。恋の話となるとアイツは駄目過ぎる」

「そうかもしれんな」

「私はな、ソウンディク王子。ミイツアの不器用ながらも一生懸命に頑張る姿が特に好きなのだ。失敗して凹《へこ》む顔も可愛くて、私が食べるのを不安そうに見つめる顔も可愛い。味は調っていると褒めると可愛く笑ってくれる。遅い歩みなのだろうが、ミイツアの料理も上達していっていた。得意料理を一つでもいいから極めるのもいいかもしれないとアドバイスをしてきたから、その料理だけは見た目も良くなるかもしれない」

「レイヴィスカ王女は本当にミイツア嬢のことが好きなのだな」

「ああ。とてもね。だからこそロウルヴァーグが中途半端な態度を見せてくると腹が立つ。私に見せつけてほしいのだ。王子様の隣で誰より美しく愛らしく幸せに笑うミイツアを。そうじゃなければ……諦《あきら》められないじゃないか。久方ぶりにミイツアと会うのを私は楽しみと同時に胸が締めつけられる思いをしていた。私がおらずともロウルヴァーグがいれば幸せだと笑うミイツアを見ることになるのではないかと思っていたからね。だが、どうだ？　ミイツアはちっとも幸せそうじゃなかった。ナターシャがミイツアを誘ってくれてよかったよ。貴殿達には感謝しかない。そうじゃなければ、ミイツアを攫《さら》ってユールに帰ってしまうところだった……」

片手で目を覆ったままのレイヴィスカ王女は、もしかしたら泣くのを堪《こら》えているのかもしれない。

・ユールとシノノメの真実

「ミイツア様。本当にお休みされなくて大丈夫ですか？」

「平気ですわ！　……それに、教室に行けばレイの姿を見ることは出来ますもの」

お昼休みの終了が近くなり、私はミイツアさんと教室へ向かっている。

まだ目が赤いままのミイツアさんを教室に戻すのは良くない気がするのだが、恋する女の子を止め

たくもない。

メアリアンは借りたい本があるとのことで、図書室へ寄ってから教室へ向かうと言っていた。

「ナターシャ。良ければ、私の友達にしてさしあげても宜《よろ》しくてよ！　……あぁっ」

顔はそっぽを向き、頬《ほお》を真っ赤に染めながらツンな友達のお誘いをされ苦笑してしまう。

だってまたすぐに反省しているのだもの。可愛《かわい》いと思う。

「嬉しいわ。じゃあ私もミイツアって呼ぶわね。宜しくね、ミイツア」

「よ、宜しく！　ナターシャ……あ」

ミイツアが何かを見つけたらしく、私の背に隠れてしまう。

視線の先を辿《たど》って察する。ソウとレイが並んでこちらへ歩いてきていたのだ。

ロウルヴァーグ様はご不在のようだから、尚のこと意識してしまうのだろう。

俯《うつむ》いたままギュッと私の制服のスカートを握るミイツアを見つめ、その手を取り握る。

驚いて顔を上げるミイツアへ私は笑顔を向けて頷《うなず》き、前へ向き直った。

「まぁソウンディク殿下。今お昼を終えられたのですか？　私達も食べ終えたところですの」

「な、ナターシャ！」

逃げ出しそうになっているミイツアの手を逃げないように強く握らせてもらう。

ごめんねミイツア。だってね？　私、貴女《あなた》も好きになったの。

どうしたら良い結果になるのかはまだ分からないけれど、ミイツアがレイを好きなのはとてもよく分かった。

「ナターシャ。毎日私のために弁当を作ってくれてありがとう。今日もとても美味《おい》しかった。ナターシャへの愛が日に日に増していっている。愛しているよ」

「私もですわ」

周囲には数人生徒がいるために、ソウも話を合わせてくれる。

察してくれたのだろう。私がレイとミイツアを接触させようとしていることに。

けれど私たちの意図に反してレイが他《ほか》の令嬢たちの方へと行ってしまったらと危惧したのだが……。

「ミイツア」

今まで聞いた中で一番甘い声音でレイがミイツアを呼ぶ。

すると、ミイツアがビクリと肩を跳ねさせた。

私はそっとミイツアの手を離し、ミイツアから一歩離れる。

「レイっ」

「ミイツア……もしかして泣いたのかい？」

「私が泣くわけないでしょう!?」

「君の可愛くて丸い黒目がウサギのように赤く染まってしまっているよ？　いけない子だ。ロウルヴァーグはともかく、私にまで嘘《うそ》を吐《つ》く必要はないのに……」

「っ」

うわぁあっ。ミイツアの頬を両手で優しく包んだレイはミイツアの唇を自らの唇で塞《ふさ》ぐ。

白昼堂々のキスに「きゃあっ」と控え目な黄色い悲鳴が響く。

「……アレは本当に王女なのかとマジで忘れそうになる」

「ホントね」

私の隣に立ったソウに耳打ちされ頷く。だって、ソウと並んで歩いてきても少しも胸が痛むことがないどころか、二人揃《そろ》ってカッコいいと思えてしまった。

レイは二作目のヒロインなのよね？　ユリアちゃんに確認したい。もはやヒーローの一人であり隠しキャラと言われた方が納得出来てしまう。

「先に教室に戻りましょうか」

「そうだな」

二人きりでいられるうちはいさせてあげた方がいいと思い、ソウと二人こっそりこの場を後にしようとしたのだが……。

「お待ちをソウンディク殿下。ナターシャも」

レイにストップを掛けられてしまう。

どうして？　レイこそミイツアと二人だけでいたいと思っているはずなのに……。

「ミイツアがいて、ロウルヴァーグがいない今こそ話すタイミングかもしれない。ミイツア。ヒュウェルが姿を消したことは君も把握しているだろう？　ナターシャ達にヒュウェルについて話してやってくれないか？」

「兄のことを……そうね。聞いて頂けますか？」

……次の授業が始まりそうだが、こちらを優先すべきよね。

「空き教室へと案内しよう。付いてきてくれ」

ソウと並んで私も歩き出す。

チラッと後ろを振り返ると、ミイツアの手をレイが握っていた。

「まず、ソウンディク王子殿下やヨアニス殿がロウルヴァーグから聞いたヒュウェルについての情報は一部間違っているということをお伝えしておこう」

「情報が間違っている？」

「ああ。ヒュウェルは妹であるミイツアを昔から溺愛《できあい》していたわけじゃないことと、恐らくユールとの争いも望んでいない」

「そうなのミイツア？」

空き教室の机と椅子《いす》を四つ並べて座り、話を聞くことになった。

「ええ。ナターシャには先ほど話した通り。私は、レイと出会うまで我儘《わがまま》で高慢だったから、両親はともかくそれ以外の人からは嫌われていたの。兄もその一人よ。私に怒鳴られて泣くメイド達を慰めているのを見たことがあるから」

「そうだったの。あ、でも今では溺愛？」

「ちょっと恥ずかしくなるくらいね。レイが私の傍《そば》からいなくなってからは尚更。寂しくて泣いていると頭を撫《な》でてくれるのもお兄様だったわ」

「寂しくて泣いたのかミイツア。可愛いな。その涙は私が拭《ぬぐ》いたかった」

「泣いていません！　それに私はナターシャに話をしているの！　レイは耳を塞いでいなさい！」

「あーあー、すまない。あまり時間はないかもしれないから、話を進めてくれ」

「も、申し訳ありませんわ。ソウンディク王子殿下。私の両親は以前、ユール国との融和に否定的でした。我がベルン家は海での仕事を生業《なりわい》として発展してきましたの。一番は漁業で、今でもシノノメ国の漁船を取り仕切るのはベルン家です」

シノノメの漁船かぁ。新鮮なお魚が数え切れないほど並び、種類も豊富という市場には一度は絶対足を運びたい。

「ですから、海を挟んで隣国となるユールとは海上で争いが絶えませんでした。とはいっても、剣で斬り合う争いではなく、先に穴場を見つけ網を降ろす早い者勝ちのような勝負を日々繰り広げていて、漁師の中には敵《ユール》がいるから張り合いがあると勇んでいる者も多くおります。ですから融和をせずとも、切磋琢磨《せっさたくま》し合う今の関係のままでも良いと思う者も多いのですが中には漁業権を全《すべ》てシノノメが得るべきだと考えるものもいて、そういった人々の意見を取りまとめる役目も私の両親、そして兄がしております。ですがレイが現れて両親や兄の考えが変わりました」

「どのように？」

「ユールと話し合い、お互いの漁場を明確に分け、争いがないようにしていくべきだと。船をぶつけ合い、その際の衝撃で海に落ち、怪我人《けがにん》は両国共に後を絶ちませんから。大怪我をして二度と漁師になれない者もいると聞いています。そういった人はそれぞれの国を憎く思うでしょう」

「何故ミイツア嬢の家族は考えを変えたのだ？」

「私が、レイによって救われたからです。両親は甘やかしたままの娘をどう矯正するか悩み、兄とて妹を見捨てようとしていたのではないかと思います。ですから両親も兄もレイには感謝していて、レイがユール国の王女だと知り、両親は融和へ前向きとなりました。そして兄は私の気持ちを知り、ロウルヴァーグ様との婚約を破棄出来ないかと動き出してしまったようなのです」

「やはりか。ヒュウェルめ」

「おいおいおい。話が違うぞ」

「えっと、レイの方に聞いた方がいいかしら？　どういうこと？」

「ソウンディク王子からロウルヴァーグについての話を聞いて、ロウルヴァーグがことを正しく把握していないことを察したのだ。ヒュウェルはロウルヴァーグに、『ミイツアと向き合うおつもりがないのなら婚約を破棄して頂きたい』とでも言ったのだろう。それをロウルヴァーグは、妹が心配で堪《たま》らない兄の戯言《ざれごと》くらいに思ったのだろう。あのバカめ。相手は本気だったというのに……」

「つまり、どっちかと言えばシノノメの内紛か？」

「その通りだったようだソウンディク王子。ミイツアと会い、ヒュウェルの意向を聞くまでは何とも言えなかったのだ」

「レイヴィスカ王女とミイツア嬢に聞いてもらいたい。セフォルズの港町にシノノメ国の者と思われる船が入船し、その船にヒュウェルが乗っていたという情報が届いている」

「お兄様が!?」

「その武器、何に使うつもりなのか分かるか？」

「分からない。だが、一番狙《ねら》われる可能性が高いのはロウルヴァーグかもしれん」

……大変だわ。ユール国とシノノメ国の争いの火種もあると思える。

混乱に乗じて、ヒュウェルさんがロウルヴァーグ様へと武器を向けることも有り得るんだろうか？

・お互いをよく知ることは大切です

「ヒュウェルは俺にミイツアの婚約破棄を本気で求めていたというのか？」

「そうだ。そしてロウルヴァーグ王子。あまりに貴殿の分が悪すぎるうえに状況も悪いことが分かった」

「どういうことだ、ソウンディク王子！」

「ミイツア嬢の気持ちを貴殿に傾けるのは相当困難だ。第三者として断言出来る」

「そんな……」

「恋愛にかまけている状況じゃないことも理由の一つだ。だからこそ、今日を大切にするべきだ」

「今日を？」

「ようこそお越し下さいましたロウルヴァーグ王子殿下。どうぞお座り下さい」

「ナターシャ嬢。貴女《あなた》とも話をしてみたいとは思っていた」

ソウと共にハーヴィ家のお屋敷に訪れてくれたロウルヴァーグ様をジャックが案内してきてくれて、私は恭しく礼をする。

本日はお茶会ではなく、ちょっとしたお披露目会のようなものを計画している。

お呼びしているのはロウルヴァーグ王子と、レイ。そしてミイツアだ。

レイを呼んでいるのでグラッドルさんもお呼びする形となっているが、今日は少し、気を抜いているらしく、ジャックと何やら楽しそうに談笑している。

「ロウルヴァーグ王子殿下。ソウンディク様やレイヴィスカ様からお話はお聞きしております。ミイツアと私は友人になれました。とても嬉《うれ》しく思います」

「ミイツアと友人に……そうか。ナターシャ嬢は人と親しくなれる才能を持っているのだな」

「そうでしょうか。ミイツアがとても素敵なご令嬢であることも大きいですよ。突然ですがロウルヴァーグ様は、ミイツアの好きな物や得意なことをご存知ですか？」

「ミイツアの？　……いや分からない」

「そうですか。ですがもしかしたら、ミイツアもロウルヴァーグ様の好きな物を知らないかもしれませんね。私はロウルヴァーグ様のことを素晴らしいお方だと思います。周囲が定めた婚約者と向き合い、自分の態度を反省し、ミイツアに好いてもらおうと努力をなさっているのですから」

「ナターシャ嬢……」

「ですが、恋敵《こいがたき》はとてもお強い。ミイツアもその相手を好いている。性別はもはや関係ないと私は思っております」

「俺もそう思う」

「でも。私達はまだ幸いにも学生です。結婚するその時まで努力をすることは出来ます。努力をしても想いは通じ合わないかもしれませんが、どうかミイツアの素敵な部分をもっと知って下さい」

先日開いたお茶会の時と同様の時間。日が傾いてきた空は夕日色と藍《あい》色に染まり、藍色の空には星が煌《きらめ》き出す。

中庭にご案内したロウルヴァーグ様とその隣に座ったソウに身体《からだ》が冷えないよう温かい紅茶をお出しし、私はソウの隣に座る。タイミング良く、軽快な音楽が聞こえてきた。

音を奏でるのはレイと来たユール国の人々。そして、その音に合わせて踊るのがミイツアだ。

ミイツアは夜会で踊るようなダンスではなく、踊り子が披露する踊りを好み、得意としていると教えてくれた。レイに楽器を幾つか教わり、その中でも横笛を好み、時には踊りながら音を奏でることもあるのだと。

こちらを笑顔にさせるその姿を見て、私も感動するがチラッとロウルヴァーグ様を見遣《みや》れば、目を輝かせてミイツアを見つめている。

良かったと思い、こっそりソウに「紅茶を淹《い》れ直してくる」と小声で伝え、席を立つ。

「ロウルヴァーグはミイツアに惚《ほ》れ直しただろうな」

「レイ。てっきり演じると思ったのに」

レイはハーヴィ家の邸内からミイツアを見つめていた。

「私が共に舞台に上がればロウルヴァーグはミイツアに集中出来ないだろう？」

「……そっか。ごめんね、レイ。貴女の味方になりきれなくて」

「ナターシャもソウンディク王子も平等に私達を見守ってくれている。ありがとう。そうだ。ナターシャに聞きたいことがあったのだ」

「何？」

「一作目のヒロインであるユリア嬢はどこに？　ぜひ話をしてみたい」

「レイったら、本当に女の子大好きなのね。ユリアちゃんはね。世界一周ツアーに行っているの」

「世界一周ツアー？」

「ええ。ユリアちゃんはライクレン・オークス君と恋人関係になっていて、彼と一学年長く学園で過ごすためにライクレン君が世界中で行う演奏会に付いていったの。だから学園は留年。凄《すご》いわよね」

「留年！　ははは、そうかヒロインが留年か！　やはりナターシャの友となっているヒロインの女性も面白い！　……物語から離脱したのだな。素晴らしい。ナターシャはその背中を押してやったわけだな？」

「うーん。そうなるのかな」

笑顔で送り出してほしいとユリアちゃんにお願いされたし、何より公式とは逸脱したその行動力がとても素敵だと思えたから。

「私も覚悟を決めるかな」

「覚悟？」

「ナターシャに言っただろう？　私の全《すべ》てを懸けてミイツアを幸せにすると。ロウルヴァーグと私を平等に応援してくれているのだろうが、ナターシャ、私の方の応援をしてくれないか？」

「お断りするわ」

きっぱりハッキリ断らせてもらう。残念そうに肩を落とすレイに笑顔を向けさせてもらう。

「だって私はミイツアの応援をするって決めたの！　だからミイツアの好きな人を応援するわ！　ふふ。だから、頑張ってね、レイ」

「あははは！　ナターシャには敵《かな》わないな。そうか君はミイツアの応援か！　君のお陰で様々な答えの道が見えてきた。感謝する」

窓からミイツアを見つめるレイは、何かを決意したらしい。

「私は数日ユールに帰国する。ミイツアを頼むよ、ナターシャ」

「ユールに？」

「父上と母上と話がある。それに、何やら両親が私に隠し事をしているように思えるのだ。探りを入れてくる。グラッドル！　我々は一足先に出るぞ」

「うええっ⁉　なんだよ。俺もミイツア嬢の可愛《かわい》い踊りをまだ見ていたいのに。それに一緒に演奏している連中はどうするんだよ。あいつらユールの人間だぞ」

「あいつらなら自力で帰れるし、セフォルズの音楽文化も学びたいと言っていたから好きにするさ。ではな、ナターシャ。ユールの喧嘩《けんか》っ早い連中は食い止めると君に約束しよう」

「ナターシャ嬢。ハーヴィ家が一番俺は安心できます。またぜひお招き下さい。こら待て、レイヴィスカ！　一人で行くなっつーの！」

馬に乗ってしまうレイをグラッドルさんが慌てて追い掛けていく。

何をするつもりなのか分からないが、レイが決めたことだ。ミイツアのためであることは間違いない。

紅茶を淹れ直して戻ると、ロウルヴァーグ様が踊りを終えたミイツアを、きちんとと言うとおかしな話だけど「素晴らしかった」と褒めていた。

その言葉を聞き、ミイツアは驚いた顔をしつつも「光栄です」と後からロウルヴァーグ様に聞いたが初めて心からの笑顔を向けられたらしく、ソウと私に興奮気味に話してくれた。

ミイツアの衣装を着替えるのを私が手伝わせてもらうことになった。

「素晴らしかったわ、ミイツア！」

「ありがとう！　私、初めてロウルヴァーグ様の前で自分を出せたわ。本当にありがとうナターシャ。

……レイは、コールに帰国したのよね？」

「知っていたの!?」

「ええ。今日を迎える前に、私が緊張してもいつも通りに踊れるように見守っているって。けど、いろいろと確かめたいことがあるから私が大丈夫だと確信したら一時帰国するって。……私もね、ナターシャ。決めたの。決めたからこそお願いがあるの！　私に、力を貸してくれる？」

「もちろんよ。私はミイツアの味方になるって決めたから」

「私を、セフォルズの港町に連れていってほしいの！　お兄様を止めたい。ロウルヴァーグ様に危害を加えるつもりなら、私が話せば止まるかもしれないでしょう？　ロウルヴァーグ様は、何も悪くない。婚約者なのに心を揺らがせてしまった私が悪いの。そして、お兄様も悪くない。私のために動いて下さっているんだもの。だからお兄様を止めて、ロウルヴァーグ様には私の口からお願いするわ！」

「えっと、何を？」

「婚約を破棄して下さいって！」

……え？　もうロウルヴァーグ様、フラれること前提なの？

いやでもそうか。ミイツアは心を揺らがせてしまったって言っているけど、恋を自覚した相手であるレイへの気持ちは揺らいでいない。

王子殿下に婚約破棄を申し出るのは不敬だが、言わねば伝わらないこともある。

「ミイツア、ロウルヴァーグ様には知られないようにヒュウェルさんと接触したいのよね？」

「ええ」

「分かったわ。何とかしてみせる！　明日、学園はお休み。善は急げっていうもの。一日でヒュウェルさんを見つけられるか分からないけど、早い方がいい。……そうね。今から行きましょう！」

「い、今から!?　それはむぐっ！」

「シー！　大きな声を出しちゃバレちゃうわ！　ミイツアは馬に乗れる？」

「ごめんなさい。乗れないわ。レイとお兄様に乗せてもらったことはあるんだけど」

「大丈夫よ。私が乗せてあげる」

「ナターシャって馬にも乗れるの!?　凄い！」

ふふふ。こんなこともあろうかとタロ助《すけ》を城から戻してもらっている。

レイを見習うわけじゃないけど、男の子に見える服装に私もミイツアも着替える。

みんなの目を盗んで馬に乗ることなんて私には楽勝！

【ミイツアとデートしてきます。一日で戻ると思います。多分】

我ながらとんでもない内容の書き置きだ。大丈夫。だってドラージュさんがいてくれる！

こっそりタロ助に乗り込み、ミイツアの手を引っ張って乗せる。

「ほ、本当に行くのね、ナターシャ」

「ええ。ミイツアだって、覚悟を決めたんでしょう？」

「うん。絶対お兄様を見つけてみせるわ！」

「素敵ね！　行くわよ！」

ハーヴィ家の門は幾つかあるが、門の前には必ず人が立っている。

しかし、私のタロ助なら屋敷を囲う塀だって、助走をつければ飛び越えることも可能！

昔、真夜中に抜け出してチーズを買いにいったことがあるから実証済みよ！

朝になって多くの人に怒られたけどね！

「頼むわよ、タロ助！」

ミイツアを片手で抱き締め、片手でぎゅうううっとタロ助の手綱を握る。

満月をバックにタロ助は大ジャンプを決めて、見事に塀を飛び越えた。

「大成功ね！　さぁ、ミアゾまで飛ばすわよ！」

「すごいわ、ナターシャ！　カッコいい！　何だか私の周りって男性以上に素敵な女性ばかりだわ」

ミイツアはとても複雑そうな顔をしていた。

・ソウと動き出した王族たち（ソウ視点）

「あぁあぁもう！　出ましたよ！　お嬢の単独行動癖が！」

「俺《おれ》達は慣れたもんだが、ミイツア嬢まで連れていったか」

ナターシャとミイツア嬢が着替えからなかなか戻ってこないので、メイドのシアに様子を見にいってもらった。慌てて戻ってきたシアは俺にナターシャの書き置きを手渡してきた。

「ミイツア嬢とデートしてくる、か。行先はミアゾで間違いないだろうな」

「ヒュウェルを探しにいったということか？」

「そういうことだろうな」

厩舎《きゅうしゃ》を確認したところ、ナターシャの愛馬であるタロ助《すけ》の姿もいなくなっている。

「今から追い掛けても追い付けないな」

「ナターシャ嬢は馬にも乗れるのか!?」

「うちのお嬢は二人乗りも余裕なんですよ！　どうします殿下!?」

「問題ない。だがロウルヴァーグ王子、すまないな。ミイツア嬢も姿を消す形になってしまった。ナターシャに代わって謝罪しよう」

まぁ俺もミイツア嬢を連れていった方がヒュウェルと会えた場合、話し合いが円滑に進むと思えるので、ナターシャがミイツア嬢を連れていった気持ちは分かる。

しかしロウルヴァーグ王子には心配を掛けてしまうだろう。

あまり怒らないでくれたらと思い謝罪したのだが、ロウルヴァーグ王子は暗く染まった空を見上げて……笑った。

「ロウルヴァーグ王子？」

「いや、すまん。ミイツアがこんなに行動的とは思いもしなくてな。レイヴィスカがいなくなってからは寂しげで大人《おとな》しい印象があったというのに。ナターシャ嬢と友人となってからは、学園でも楽しそうにしていた。貴殿の恋人は凄《すご》いな、ソウンディク王子。人に力を与える能力も持っているように思える」

「そう言ってもらえると助かる」

「しかしソウンディク王子。問題ないとはどういう意味だ？　ミイツアは武術を学んでいない。ナターシャ嬢もそれは同じだろう？　情けない話だが、我がシノノメ国とユール国の物騒な連中がどこに潜んでいるか分からん。危険な連中に取り囲まれてしまったら……」

「ナターシャには凄腕《すごうで》の護衛が付いている。それにナターシャの愛馬は強脚だ。取り囲まれても突破出来てしまうだろう。ミアゾに無事に到着するのは確実だ」

「でも！　ヒュウェルって奴《やつ》を探し出すまでに危ない連中に遭遇しちまったら……」

「ミアゾには今、鬼と天才がいる」

「鬼と、天才？」

「え？　あ！　ヨアニス坊ちゃん今ミアゾにいるんですか⁉」

「ああ。手紙がやっと届いた。数日姿が見えないと思ったら、直接ミアゾに行っていたらしい。ヒュウェル・ベルンが接触していたセフォルズの貴族を特定出来、その一部を泳がせているとのことだ。ユールとシノノメが争いを始めた場合、それに乗じて何かを企《たくら》んでいる奴がセフォルズの貴族の中にいるようでな。我が国にも物騒なことを企む輩《やから》がいて嘆かわしいことだ」

「天才がヨアニス殿ならば、鬼というのは？」

「英雄と言った方が分かり易《やす》いか。遠征を早めに切り上げたハーヴィ将軍がミアゾに単騎向かったと騎士団から報告が上がっている」

ハーヴィ将軍はリファイを探しにいったんだろうけどな。

「あちゃぁ。そうなってくるとお嬢は……」

「両名に相当怒られるだろうな」

叱《しか》られてしゅんと項垂《うなだ》れるナターシャを想像し可哀相《かわいそう》に思うが、ヨアニスとハーヴィ将軍が共に行動してくれると思えば安心だ。

「レイヴィスカ王女はグラッドルと共に一時帰国したと報告が上がっている。何か考えがあってのことだろう。俺も一度王城に戻る」

「殿下はミアゾに向かわないのですか？」

「今すぐ飛んでいきたいが、話を聞かねばならないのが一人いる」

ジャックが察して渋い顔をする。話を聞かねばならないのはコーラルだ。

ハーヴィ将軍がリファイと接触しても、セフォルズに来ている理由までは語らない可能性もある。

コーラルが呼んだかどうかを確認しなければならない。

話を聞くならナターシャがいない時がいい。近付かせたくないからな。

「俺もご同行していいですか殿下」

「ジャックも？　ハーヴィ家の屋敷で待っていた方がナターシャと早く合流出来るかもしれないぞ？」

ムカつくが相手は帝国の皇子だ。一報を入れてからコーラルが滞在している屋敷に赴かなければならない。会うとしても明日の昼間になるだろう。

「お嬢に将軍とヨアニス坊ちゃんが付いていると分かれば安心ですよ。俺がいてもいなくてもあんまり変わらないとは思いますが、お一人で会われるよりはマシでは？」

「……その通りだな。悪ぃなジャック。同行を頼む。さて、ロウルヴァーグ王子。貴殿はどうする？」

「俺はレイヴィスカが不在の今こそミイツアを守りたい。シノノメから連れてきている者達と共にミアゾに向かおうと思う」

「そうか」

ロウルヴァーグ王子の表情は初めて会った時よりも晴れやかだ。

「ヒュウェルは貴殿を狙《ねら》っている可能性もある。十分気を付けろよ」

「狙ってくる方が俺にとっては都合が良いのだ。俺は剣で斬り合った方が相手と分かり合える。ヒュウェルと信頼関係を築けるように努力したい。シノノメ国の者が武器をセフォルズに持ち込んでしまったことは事実なのだろう。必ず責任は取る。セフォルズの民に被害が出ないように最善を尽くす」

「信じるさ。ロウルヴァーグよ。貴殿が真っ直ぐな男だということはよく分かった。いろいろと頑張れ」

力強く頷《うなず》き、部下と共にハーヴィ家を後にしていくロウルヴァーグをジャックと共に見送る。

「さて城に戻るぞ。ヒュウェルと接触していた貴族の親を呼び付けている。シャルロッティ学園内にいる騎士の数名に金銭を渡し、自分の行いが俺やヨアニス、自分の親に報告がいかないようにさせていたらしい。金銭を受け取った騎士もクソだが、そいつはもっとクソッタレだな」

「もしかして、その貴族って……」

「ジェイル・サムド。女生徒に乱暴し、お前に水ぶっかけて、メアリアン嬢にこっぴどく振られた男だ」

・真夜中の攻防

悪いことをするのなら、夜の暗いうちにと考えるのが普通。

ヒュウェルさんを見つけるために夜明け前にミアゾに到着することを目指しタロ助《すけ》に頑張ってもらっていたのだけど、少しずつタロ助がスピードを緩め、ドラージュさんと会った時のように警戒を強めた。

不安げに私に目を向けて来るミイツアに無言で頷《うなず》き、ミイツアを抱き締める手に力を込める。

「高そうな服と良い馬じゃねぇか。貴族の坊ちゃんだろ？」

「こーんな真夜中に何してんだぁ？」

「俺達と遊ぼうぜ？」

ミアゾへと向かう道の脇《わき》から現れた男達には、不幸中の幸いなのかまだこちらが女だとは気付かれていないようだ。

「……あの人たちの武器、シノノメでよく見る物だわ」

ミイツアが男達の武器を見て、情報をくれる。

ヒュウェルさんと関係がある可能性もあるけど、どんどん増えていく男達の人数はざっと数えても十人はいる。

護身術はお父様から教わっていて、自分なりの抵抗する術《すべ》も持ってはいるのだけど、私が倒せる人数ではない。

「しっかり掴《つか》まっていてね」

ミイツアに小声で伝え、タロ助の手綱を少しだけ引っ張ると、一歩ずつ後退していく。

「そんな怖がるなって」

「命まで取りはしねぇよ」

女だとバレれば碌《ろく》なことにならない。

男達に向けては声を発さず、タロ助の鬣《たてがみ》を撫《な》でつけ、グッ！　と強く手綱を引くと、タロ助が大きな声で嘶《いなな》いた。

その声に男達が一瞬怯《ひる》む。その怯みを見逃《みのが》さず、助走をしたタロ助が男達の頭上を飛び越えるジャンプを決めた。

「な⁉　待ちやがれ！　……っ⁉　ぐぁあああっ！」

中には馬に乗っている男もいて追いかけてくるがタロ助には追い付けないと思い前を向き走っていたのだけど、後ろから男達の悲鳴が聞こえ振り返る。

暗いせいで顔まで見えないが大槍を振るう一人に、次々と男達が倒されていた。

圧倒的な強さのその一人は、男たちが抵抗する間を与えない。

武器からしてドラージュさんではない。

助けてくれたようなものだから止まろうかと悩むが、月光に照らされ、大槍を持つ人物の顔が見えて息を飲む。

これまた整った顔立ちのおじ様とお呼びするのは失礼に思える素敵な顔立ちの男性だった。

淡い水色の髪は短く切り揃《そろ》えられていて、鋭い眼光は少し恐いが美形であることは間違いない。

「……マズイわ」

「え？　そうなの？　助けて下さったのよね？」

ミイツアが不思議そうに首を傾《かし》げる。

そうよね。お礼を言うべき相手だが、正体を察せられてしまう。

ユリアちゃんやレイ。そして何よりミイツアからヒュウェルさんの容姿や特徴は聞いている。

だからこそあの大槍を振るう人物がヒュウェルさんではないことは明白だ。

帝国の師団長、リファイさんで間違いないだろう。

傍《はた》から見れば貴族の少年二人が荒くれ者に襲われているところを助けて下さった人だ。

だけど、私を恨《うら》んでいる人だと聞いてしまっている。

立ち止まらず、ミアゾに向かってしまうべきなのだろうが、お礼を言わない方が後々問題になりそうだ。

恐らく敢《あ》えてであろうけれど、ガサッと葉が擦《こす》れる音が聞こえ目を向けると、黒装束姿のドラージュさんが木の影に姿を見せ、コクリと頷くとまた消えてしまう。

お傍《そば》にはおりますと伝えて下さったドラージュさんに感謝し、タロ助に止まってもらう。

「助けて下さり、ありがとうございました」

「……女だったか」

声で性別がバレてしまったようだ。冷たい目を向けられる。

「こんな真夜中に恋人と逢引か？　セフォルズの貴族も程度が知れるな」

「なっ⁉　彼女を侮辱なさらないで下さい！　私も女です！」

ミイツアが長い黒髪を隠していた帽子を取り私を庇《かば》ってくれる。

「女二人で真夜中に出歩いているのも問題だ」

「彼女は私の兄を探すために……」

「どんな理由があるにせよだ」

冷たい目と声は変化しない。言われていることは尤もだ。

悔しそうに唇を噛《か》んでくれているミイツアに笑みを向け、私も髪を隠していた帽子を取る。

「……その、髪色！」

「仰《おっしゃ》られていることは尤もですね。申し訳ありませんでした。私はナターシャ・ハーヴィと申します」

名乗った途端に大槍が飛んでくるかと身構えてしまうが、リファイさんは大槍を持ったまま私を見つめ固まった。

「サーシャ……」

お母様の名を呼ぶその声は、切ない。

顔はお母様の方が美人だと思うが髪の色はお母様と同じで、自分でも気に入っている。

「なんてことだ。あのクソ野郎に全く似ていない」

……お父様にってことかしら？

性格は似ているかもしれないとミアゾのマスターは言ってくれたことはあるけれど、他《ほか》の誰《だれ》にもお父様に似ていると言われたことがない。

「改めまして助けて下さったこと、お礼申し上げます。ですが、私達は先を急ぐ身。どうかこの場はお見逃し下さいませんか？」

リファイさんも馬に乗っていて、追い掛けてこられてしまうといくらタロ助でも振り切るのは難しいかもしれない。

ここは見逃してほしいと願い出るが、リファイさんは、長く息を吐き、首を横に振った。

「方向的にはミアゾか。お送りしよう。ナターシャ嬢。私はリファイ・アルテニー。ディルティニア帝国の師団長だ」

「帝国⁉」

ビクッと身体《からだ》を震わせたのはミイツアだ。

帝国が世界一の戦力を誇るのは誰もが知る常識。

その騎士団の師団長が目の前にいるのだから、噛みついた発言をしてしまい怖がっているのだろう。

ミイツアを抱き締めてリファイさんと視線を合わせる。

「送って頂く理由がありません。父からアルテニー様のことはお聞きしております。愚かな行為を見咎《とが》められ、不快なお気持ちでしょう？　まして相手が私でその……」

恨んでおられるのでしょう？　とは聞けない。

「いや君には……っ⁉」

バッ！　と勢い良くリファイさんがとある方向を向く。

そして、少し表情を和《やわ》らげてくれていたのだが、その眼光は今まで以上に鋭さを増していく。

美形なのに超怖いです。

リファイさんが睨《にら》み付けている方向へと私も向くと、タロ助が珍しく弱々しく鳴いた。

タロ助が……何かを怖がっている。

立派な体躯《たいく》を持つタロ助が恐怖を抱く相手は限られる。少し小高い丘となっている場所から大きな影が姿を見せた。

タロ助を後退させる威圧を放つ馬が現れたのだ。

正体は……お父様の愛馬。その背には当然お父様が乗っている。

「ナターシャ。何故このような時間に、こんな場所に、供も連れずにいる？」

「お、お父様。こ、これにはわけが……っ」

ドスの利いた声で問い掛けられて実の親子だというのに本気で怖い。

「貴様と一ミリも似ていないナターシャ嬢を怖がらせるな」

「リファイ。何よりもお前だ。何故にセフォルズにいるのだ」

「俺が素直に答えると思うか？　まして誰よりも早く死ねと願う貴様相手に！」

会話しながら、お父様は大剣を構え、リファイさんも大槍をお父様へと向ける。

ま、まさかと思うけど戦う気⁉

「お父様！　おやめください！」

「ナターシャ。お前は下がっていなさい」

「娘の前で無様な姿を晒《さら》すがいい……ガイディンリュー！」

槍を構え、馬ごとお父様に突進していくリファイさんを止めることなんて出来ない。

大剣と大槍とがぶつかり合い、衝撃で強風が巻き起こる。

お父様が馬鹿《ばか》力なのはよく知っているけど、そのお父様の剣撃を受け止めているリファイさんも尋常じゃない。

ドラージュさんとサイダーハウドさんも怖いけど、重量級の攻撃をぶつけ合うお父様達も負けないくらい怖い！

止めないとまずいわよね？　だって帝国の人と争うのも良くないし、今はシノノメとユールを優先するべきだもの！

「本当にダメですってお父様！　リファイさん！」

大声で呼びかけるが、武器のぶつかり合う音のせいで二人の耳に届いていなさそうだ。

「ど、どうする？　ナターシャ。私っ、怖いわ」

「巻き込んでごめんね、ミイツア」

父と帝国の師団長さんであり攻略対象者をスルーしてミアゾに向かっていいものか悩む。

「やぁナーさん。単独行動も許可を取ってからって言ったよね？　ソウンディクに言ってきたかい？　ジャックくらいには伝えた？　まさかと思うけど行き先すら書いていない書き置き残して馬に乗って駆けてきたんじゃないだろうね？」

「よっちゃん！　え？　なんで!?　なんでいるの!?」

「丸ごと私がナーさんに問いたいことだね……まぁ、ミイツア嬢を連れているから察しはつくけどさ」

「ミイツア!?　ミイツアがいるのか!?」

「お兄様！」

馬に乗ったよっちゃんと共に現れた人影。

長剣を背負った黒髪の男性は、ミイツアがお兄様と呼んだから分かる通り……。

「ヒュウェルさん！　見つけられたのね。さすがはよっちゃん！」

「褒めても誤魔化されないからね？　化け物クラスの二人は放《ほう》っておこう。こちらも今とても面倒なことが起こり始めた」

チラッとよっちゃんがヒュウェルさんへと目を向けるとヒュウェルさんは「すまない！」と頭を下げた。

・親友の背中を押します

港町ミアゾを朝日が照らし始めている。

「よっちゃん、面倒なことって？」

お父様とリファイさんから離れ、私達はミアゾの裏手を目指している。

ミイツアはヒュウェルさんの馬に乗り換え、私はよっちゃんと共にタロ助《すけ》に二人乗りとなった。

よっちゃんのことはタロ助も嫌がらないのよね。私が前に乗り、よっちゃんには後ろから支えてもらっている。

「ヒュウェル殿が武器を持ち込んだって情報があっただろう？　本人としては、ロウルヴァーグ王子への脅しで持ってきたつもりだったようだけどさ。どうやらヒュウェル殿の部下は思い違いをしたみたいだ。元からベルン家はユールとの融和に反対だったって聞いているだろ？　話し合いと意思疎通は大事だね。部下はユールと戦う気満々みたいで、ヒュウェル殿が目を離した隙《すき》に武器を持ってどこかへ姿を消してしまった」

「レイかロウルヴァーグ様を狙《ねら》って？」

「どちらもあり。王族が留学中に国内で問題を起こしたセフォルズの信用問題にもなれば良しとの思いもあり。積んできた武器を使って暴れ回りたいって連中に安価で手渡したみたいでね。どうにかすればユール国とシノノメ国での戦争が起こるんじゃないかと浅はかな考えを持ったらしい」

「何それ！　悪いこと欲張り過ぎだわ！」

私とミイツアを襲った連中が持っていた武器もそういった経緯で取り引きされたものだったわけね。

「だからセフォルズの英雄を怒らせた。あれを見てご覧、ナーさん」

ミアゾの裏手には着岸しようと思えば出来る場所があり、セフォルズに密入国をする悪い人がここを利用することが多い。

どうして私がそんなことを知っているのかと言えば、ソウやお父様、そしてよっちゃんからよく聞いているからだ。

当然騎士の方々やミアゾの警備隊も重点的に警備を強化する場所であり、不法入国者はすぐに捕まる。

私たちの目の前には、大きな剣が何本も船体に突き刺さり、海水が船底から流れ込んでいる無残な姿の船が幾つも転がっていた。

「……お父様がやったの?」

「うん。どうやらどれかに帝国のリファイ騎士団長が乗り込んでいるんじゃないかと思われたらしくてね。よく見れば船はシノノメ国のものばかりだけど、不法入国だから国旗を掲げてないだろう?ハーヴィ将軍に攻撃されても文句は言えないね。単騎で大型の船を剣だけで沈めた。また英雄譚《たん》で語られそうだよ」

「お兄様も密入国していらしたのですか?　セフォルズ国にご迷惑をお掛けしてどうするのです!」

「面目ない……」

妹に叱《しか》られて、兄であるヒュウェルさんは大きな背丈のはずなのに、平身低頭だ。

「ヒュウェルさんもお父様と戦ったの?」

「いや、ヒュウェル殿は船の捜索に出ていてね。そこを私が見つけた。事前に聞いていたヒュウェル殿の情報から判断してね。ヒュウェル殿は船が一隻足りないことに気付いたらしくとても慌てていた。

その船にも多くの武器が積まれていたそうだ。そしてその船が、ヒュウェル殿が接触したセフォルズの貴族であるジェイル・サムドの屋敷にミアゾから延びる川を下って向かってしまったみたいでね」

「ジェイル・サムドって、ジャックやメアリアンや女の子に酷《ひど》いことした奴《やつ》よね？」

「そうそう。ほんと小物のクセに面倒なこと仕出かしてくれるよ。泳がせていた他《ほか》のセフォルズの貴族達は全員捕らえたんだけどさ。昨日ソウンディクに手紙を送ったからあっちも把握してくれていると思う」

「その船、追えているの？」

「追おうとしていたけど、ハーヴィ将軍がリファイの気配なのか、それともナーさんの気配なのかを感じ取って足を止めてね。向かってみたらどちらもいるからさすがだよね。さて、ヒュウェル殿。貴方《あなた》は暴れるつもりはないと判断させて頂いて宜《よろ》しいですよね？」

「本当にすまないヨアニス殿。俺《おれ》はただ、ミイツアがロウルヴァーグ王子の嫁になるのを食い止めたかっただけだ」

「お兄様。私を心配して下さったこと嬉《うれ》しく思いますわ。けれど私、ナターシャと友人となり、レイと再会して決めたのです。ロウルヴァーグ様の婚約者には、私は相応《ふさわ》しくないと自分の言葉でお伝えしようと思うのです」

「ミイツア。そうか、俺もお前はレイの傍《そば》にいた方がいいと思う」

ミイツアさんの肩に手を置き、心底ホッとした様子のヒュウェルさんを見て、少し不思議に思う。

「あのヒュウェル様。私はナターシャと申しますが、そんなにミイツアがロウルヴァーグ様のお嫁さんになるのはダメなのですか？」

「貴女《あなた》がナターシャ嬢か。シノノメ国にも貴女のお噂《うわさ》はソウンディク王子のお話と共に届いております。ミイツアと友になって頂き感謝する。俺は占術を得意としているのです。もとからロウルヴァーグ王子との婚約には反対だった。何せ、王子と婚約すればミイツアが死ぬと占いの結果で見え、いくら占っても結果が変わらなかったのです」

占いが得意!?　ヒュウェルさんにもチートな能力があったのね。

シノノメ国の占術は馬鹿《ばか》に出来ない。昔の日本で言う陰陽師《おんみょうじ》に近いと言えば凄《すご》さが分かるだろうか。
公式で決定付けられていた妹の死を予測するなんて本当に凄《すご》い。

星を見る力に長《た》け、この世界でも占いを重視する国もあり、そういった国の人達はシノノメ国に占術を依頼するほどと聞いている。

「ミイツアの未来を変えるため、行いを正そうとしても、家族ゆえからか俺の言葉も両親の言葉もミイツアには届かない。ならばロウルヴァーグ王子に他の女性との婚約を薦《すす》めようとも思い立ったが、ロウルヴァーグ王子はミイツアであろうと誰《だれ》であろうとご自分の邪魔さえしなければ誰でもいいようでな。今はミイツアを好いて下さっているようだが、ロウルヴァーグ王子もまたレイによって変わったのではないかと俺は思っている。俺は占いの結果を両親にも伝えていた。両親がミイツアを甘やかしていたのもそのためだ。命を落とすかもしれない娘を叱れなかったと悔やんでいたのだが、レイがミイツアの心も、未来も変えてくれたのだ。レイが女だと分かっていても、ミイツアがレイの傍にいたいと望むのであれば、俺も両親もそうさせたい。女同士だからとて構うものか。もしかしたら、ロウルヴァーグ王子とミイツアが結婚をしてしまえば、またミイツアの命が危ぶまれるかもしれないと考えて……こんな、セフォルズ国にも迷惑を掛ける方法を取ってしまい、ナターシャ嬢にも大変ご迷惑をお掛けした！　俺は裁きならばいくらでも受ける！」

「お兄様が裁かれるのならば私にも責任があります！　申し訳ございません」

「そんな。ヒュウェルさんもミイツアも頭を上げて下さい」

「まぁ、判断を下すのは後にしよう。反省してこれ以上騒ぎを起こさないよう、こちらに手を貸す気もあるようだからね。武器を積んだ船の捜索にこれから向かう。ナーさんも一緒に……ん？」

「どうしたの、よっちゃん？　あ！」

空を見上げたよっちゃんの視線を追うと、一羽の鷹が上空を旋回していた。

「……飛んだか」

「アレってソウとジャックとよっちゃんが飼い慣らし始めたっていう鷹？　でも、色が違うわよね？」

ジャックが間近で見せてくれた鷹の羽の色は黒だった。しかし、今頭上で飛んでいる鷹の羽の色は灰色。どことなく、よっちゃんの髪色に近い。

「さすがナーさん。動物の違いもすぐに気付くね。アレは違う。ある意味私専用かな。メアリアン嬢にもしもの時のために渡していた笛は鳥にしか聞こえない音を出すけど、その音にあれが反応するように訓練していた」

「じゃあメアリアンに何かあったってこと!?　早く行かなきゃ！」

「いや、今は武器を積んだ船を優先したい。川沿いに飛ぶつもりはないようだから、騎士の何人かに鷹が向かう方向を追ってもらうからって……ナーさん？」

すぐにタロ助から降りさせてもらう。

「そんなの絶対許さないわよ、よっちゃん」

よっちゃんを見上げて睨《にら》む。

「私、ソウが一番大好き。でもよっちゃんもジャックも好き！　メアリアンも大好き！　私の大事な親友を守ってくれなきゃよっちゃんのこと少し嫌いになるわ！　今はまだ宰相じゃないでしょう!?

国より好きな人を守って！　私は大丈夫よ。とっても強い人が一緒にいてくれている」

「ナーさん……」

「ソウだって絶対同じことを言うわ。他のどの馬よりタロ助が速いのは知っているでしょ。行って！」

「……そうだね。まだ私は宰相じゃない。一人にならないようにね？　タロ助を借りるよ」

「うん！　タロ助、よっちゃんを頼むわね！」

タロ助の顔を撫《な》でると、天高く届くほど嘶《いなな》き、よっちゃんを乗せてタロ助が駆けていく。

「ナターシャ、大丈夫？　顔色が悪いわ」

「ありがとうミイツア、平気よ」

よっちゃんの手前、私は心配させたくなくて必死で堪《こら》えていたが、心臓が嫌な音を立てて鳴りだす。

メアリアンに何があったのだろうか？

人にあまり頼らない彼女が、よっちゃんからもらった道具を使うほどのことって……。

「安心なされよ、ナターシャ嬢。貴女の大切な人々の命は失われない。ナターシャ嬢もまたレイと同じく強い魂の持ち主であり、星の加護を受けている。ご迷惑をお掛けした詫《わ》びをしたい。ミイツアと共に馬に乗られよ。セフォルズの王城まで俺がお送りしよう。あなたが一番安心できるお相手のお傍においられた方がいい」

「ありがとうございますヒュウェルさん」

・ソウと走り出す愛馬（ソウ視点）

「殿下。太陽が昇ってもお嬢についての情報が来ねぇってことは、ご無事ってことでいいんですよね？」

「そう思うしかねぇな」

ヨアニスとハーヴィ将軍がいるのだ。信じて待つ。

セフォルズの城下町の一角。ヨアニスの話では帝国とも繋《つな》がりがある者の屋敷を丸ごとコーラルが使っているらしい。

門の前には誰もいないが、屋敷には影と呼ばれる帝国の皇子を守る連中が多く潜んでいるのだろう。

ジャックだけを伴い、屋敷を訪れたのだが、俺《おれ》達が来るのを察知していたのか、サイダーハウドが門の前に立っていた。

「お待ちしておりましたソウンディク王子殿下。ジャックも」

「……話が早そうで助かりますね」

「そうだな。行くぞ」

屋敷の内部へとサイダーハウドに案内され入っていく。

案内された部屋で、コーラルは優雅に紅茶を飲んでいた。

部屋にはセフォルズ国の物よりも帝国の物が多くあり、一瞬で帝国に来てしまったかのように錯覚を起こさせる。絶対にこの屋敷にナターシャを近付けさせないようにしよう。

「コーラル皇子。聞きたいことがある」

「やれやれ。ナターシャさんがいないのに話などしたくないですがね。どうぞ」

ティーカップをソーサーの上に置き、コーラルが不敵な笑みを向けてくる。

「用件を迅速に済まさせて頂こう。リファイという名の師団長をご存知だろう？」

「ええ。彼が何か？」

「呼んだのは貴方《あなた》か？　コーラル皇子」

「いいえ。帝国の師団長を呼び、私に接触があればサイダーハウド以上に目立ちますから。しかし、その様子ではセフォルズ国内にリファイが入ったということですか」

再びティーカップを手に持ち、窓から外を見遣《みや》るコーラルの横顔は楽しげだ。

「無駄な争いを生みたくない。追い出して頂きたい」

「私が呼んだわけではないと言いましたよね。旅行にでも来たのではないですか？　セフォルズには有名な観光地もありますから」

「冗談で言っているわけではない。かつて婚約者を奪ったハーヴィ将軍がいるセフォルズにリファイ・アルテニーが観光に来ると？　サーシャ・ハーヴィの命日でもないというのに」

「はは。リファイと同じ想いをなさるかもしれませんね、ソウンディク王子。ナターシャさんは私が妻にもらいますからね。同じ気持ちを抱くかもしれないリファイと話してみてはいかがですか？」

てめぇが今すぐセフォルズから出ていけクソ野郎！　拳《こぶし》を握り締めることで堪《こら》える。

「貴方が呼んだわけではないことは信じよう。接触があった場合には一秒でも早くセフォルズから出ていくようお伝え下さい。帰るぞ、ジャック」

「はい」

「ナターシャさんはミアゾですか？」

「……そうでしたら何か？」

何でそんなこと知ってやがると怒りに任せて聞きたいが、恐らくそれも影とやらの情報なのだろう。

「リファイはミアゾから入国したのでしょう。ナターシャさんと出会い、彼がどんな想いを抱くのか興味深いものです。ソウンディク王子。帝国は大人《おとな》しくしていろと釘《くぎ》を刺しにいらしたのでしょうが、それを言う前にユールとシノノメを大人しくさせてみせてもらいたいものですね。ナターシャさんに何かあれば、許しませんから」

「ご忠告どうも……」

ドッッ――――ンッッ……！

「何だ⁉」

花火かと思うほどの爆発音。だが滅多に昼間には打ち上げない。

地面が揺れるほどの衝撃は花火にはない。

「何か起こったようですね」

クソ！　コーラルの前で失態を演じてしまう自分も腹立つ！

「で、殿下。窓の外を見て下さい！」

「何だ？　火の手でも見えるのかって……キュアン⁉」

ナターシャが乗る度に素敵だと褒めるキュアンの純白の体躯《たいく》が屋敷の窓から見えた。

だが、ここまで俺は馬車に乗ってきてキュアンを連れてきてはいない。

「さっさと外に出てもらえますかソウンディク王子。今にもガラスを蹴《け》破ってきそうな勢いですよ」

「チッ。どうしたキュアン？」

中庭に出るとキュアンが俺の服を噛《か》み、背中へ乗せようと引っ張る。

「マジ凄《すご》いっす。城から殿下のとこまで自分だけで駆けてきたみてぇですよ。騎士も世話役もいねぇですもん」

「ってことは、ナターシャに何かあったのか⁉　クソ！　おいジャック、お前はどうする？」

キュアンに飛び乗ると、キュアンは今にも駆けていきたそうで足を鳴らす。

「俺のことはお構いなく！　王城に知らせに参りますので！　やっぱお嬢には殿下がいねぇとダメですよ！　迎えにいってあげて下さい！」

「城への報告を頼むぞ、ジャック……お騒がせしましたコーラル皇子。失礼する」

「ユールとシノノメ程度に苦戦するようでは、帝国の相手など出来ないと肝に銘じておいた方がいいですよ。屋敷を荒らさないよう出ていって下さい」

クソったれ！　中庭に咲いている薔薇《ばら》をわざとキュアンに踏ませてやりたいが……ガキっぽいし花には罪はない。

頭を振って屋敷の外へとキュアンに乗って飛び出し、キュアンの走りたい方へと走らせる。

間違いなくその方向にナターシャがいるのだろう。

空を見上げて気が付いた。灰色の羽の鷹が飛んでいる。ヨアニスがもう一羽、念のため訓練しておくと言っていた鷹！　数日前、メアリアン嬢に何かを渡していたヨアニスの顔を思い出す。

「メアリアン嬢のとこに走ってねぇと宰相にはさせねぇぞヨアニス！」

俺はナターシャを守れねぇで王子としてやってけねぇし。メアリアン嬢を守れないならヨアニスを宰相にもさせない。間違いなく走っていることだろう。

何せナターシャがヨアニスの傍《そば》にいたはずだ。あの恋愛にはダメ過ぎる天才の背中を押してやっているに違いない。

城下町を出て暫《しばら》く走ると、まだ距離はあるが、空へと沸き立つ黒い煙が見え始める。

方向からすると、ミアゾから延びる川沿いだな……。

「あっちにナターシャがいるのかキュアン！」

いつも以上の速さで駆けているキュアンに問うと、大きな声で鳴く。

動物の直感は人間よりも遥かに鋭いと聞く。

ドラージュがいる。大丈夫だと確信は出来るが、ナターシャは周囲の人間を守ろうと動く。

川はセフォルズ国の荷物を運搬する船が行き交い、川沿いには店も多い。

爆発があれば彼等が巻き込まれている可能性も高く、人々を守ろうと、ナターシャが煙の中に突っ込んでいく可能性も……。

「キュアン！　俺を気にする必要はねぇ！　もっと飛ばせ！」

手綱を引くと、キュアンが前脚を上げて嘶《いなな》き、しがみ付いていなければ俺でも落とされそうな勢いで走りだす。

黒煙へと近付いていくにつれ、焦げた匂《にお》いが鼻に届き、人々の喧噪《けんそう》の声が耳に届く。

「燃えてんのは、船か！」

ミアゾから延びる川の一つはセフォルズ国を流れる川の中で一番川幅が広く、距離も長い。

対岸よりはこちら側に近い位置で、一隻の船が燃えているのが視認出来た。

風に舞い、火の粉が川沿いの商店や家々に降りかかっていて、逃げ惑う民の様子が見えてくる。

既に騎士や川を守る警備隊が避難誘導や消火に乗り出しているようだが、特に避難誘導が上手《うま》くいっていないように見える。

ナターシャを探すことを最優先にしたいが、民を避難させる方に手を貸すべきか。

「ソウンディク王子殿下か！」

「そうだが、お前は？」

猛スピードのキュアンを、馬に乗った一人の男が必死で追ってきていた。

「馬の足を止めずにお聞き下さい！　私はヒュウェル・ベルン！　この国にご迷惑をお掛けしたこと必ずお詫《わ》びしよう！　ナターシャ嬢があの船にいるのです！」

「なんだと⁉　どういうことだ⁉」

耳を疑いたくなる情報にヒュウェルの顔を見ると、大変申し訳ないと頭を下げられる。

「突如、川を下るあの船から火の手が上がったのです！　放《ほう》ってはおけないと言ってナターシャ嬢は馬に乗り船へと向かわれてしまって！　船は武器を積んでいたことなどの証拠《しょうこ》隠滅を企《たくら》んだようなのです！　その時まだ船はこちらの対岸に近く、騎士や警備隊が船を捕縛しようとしたのですが、川に浮かぶ小舟に乗っていた商人達を人質に取り、立てこもろうとしていたところをナターシャ嬢が！」

「自分が代わりに人質になるとか言いやがったんだな⁉」

「その通りです！　ナターシャ嬢が人質になったため、民は一人残らず船から降ろされたのですが、船から上がる火は勢いを増しているうえに、どんどん岸から船が離れていっているのが現状です！」

ナターシャめ！　あとで俺も全力で怒るからな！

「報告感謝する！　ミイツア嬢と共にいろ！」

「はい！」

必死でキュアンを追い掛けて来たヒュウェルを乗せた馬は減速していっている。

やはりキュアンが猛スピードで走ったのはナターシャのためだったか。

愛馬の鋭い直感に感謝するが、何としてもあの船まで行かなければならない！

川へと延びる整備された大きな道へと出る。大通りは左右に店が連なり、商店街となっている。

だが、店主も客も、避難を誘導する騎士や警備達に何が起こっているのかを問い正し、子供は泣きだし、逃げる際お互いがぶつかったのか罵り合う者がいてパニック状態になっている。

「ソウンディク王子殿下！　ここは危険です。王城に一時、お戻り下さい！」

いち早く俺に気付いた騎士達が俺を守ろうと声を掛けてくるが、俺はそれに首を横に振る。

「俺のことはいい！　民を守れ！　俺はナターシャのとこに行く！　あの船にナターシャがいる！」

俺の言葉に騎士達が言葉を飲み込む。

いくらここから助走をつけても一気にあの船までキュアンが飛び移れるかは難しい。

大きな通りは人々で埋め尽くされていて、とても馬で駆けられる状況じゃない。

でもな、俺にはナターシャとセフォルズ中を駆けまわって長年築いて来た人脈がある！

すーっ！　と長く息を吸い込み、気合いを入れて口を開く！

「久しぶりだな！　川沿いの者たち！　俺はソウンディクだ！」

民達よとか畏《かしこ》まった言葉をかけてもこの状況じゃ民の心には届かない。

名を告げると、じいさんばあさんから子供まで俺の方を見てくる。

「騒がせちまって悪ぃな！　ぜってぇあとで落とし前つける！　道を開けろ！　あの船はセフォルズの敵で、俺の敵だ！　ナターシャが船に乗っている！　なんとしても飛び移りたい！　俺に手を貸せ！」

キュアンの手綱を引き、道にいる全員に聞こえるほど嘶くと、一瞬静寂が満ち、数秒で歓声と共に人々が左右に割れて行く。

道の中央をキュアンで駆けていくと、人々から声を次々に掛けられるが、好き勝手やりやがってといった文句の一つも聞こえないことに苦笑してしまう。

「殿下！」

「グライズ！」

この辺りの商店を束ねる大男は、馬に乗り、楽しそうに笑みを向けてくる。この男は親父《おやじ》とハーヴィ将軍の友だ。俺とナターシャが幼い頃《ころ》は、よく川遊びを教わり、船にも幾度も乗せてくれた。

「殿下の愛馬と言え、あの船に飛び移るのは難しいですぞ！　どうするおつもりか！」

グライズに俺も笑みを返し答える。

「聞かなくても準備を始めているだろう？　小舟を並べとけ！」

「あははは！　承知！」

川岸へと到達する頃には、燃え立つ船へ向けて小舟が等間隔で並べられていた。

「感謝するぜ！　行くぞ、キュアン！」

助走をつけて大ジャンプを決めたキュアンは、小舟を蹴って、燃える船へと怖がらずに飛び移ってくれる。勇敢な愛馬に感謝するっきゃねぇな。

キュアンから降り、煙を吸い込まないようマントで口を塞《ふさ》ぎ、腰に下げていた剣を抜き放つがすぐに降ろすことになった。

船の到るところに男達が倒れ伏していたのだ。しかもうつ伏せに並ばされた状態で。

煙を吸わないように火が出ていない場所を選んで置かれている。これは……。

「姫！　襲った者達まで助けようとなさるのはおやめ下さい！　いや、興奮します！　その優しさに鼻血が止まりません！」

「鼻血は止めて下さいよ、ドラージュさん！　この人で最後ですから！」

「ナターシャ！」

「えっ⁉　ソウ⁉　なんでいるの⁉　こんな危ない場所に！」

ドラージュと共に気絶しているらしい男を引き摺ってきたナターシャの頬《ほお》には炭がついている。

だが、怪我《けが》はないようで、やっと安堵《あんど》出来た。

「そっくりそのままお前に言いてぇ台詞だよ！」

「助けにきてくれたのね！　嬉《うれ》しいわ！　あぁでも、危ないことをソウにさせちゃったわ」

「反省は後だ！　ドラージュ、よくナターシャを守ってくれた」

「いいえ殿下。さすがは姫を守る王子！　燃え盛る船に馬に乗って姫を救いにいらっしゃるとは素晴らしい！　やはりお二人は素晴らしい！　はぁはぁっ、興奮も鼻血も抑えようがないほど溢《あふ》れてきますが、船はもう沈みかけております！　野蛮な連中は私にお任せを！　では！」

「えぇえっ⁉　ちょっ⁉　ドラージュさん！」

並べていた男達に紐《ひも》を結んでいたらしいドラージュは一気に紐を引っ張り、男達を川へと放《ほう》り込み、自らも川へと飛び込んだ。

「キュアンに乗れ、ナターシャ！」

「キュン吉《きち》！　すごいわ！　ソウを乗せて飛んできてくれたのね！」

ナターシャがキュアンの顔に抱きつき、キュアンも嬉しそうに鼻を鳴らす。今は再会を喜んでいる余裕はない！

ナターシャを抱え上げ、キュアンに飛び乗る。ギギギっと嫌な音を立てて船が傾いていく。

「しっかり俺にしがみついていろよ、ナターシャ！」

「うん！」

俺達の周囲も燃え始める。キュアンは頭を振り、前足で甲板を蹴り気合いを入れている。

ギリギリ助走をつけられる位置まで下がり、一気に駆け上がりジャンプを決める。

すると、本当にギリギリだったらしく、船が再び爆発し、川へと沈んでいく。

飛んだ先には船が待っていてくれて、無事に着地することが出来た。

「……うふふ」

「なんだよ。何かおかしいか？」

俺の背中に手を回すナターシャが嬉しそうに笑う。

その可愛《かわい》さにキスをしたくなって堪《たま》らないが、それも後で存分にさせてもらおう。

「ミイツアを抱き締めてタロ助《すけ》で飛んだの。頼ってもらえて嬉しかったのだけど、やっぱりソウ相手だと守られる方が嬉しい。来てくれて本当に嬉しいわ。ありがとう！」

「馬鹿《ばか》野郎。俺には頼れって言っているだろう。それでいい。ナターシャ、無事で良かった」

ナターシャを抱き締めることが出来、息を吐き出す。

この温《ぬく》もりが失われることを考えるだけで、恐怖する。

「心配掛けてごめんなさい。でも、自分だけが安全な場所になんていられなかったの」

「知ってる。お前は俺の妃《きさき》になってもぜってぇそういうところは変わらねぇだろうってことはな」

だから俺はヨアニスやいろんな連中の手も借りてナターシャを守り、国を守っていこうと思える。

「そうだわ、大変よ、ソウ！　メアリアンに何かあったらしくて、よっちゃんがタロ助に乗って助けにいっているの！」

「灰色の鷹が飛んだからな。ヨアニスなら大丈夫だ。タロ助まで貸してやったんだろ？　アイツがしくじることはない。ま、一応軽く手は貸しておくか」

「どうやって？　……あ」

首に下げていた笛を取り出し、息を吹き込む。人間には聞こえない音を聞き届け、黒い羽の鷹が舞い降りてくる。指示を出すと、すぐに翼を広げて再び空を駆けていく。

「私、よっちゃんのことも信じるけど、メアリアンのことも信じているわ」

「そうしてやれ。メアリアン嬢はヨアニスの道具を使った。抵抗する気もあって、命も奪われてない。ナターシャの一番の女友達だ。城で待っていてやろうぜ」

「帰ってきたら二人を抱き締めるわ。あぁでも動物たちに助けてもらいっぱなしね。キュン吉も飛びきりの白馬なのに黒く汚れちゃっているわ。後でお風呂《ふろ》とブラッシングね」

「そうだな。良い機会だ、ナターシャ。黒の鷹と、ヨアニスの灰色の鷹。名前を考えてやってくれよ」

「私が名付けちゃっていいの？」

「俺が許可する。他《ほか》の連中もお前に名付けてもらった鷹の方が愛着持てるだろ」

「……責任重大ね。一生懸命考えておくわ」

空を飛ぶ黒い鷹を見上げてナターシャは考え込んだ。

・メアリアンとヨアニス（メアリアン視点）

冷たい床に転がされて泣き出す令嬢もいるでしょうけれど、この程度何とも思わない。

泥の中に頭の先から爪先《つまさき》まで入ってしまったことがあると、私の外面しか見ない人々に言ったら驚かれるどころか嘘《うそ》だと思われるだろう。

泥塗《まみ》れになったのは誰《だれ》かから嫌がらせを受けたからではなく、一番大好きで大切な友人が雨の中、傘もささずに遊ぶのも楽しいものだと誘ってくれた時だ。

ドレスの裾《すそ》を結んで短くし、膝まで素肌を晒《さら》した状態でナターシャと手を繋《つな》いで雨粒に濡《ぬ》れる花畑を二人で駆けていたのだ。

やんちゃ過ぎる思い出で、一度しか出来なかったが実はかなり楽しかった。走っていたら花畑の中に沼があり、二人で転んで頭から泥を被る結果となった。

自分の外見が整っていると自覚があり、ナターシャもとても可愛《かわい》いのに、お互い顔がクマのように茶色くなって、お互いの顔を指差して笑い合った。

思い出すだけで笑みが零《こぼ》れそうになるが、ここで楽しそうに笑えば余計な勘ぐりをされかねない。

「俺の妻になる決意は固めたか？　メアリアン・ラーグ」

冗談じゃない。私の足と手を縛り、床に転がした存在。

ジェイル・サムド。貴族の立場を誤解し、身分の低い者を虐げ、女を軽んじる男。こんな奴《やつ》に捕まってしまった自分が情けない。

それもこれも、まだ日も登り切らない明け方にラーグ家の屋敷に襲撃があった。

お父様とお母様はラーグ家の別荘に出掛けていて、いたのは私と屋敷で働く者達のみ。

侯爵家である我が屋敷にもハーヴィ家には劣るが護衛は常にいるのだが、早起きをして朝食の支度をしようと出ていた食事係を人質に取られてこちらも思うように動けなかった。

私が大人《おとな》しく付いてくれば、他《ほか》の者には手を出さないと言われ、私はそれに従うことにした。

猛反対をされたが、思い浮かぶ面々全員が同じ選択をするだろうと思えたのだ。

そしてその時に私は最大の過ちを犯した。ヨアニス様から手渡された道具を、使えなかったのだ。

あの時すぐに使っていれば、ヨアニス様が動いて下さったのではないかと思う。

悔しくて使うのを躊躇《ちゅうちょ》しただなんて……私はなんて愚かなのかしら。

どうしてヨアニス様が私に笛を下さったのかいくら考えても分からなかった。あの方は無駄なことはしない。笛を握り締めると自然と涙がこみ上げた。

ヨアニス様は私に贈り物を下さったことが、これが初めてであることに気付いていたのだろうか。

誕生日や年の変わりの聖なる日と呼ばれる日には、ナターシャからは毎年プレゼントが贈られ、ジャックとソウンディク殿下からは二人からということで私が好むお菓子を贈って下さる。

ヨアニス様からは何もない。いや、一応はある。「おめでとうございます」のお祝いの言葉が。

ナターシャがくれる形に残る物じゃなくても、殿下やジャックのように食べ物でもなんでもいいのに、あの方は私に何もくれない。

そんなヨアニス様から初めて贈られた物。しかも肌身離さず持っていろなんて言葉も付いてきて……嬉《うれ》しくて、私ばかりヨアニス様のことが好きなのが悔しくて仕方なかった。

じわりと涙が再び込み上げてしまうと、私を見下げているジェイル・サムドが何を勘違いしたのか不気味な笑みを浮かべてくる。

「気の強いラーグ侯爵令嬢も泣くのだな！　女はそれでいい！　男より気の強い女など必要ないのだ」

行動も発言も全《すべ》てが不快になるわ。これもまたある意味この愚か者の才能だろうか？

口も布で塞《ふさ》がれていて良かった。溜息《ためいき》しか出せないだろう。

こんな奴はどうでもいい。気になることがある。少し前に、爆発音が聞こえたのだ。今連れ込まれている屋敷が燃えているわけではない。ならばどこかで爆発を伴う大規模な火災があったということ。

騒ぎがあるとナターシャが民を心配し、現場へと向かってしまう傾向にある。ソウンディク王子殿下も心配し、ヨアニス様やジャックもそちらに掛かりきりになるだろう。

私に人員が割かれることを回避しなければならない。自力で逃げてみせる。

そう決意し、手を縛られる前に相手の隙《すき》をつき、笛を吹いてみたのだが……何も起こらなかった。

他の笛より一際大きな音でもなるのではないかと予想していたから。吹いても吹かなくても同じだったかと残念に思った。

私を誘拐した相手はジェイル・サムド。そしてその部下と思われる男三名。

サムド家の別荘らしきこの建物には、私を含めて五名のみ。

とは言え、動きを封じられている状態では抵抗が難しい。

……ものすごく嫌だけど、妻になると嘘を吐《つ》き、相手を油断させるしかないかしら。

「メアリアン・ラーグ。俺からしてやった婚約の話を貴様が蹴《け》ったあの時！　俺がどれほど屈辱だったか分かるか!?　お前には何の力もないくせに、ソウンディク王子殿下の婚約者の女と親しいからと貴様まで偉そうにしやがって！」

とても貴族とは思えない発言ね。嘘でも妻になるとも言えないくらい腹が立つ。

「ソウンディク王子とも身体《からだ》の繋がりがあるんじゃないのか？　婚約者の女だけでは飽きるだろう。メアリアン・ラーグに殿下とて興味はお持ちだろうからな……なんだその目は」

この発言は許せない。ナターシャと殿下を侮辱している。

睨《にら》み付けるとジェイル・サムドに手を縛られている縄を持ち上げられ、顔が近付く。

口が塞がれていなかったら吐いてしまいそうなほど、不健康に太ったジェイル・サムドの顔は不潔で体臭も酷《ひど》い。

「反抗的な目をしやがって！　貴様を凌辱《りょうじょく》することは決めていた。おい来い！」

ジェイル・サムドに手を貸した男達が下卑た笑みを浮かべて近付いてくる。

「夜会で踊った男全員に抱かれている話は聞いているぞぉ？　メアリアン・ラーグ。使い過ぎて緩い穴を使ってやるんだ。有難く思え！」

あぁ、耳を塞ぎたい。声まで醜いうえに、言われていることも聞き苦しい。

夜会で踊った男全員に抱かれている、か。

そんな噂《うわさ》があることは知っている。まさか私が誰とも身体の関係を持ったことがないとはナターシャ以外知らないだろう。

性行為に興味はあるが、関係を持たなかった二つの理由がある。一つはナターシャと殿下だ。素敵な王子様と大好きで可愛い友人が恋人となっていく様を間近で見てきた。お互いを特別に思う二人が好きだった。だから、私も恋をし、愛し合うのは生涯一人だけがいいと思えた。

そして、もう一つの理由が幼い頃《ころ》からの初恋を拗《こじ》らせてしまっていることだ。

逞《たくま》しい騎士様たちを見ることは本当に目の保養というか、安心感があり、ハーヴィ将軍を思い浮かべることも出来て幸せだ。

けれど、愛《いと》しいと想いを返してほしく、抱き締めてもらいたい相手は未《いま》だに一人だけなことを、ミイツア嬢が涙を流しながらしてくれた恋の話を聞き、もう降参するしかなかった。

私は、ヨアニス様しか好きになれない。堪《こら》えていた涙が溢《あふ》れ、頬《ほお》を伝う。

「あはは！　メアリアン・ラーグのこんな情けない顔が見られるとは！　もっと泣け！」

ガシャアアッ！　キュィイイイッ！

「いっ、痛ぇえっ！」

ガラスが割れ、その破片が男達に降りかかる。甲高い声を出しながら室内に突入して来たのは灰色の鷹。驚いて目を見開くと、割れた窓から弓矢が飛んで来て、全てが男達に突き刺さる。

ジェイル・サムド以外の全員が悶絶しながら倒れていく。

「なんだ？　何が起こっている！」

「どうも、ジェイル・サムド卿」

「ヨアニス・クライブ!?」

大きな窓ガラスを叩き割って入ってきた姿に驚く。私に構っている暇などこの方にはないはずだ。

ヨアニス様は、私に近付き身を屈《かが》め満足そうに頷《うなず》いた。

「ガラスの破片が貴女《あなた》に降りかからなかったようで何よりです。やはりご無事でしたね、メアリアン嬢。貴女がしくじるとは珍しい。笛を渡しておいて幸いでした」

口を塞いでいた布、手足を縛っていた縄を外されながら言葉を掛けられ、グッと歯を食い縛る。

ヨアニス様の肩に灰色の羽を持つ鷹が止まり、キィとガラスを割った時とは違い穏やかに鳴く。

その姿を見てやっと分かった。笛は鷹を呼ぶためのものだったのだ。

それにしても、どうしてこの方は素直に感謝を言わせる気にさせて下さらないのかしら！

・ヨアニスとメアリアン（ヨアニス視点）

「何故《なぜ》、王子殿下の片腕であるヨアニス様がここに⁉」

「おや。そういった認識をして下さっていましたか。私の耳に届いた話では、父親が宰相だからと自分まで勘違いし親の権力を振りかざしている愚か者と私のことを貴方《あなた》が話していたと報告が上がっていますがね」

メアリアン嬢が立ち上がるのに手を貸しながら、ジェイル・サムドに笑みを向けると、太り過ぎた顔に冷や汗を浮かばせる。

「武器の密輸に手を貸し、令嬢を誘拐した罪は重い。大人《おとな》しく投降した方が少しは身になりますよ？」

「サムド家は昔から騎士を輩出している！　俺を捕らえれば、騎士団が黙っていないぞ！」

「それは昔の話ですよ。最近のサムド家の評判は酷《ひど》い。騎士となれた者も、金を渡されてか弱い女性が襲われたことを報告しないクズばかり。彼等は処分も下され、既に騎士ではない。現状の騎士団に所属する騎士の多くがハーヴィ家で修行を積んだ者。サムド家出身者は鍛錬を拒否し、碌《ろく》な働きもしていないことは報告が上がっています。サムド夫妻も横領含め積み重なった罪を償うことになります」

「そんな……嘘《うそ》だ！　おじい様は⁉　おじい様は騎士として勲章も陛下から授かっているぞ！」

「ええ。サムド翁は嘆いておいでだったようですよ。貴族の爵位を王家に返上することをサムド翁自ら国王陛下に願い出たそうです」

「で、では俺はもう……」

「貴族ではない。最後くらいはその罪を生涯償う決意を……ん？」

ジェイル・サムドが狂気《きょうき》をはらんだ表情で剣をこちらに向けてくる。

「ヨアニス・クライブ！　貴様を殺せば捕まらずに済む！　メアリアン・ラーグを連れてシノノメ国に逃げてやる！」

「それはまた随分と無謀な計画ですね」

「黙れ！　そこを退《ど》けぇえっ！」

ドタドタと重い足音を立ててこちらに突っ込んで来るジェイル・サムドを見遣《みや》り、腰に下げていた剣を引き抜く。

どんな相手であろうとも、どれほど自分が有利な状況であろうとも油断してはならない。

「ぐぅっ⁉」

灰色の鷹を飛ばし、ジェイル・サムドの顔面に向けて爪《つめ》を立てさせる。

痛みに耐えきれず、剣を手放すサムド卿に呆《あき》れる。どんな状況下でも命が断たれるその時まで武器を手放してはならないと、ハーヴィ将軍に教え込まれた。

剣を、再び手に取れないように蹴《け》り飛ばし、ジェイル・サムドの手と足に剣を突き立てた。

聞き苦しい悲鳴を上げるサムド卿から距離を取る。

「大丈夫ですかメアリアン嬢。一旦《いったん》外に出ましょうか？」

「私は平気ですわ」

平気と言いつつも、メアリアン嬢にしては珍しく私の腕を掴《つか》んで放そうとしない。

こんな男に誘拐されたのだ。メアリアン嬢でも心細くなるものなのだろう。

少しでも心が安らげばと思い、剣を持ったままだが、メアリアン嬢を抱き寄せる。

「っ!?」

何故だかもの凄《すご》く驚いた顔を向けてこられ、失敗だったかもしれない。

「ははは。美貌《びぼう》の天才のヨアニス・クライブすら色香で惑わすかメアリアン・ラーグ！　その女が抱かれた男は天才の貴方でも数え切れんかもしれないぞ！　ソウンディク王子殿下とも身体《からだ》の関係があるに違いない！　調べてやったらどうだ！」

「止《や》めて！　ヨアニス様！　そんなことは決してないのです！」

私に縋《すが》りながら涙を流すメアリアン嬢に驚かされる。

「メアリアン嬢……」

「ヨアニス様、本当に違います！　私は、貴方にだけは誤解されたくない」

「誤解も何も、貴女がそういった女性でないことはよく存知あげておりますよ。乙女《おとめ》でもいらっしゃいますよね？」

「どうしてそれを!?」

ジェイル・サムドに聞こえぬように小声で告げると、涙が一瞬で引っ込みメアリアン嬢が真っ赤な顔を見せてくれる。

「ナーさんから聞いたのではないのでご安心を。ただ単に、勘ですよ。夜会のダンスを終え、夜の帳《とばり》の中に姿を消す男女が多い中、メアリアン嬢も幾度も誘われはしていらっしゃいましたが、全《すべ》て断り、ナーさんと共にお帰りになる姿ばかり見ておりましたから。かなりそちら方面は不慣れでいらっしゃるのですよね？　可愛《かわい》らしいことです」

「うぅっ」

あぁ、やっとメアリアン嬢らしい悔しそうな顔を向けてくれる。

「噂《うわさ》に惑わされ、身も心も美しい女性に暴言を吐くとは、貴族どころか男として最低な行為ですよジェイル・サムド。冷たい牢獄《ろうごく》の中、一生反省するといい」

「だ、だがまだだ！　別荘の周囲には武器を渡したシノノメ国の連中を待たせてある！　他《ほか》に騎士がやってこないということは、一人で来たのだろう？　ヨアニス・クライブ！　シノノメの連中とて、罪が暴かれるのは避ける！　貴様とその女を殺そうとしにくるだろう！」

キュイィッ！

「それはない」

割れた窓ガラスからもう一羽。黒い羽の鷹が飛びこんできた。

それに続いて屋敷に入ってきたのはロウルヴァーグ王子。

「外にいたシノノメの者達は全て捕らえた。この屋敷の中にいる者で最後だ。……何から謝罪すればいいのか分からん。倒れている連中はシノノメ国の者だ。私が責任を取って裁く」

「ロウルヴァーグ王子殿下の罪ではないですよ。今度こそ終わりですね。ジェイル・サムド」

首筋に剣を突き付けられたジェイル・サムドは、抵抗する気力も尽きたらしく、ロウルヴァーグ王子が連れてきた臣下達によって連れていかれた。

黒い鷹は室内を旋回すると、倒れたテーブルの上に器用に止まる。

鷹の羽を撫《な》でてやり、足に手紙を括《くく》りつけると再び外へと飛んでいく。

「ソウンディク王子が私に鷹を使って知らせてくれたのだ。ヨアニス殿の周辺にシノノメの者達がいるかもしれないと」

「それで駆け付けて下さったのですか。お礼申し上げます」

「礼など不要だ、ヨアニス殿。俺は結局ミイツアを直接守ることは出来なかった。私はセフォルズの城に向かうが貴殿らは？」

「私はメアリアン嬢をラーグ家までお送りしてから戻ります」

「そうか。ヨアニス殿もソウンディク王子も羨《うらや》ましい。大事になされよ」

去っていくロウルヴァーグ王子達を見送り、屋敷の庭で待っているタロ助《すけ》の元へ向かう。

黒い鷹を飛ばしてきたのはソウンディク。ということは、ナーさんと合流出来たと思っていいだろう。

川沿いの船の爆発は沈静化したらしく、煙も見えない。あの二人の無事が確信出来、メアリアン嬢も無事で、私としては一件落着だ。

「この馬は、タロ助ですよね？」

「ええ。ナーさんの愛馬です。メアリアン嬢も騎乗されたことがあると聞いています。安心して乗れますよ」

「つまり、ヨアニス様はナターシャに言われてここにいらっしゃったわけですね？　……分かっておりましたわ！　ヨアニス様はそうでしょうとも！」

メアリアン嬢が怒り出してしまった。何が何だか分からないが、この場に留まるのは良くない。

「失礼しますよ、メアリアン嬢」

「え？　きゃあ！」

身を屈《かが》め、メアリアン嬢の腰と膝《ひざ》に手を回し横抱きにして持ち上げる。

「私に掴まってくださいね？　両手が塞《ふさ》がっていては馬に乗れませんから」

メアリアン嬢はそっぽを向きながらも私に掴まってくれたので、腰から手を離しタロ助に乗る。

ゆっくりと歩き出してくれるタロ助の鬣《たてがみ》を撫でる。良い馬だ。さすがはナーさんの愛馬。

騎士の何人かを引き連れてきていたのだが、他の馬はタロ助に追い付けず、単独屋敷に乗り込む形となってしまったが、メアリアン嬢が危害を加えられる前に間に合ったのはタロ助と、そしてナーさんのお陰だろう。

「ロウルヴァーグ王子に申し上げた通り、ラーグ家のお屋敷までお送りします」

「……ありがとうございます」

前を向かれたままだが、メアリアン嬢に感謝の言葉を貰えて良かった。

メアリアン嬢を背中から抱き込む形となり、柔らかな淡い金色の髪が風に靡《なび》いて優しく私の頬《ほお》に触れる。

女性の香水の匂《にお》いはキツイものが多く、あまり好まないが、メアリアン嬢からは仄《ほの》かな花の甘い香りがした。ナーさんは果物《くだもの》のような匂いがするけれど、そこまでの話をするとソウンディクが嫉妬するのでしていない。

冷たい床に転がされていたからか、触れているメアリアン嬢の身体が冷えているのが分かる。

夏が近付いてきているが、今日は少し肌寒い。

「嫌でしたら、そう仰《おっしゃ》ってください」

「なっ⁉」

メアリアン嬢とさらに身体を密着させて、抱き締める。腹の部分に手を回すと、やはり冷たい。

「冷えておられる」

「こ、このくらい平気ですわ！」

振り払われないということは、それほど嫌がられていないと思っていいだろうか？

前に回した手に、メアリアン嬢の手が重ねられる。

もしや抓《つね》られでもしてしまうかと思いきや、きゅっと優しく握られる。

「ヨアニス様……」

「なんでしょう？」

「わ、私と婚約して頂けませんか!?」

驚きの提案をされた。

「婚約……」

「こ、これは利害関係の一致というものですわ！　私とヨアニス様はお互い婚約者がおりませんでしょう？　このようなことになったのも私に婚約者がいなかったことも原因に思います。ですから……」

だから婚約か。確かに良い手段なのだろうが……。

「その提案はお受け出来ません」

利害関係の一致で婚約をしてはいけない。

そんなことをすればナーさんに蔑《さげす》んだ目を向けられ、ソウンディクからは冷たい目を向けられるだろう。

ましてクライブ家もラーグ家も一度婚約してしまえば、破棄するのは相当難しい。

逞《たくま》しい騎士を好むメアリアン嬢が、いつかただ一人の騎士を定めた場合困るだろう。

「恐ろしい目に遭い、投げやりになっておられるようですが、ご自身を大切になさって下さ……」

前に回した手に冷たい雫《しずく》が当たった。

一体何だと思い、メアリアン嬢の様子を窺《うかが》い驚いた。

私の手を握り締め、涙を流していたのだ。

「ヨアニス様は私には優しくして下さらないのですね。いつもナターシャとソウンディク殿下のことばかり！　分かっておりますわ！　それがヨアニス様ですもの！　けれど今くらい、私のことだけを心配して下さってもいいではありませんか！　貴方以外の男性に触れられるのが嫌過ぎて、私とても怖かったのに！　私のことを心配しつつもナターシャとソウンディク殿下のことを考えておいでしょう⁉」

さすがはメアリアン嬢。とても鋭い。

大粒の涙を流すメアリアン嬢の目元を指先で拭《ぬぐ》っても、止め処《ど》なく涙は流れ続けてしまう。

泣き顔も美しいと思うが、メアリアン嬢には優雅に微笑《ほほえ》んでいてもらいたい。

「もしや、メアリアン嬢は私に好意をお持ちなのでしょうか？」

泣くほど自分を心配してほしいと願われ、勘違いではないことを確認したい。

「言わないと分からないのですか⁉　ずっとヨアニス様だけをお慕いしておりました！」

「私だけを……」

逞しい騎士が好きなのではなかったのか？　と問い返したいが、涙を流しながら気持ちを伝えてくれているメアリアン嬢が嘘を吐《つ》いているとは思えない。

「なるほど。理解しました。そういうことでしたら、婚約致しましょう」

「……え？」

「ラーグご夫妻は今別宅におられるのですよね？　メアリアン嬢のご両親には後日ご挨拶《あいさつ》に伺いましょう。私の父と母には城に戻り次第メアリアン嬢との婚約を申し出ます。クライブ家とラーグ家ならば問題ないとすぐに了承を得られると思いますので、ご安心下さい」

「安心なんて出来るわけありません！　どうして婚約を了承なされるのですか⁉　先ほどはお断りなさったのに！」

「お互いの感情が一致しているのであれば、婚約をして問題ありません。メアリアン嬢、私も貴女《あなた》をお慕いしておりましたから」

「……嘘」

「嘘ではありません。私は無駄な嘘は吐きませんよ？　信じて……」

振り返ったメアリアン嬢に襟《えり》を掴まれ引き寄せられると、唇が重ね合わされた。

驚いて目を見開くと、涙に濡《ぬ》れるメアリアン嬢の瞳《め》がよく見えた。

数秒立って、唇が離れていく。甘く、柔らかな感触が名残《なごり》惜しいと思えた。

「……振り払わないのですね」

「メアリアン嬢を振り払ったりしませんよ」

「本当に私をヨアニス様が好きだと思っていいのですか⁉　去年、ご令嬢に迫られてキスをされそうになった時、振り払っていらっしゃいましたよね⁉」

「貴女は意外に私のことをよく見ておいでなのですね」

「ヨアニス様の方こそ！　夜会で、私を一度もダンスに誘って下さったこともないのに夜会後の私の様子を見ていらっしゃったなんて知りませんでした！　プレゼントも贈って下さったこともない……どうして何も下さらないの？　ヨアニス様が下さる物なら、なんでも嬉《うれ》しいのに！」

「それは、私がメアリアン嬢を好きだと自覚した日のことをお話しせねばなりませんね」

「……どういうことです？」

「ジェイル・サムド卿を、あぁ、もう貴族ではないので卿は必要ありませんね。あの男をこっぴどく

貴女がフッた時、私はその現場に居合わせたのですよ」

「えぇっ!? 嘘です！ ヨアニス様がいらしたら気付く……はっ！ も、もしやあの、マント……」

涙が止まり、青褪めて行くメアリアン嬢に笑みを返した。

・ヨアニスの恋（ヨアニス視点）

シャルロッティ学園入学前。美しく聡明《そうめい》なメアリアン嬢は、ナーさんと同じくらいの人気を誇り、多くの夜会に呼ばれていた。その日はサムド家で開かれる夜会だった。

ジェイルの評判は当時から最悪だったが、祖父が勲章を授与されるほどの騎士で、代々騎士を多く輩出してきた家系故、一応こういった会は毎回賑わっていると聞いていた。

それを勘違いしたジェイルが良い気になり、女性に無体を強いるらしい。

最悪だなと思いながらも、父上が昔サムド翁に力を借りたこともあったらしく、私が名代として会に出席することとなった。

用事で少し遅れ、到着したのは終わりかけ。一応持って来た誕生日の祝いの品を渡して帰ろうとした時。

「勘違いも甚だしいですわ」

パカーンッ！　と小気味の良い音が、邸宅の二階の角部屋から聞こえ仰ぎ見る。大きな窓からメアリアン嬢の姿が見てとれた。

「貴方《あなた》の様な男性を私が好くわけがありません。婚約など有り得ませんわ」

「こ、この生意気な女め！　俺を叩《たた》きやがったな！　女のクセに！」

「女だ男だと気にするなんて小物ですわね。少しはお痩《や》せになってはいかがです？　騎士の家系だというのに鎧《よろい》も入らないほどブクブクお太りになって、見苦しい……」

「畜生！　ここに閉じ込めてやるからな！」

ジェイル・サムドはメアリアン嬢に婚約を迫ったらしい。身の程知らずとはこのことだろう。

話を聞く限りメアリアン嬢はサムド家の邸宅の一室に閉じ込められてしまっているようだ。

タイミング良くこられて良かった。助けにいこうとしたのだが、勢い良く窓が開く。

なんとメアリアン嬢が窓から身を乗り出した。危ない！　と声を掛けようとしたのだが、メアリアン嬢はカーテンを引き裂き、その先に木の板を括《くく》りつける。

恐らくあの板でジェイルを叩いたのではないだろうか？　随分良い音が響いていたから。

その板を重りにし、メアリアン嬢は木の枝へ向けて放《ほう》り投げ見事に布を太い枝に結びつけた。

「飛べる。飛べますわ、メアリアン。この程度、ナターシャと飛んだ距離に比べれば短いですもの！」

靴を脱いで窓枠に足を掛けたメアリアン嬢は、自分に言い聞かせるように言葉を紡ぎ、ジャンプした！　何かあったら受け止めようと身構えていたのだが、メアリアン嬢の見事なジャンプに見惚《みほ》れてしまった。

だがその直後、ビリビリビリッ！　と布が裂ける音が耳に届く。

投げ縄代わりに利用したカーテンが裂けたのではない。

メアリアン嬢のドレスが木の枝の先に引っ掛かり、大きく裂けてしまったのだ。

下着が丸見えになってしまった姿は扇情的で申し訳ないが記憶に残ってしまっている。

「どうしようっ」

カーテンを巻き付けるだけでは隠せず、血の気が引いていくメアリアン嬢を見て、マントを脱いだ。

声を掛けて手渡してもいいのだが、私に今の様子を見られたと知ったらメアリアン嬢はショックを受けるだろうと思えて、マントだけ置きその場から少し離れる。

キョロキョロ周囲を見渡していたメアリアン嬢は、マントの存在に気付き、夜会で酔った誰《だれ》かの忘れ物と思ってくれたらしく、マントで身体《からだ》を隠しラーグ家の馬車が待つところへ向かっていく。

心配で一応馬車が出るまで見送ろうとした時に、聞いたのだ。

「私、家族以外からの贈り物はナターシャとソウンディク殿下とジャック以外からはいりませんわ！　特に男の人は気持ちの悪い贈り物ばかりですもの！　もう嫌！　耐えられない！」

ラーグ家の執事と合流出来、馬車に乗った事で安堵《あんど》したらしく、メアリアン嬢は堰《せき》を切ったように心の内を吐露していた。

容姿端麗で、いつも穏やかな笑みを浮かべ、誰とでも優雅に話すメアリアン嬢も影で辛《つら》い思いを抱えていることが知れた。そしてその気持ちはとてもよく分かった。

私もまた興味のない女から気持ちの悪い所業が詰め込まれた物を贈られていたのだ。

私はメアリアン嬢のことは好きだと思うからこそ、彼女に贈り物はしない。

祝福の言葉だけは贈り続けよう。そうあの日に決めた。

「あのマントは、ヨアニス様の物……」

「ええ。しかし私からの贈り物を貴女が望んで下さっていたとは知りませんでした」

メアリアン嬢の誕生日は春で、既に今年は過ぎてしまっている。

さらに問題なのは、私はナーさん以外の女性に贈り物をしたことがない。

そしてナーさんには基本的に本を贈っているので女性が好む物がなんなのか分からない。

ソウンディクとジャック、そしてナーさんに相談してみよう。

「見たんですね……」

前を向いていたメアリアン嬢は私の腕の中で体勢を少し変え、私の方を向くと唇を噛《か》み締めて睨《にら》んでくる。

いつもは扇子《せんす》で隠されていることが多い表情が全《すべ》て見えて、感慨深い。

「何をでしょう？」

「私のドレスが裂けた時です！　下着や素肌も見たということですよね⁉　最低です！　女性にはお慕いしている男性に見られたい下着と見られたくない下着があるものなのです！」

「それは初めて聞きました」

今度ナーさんにも聞いてみるか。

「ナターシャに聞いてはいけませんわよ！　ナターシャも恥ずかしがるでしょうし、ソウンディク王子にも叱《しか》られます！」

そういうものなのか。それにしても……。

「あの日、メアリアン嬢が着用されていた下着が見られたくないものだったのですか？　白地に銀の糸で花が刺繍《ししゅう》され、紫色のレースで縁どられていた物だったと記憶しておりますが？」

可愛《かわい》らしい下着に包まれた白い肌を鮮明に思い出すことが出来る。

あんなに素晴らしい下着が見られたくない物とは、逆に見られたい下着とはどういった物なのか興味深い。

別に厭らしい気持ちはなく聞いたつもりだったのだが、メアリアン嬢は今まで見たことないほど顔も手も真っ赤に染め、口をパクパク開閉させていた。

「ヨアニス様のバカ！」

「貴女《あなた》にバカと言われるのは二度目ですね」

「バカと言われても文句は言えませんわよ！　どうしてそんなにハッキリ覚えておられるのですか⁉

私が貴女に一目惚《ひとめぼ》れをした時のことは覚えて下さっていないのに！　私を馬に乗せて下さる前に、ナターシャもソウンディク王子殿下もジャックでさえ馬に乗せていらしたくせに！　あの日の下着はジェイル・サムドの屋敷に赴くのが嫌で、一番お気に入りのものを選んでいたのです！　ヨアニス様の色だと思えたので……嫌なお呼ばれをされた時は必ず着用していましたわ」

「私の色？　……あぁ、なるほど」

思い出せる下着の色は確かに私を連想させるかもしれない。

「こんなことを女に話させるのもとても最低なことですのよ！　覚えておいて下さい！」

「分かりました。あぁそうだメアリアン嬢。私も貴女に覚えておいて頂きたいことがあります」

「……何です？」

「後一年、いや二年でしょうか。貴女を一番にすることは出来ないと申し上げておきます」

我ながら好意を抱き、そして想いを返してくれている女性に大変申し訳ないことを告げている自覚はある。

婚約は出来ないと言われても仕方ない。それでも今はナーさんとソウンディクが私にとっては最優先なのだ。メアリアン嬢は優雅に笑みを浮かべる。

「承知しておりますわ。ナターシャとソウンディク王子殿下がヨアニス様の一番ですものね。……私は今、ヨアニス様の中で何番目でしょうか？」

「現時点では三番目になりますが、宜《よろ》しいですか？」

「ふふふ。一つ優先順位が上がったので、いいですわ！　それに間違っておりますわヨアニス様。学園を卒業し、ソウンディク王子殿下とナターシャが結婚しても、ヨアニス様が最優先するべきはあの二人です。そうじゃなければ私が許しませんわよ？　け、けれど、女性として意識しヨアニス様が愛を囁《ささや》くのは私だけにして頂きたいですわ……ん、むっ」

メアリアン嬢を抱き締め、今度は私から唇を重ね合わせる。

驚きで開かれた口内に舌を差し入れると、おずおずと舌が絡み合わされる。

啄《ついば》むようにちゅっと舌を吸う度に、抱き締めているメアリアン嬢の身体が震え、私の背に添わされた手でぎゅっと服を掴《つか》まれた。

メアリアン嬢の顔を見てみると、ぎゅっと目を閉じて羞恥《しゅうち》に耐えていて、大変可愛らしい。

「愛《いと》しい女性との口付けは、これほどまでに甘いものなのですね」

「っ、よ、ヨアニス様……」

目を開けてくれたメアリアン嬢に自身の顔が映り込むほど顔を近づけ微笑《ほほえ》み、再び唇を塞《ふさ》ぐ。

「正式に婚約者となった暁には、全身に触れさせて下さい」

それまでは我慢だ。気持ちが通じ合えただけでも充分だと思い、身体を離そうとしたのだが、メアリアン嬢が眉《まゆ》を寄せ、再びキスをされる。

「婚約者となる前でも構いません！　わ、私に触れて下さいませ！」

「これはまた……魅力的なお誘いをして下さる」

抱きついてくれているお陰で柔らかな胸が押し付けられながらの強烈な誘惑に、眩暈《めまい》がする。

「シノノメとユールのことが済んだら、我が家にいらして下さい。存分に堪能《たんのう》させて頂きますので、心の準備をしておいて下さいね？」

メアリアン嬢は私に抱きついたまま頷いてくれた。

・それぞれの恋の結末です

「メアリアンと婚約したのね、よっちゃん！　おめでとう！」

「正しく言うと婚約する、だね。ありがとうナーさん」

「良かったじゃねぇか。……まぁメアリアン嬢の方が頑張ったんだろうけどな」

同感だわソウ。だって私、メアリアンからもよっちゃんと婚約することを聞いたのだけど、嬉《うれ》しそうに頬《ほお》を染める時もあれば、扇子が軋《きし》むほどに握り締め何かを堪《こら》えている顔もしていたんだもの。幼《おさな》馴染《なじみ》二人が婚約してくれたことはとても喜ばしい。

けれど、成就しない恋もあるのよね。よっちゃんとメアリアンから嬉しい報告を受けた数日後。

セフォルズの王城の一室で、ロウルヴァーグ様とミイツアはそれぞれ緊張の面持ちで見つめ合っていた。室内には私とソウ、そしてよっちゃんとヒュウェルさんがいて、二人の様子を見守っている。

「ロウルヴァーグ様。申し上げたいことがあります」

「……ああ」

「私には、お慕いしているお方がおります。臣下の立場でこのようなことを申し上げることは不敬と承知でお願い致します。どうか私との婚約を破棄して下さいませ！」

頭を下げて願い出るミイツアをロウルヴァーグ様が悲痛な表情で見つめている。

複雑よね。だってミイツアのことをロウルヴァーグ様は好きなのだ。

でもだからこそ、好きな人に無理強いをしたくないとロウルヴァーグ様は仰《おっしゃ》っていた。

「分かった。婚約は破棄すると、父上には俺《おれ》から伝えよう」

「あ、ありがとうございます！」

「良かったな、ミイツア！」

「お兄様！　はい、良かった。本当に良かったです」

ミイツアはヒュウェルさんと抱き締め合って喜んでいる。

そんなミイツアさん達から目を背け、肩を落とすロウルヴァーグ様の肩をソウが叩《たた》いてあげていた。

「ナーさん。これから先ミイツア嬢がロウルヴァーグ殿下を好きになることってあるのかな？」

「どうだろうね、よっちゃん」

顎《あご》に手を当てて興味深そうに様子を見ていたよっちゃんに小声で問い掛けられ、私も腕を組んで考え込んでしまう。悪役令嬢にフラれてしまう王子様を見ることになるとは思わなかった。何よりその悪役令嬢の想い人が王子様にとっての強敵だ。

「ミイツア。ロウルヴァーグと無事に婚約破棄は出来たかな？」

勢い良く扉を開けて入ってきたのは、今まで以上に輝きを増したように見える男装姿のレイヴィスカことレイ。

その背後で魂が抜けたような顔をしてグッタリしているのはグラッドルさんだ。

「レイ！　私、ロウルヴァーグ様の婚約者ではなくなったわ」

「そうか。おめでとう」

ヒュウェルさんに代わってミイツアをレイは抱き締めると、ロウルヴァーグ様へ向けて勝ち誇った笑みを向けた。

ロウルヴァーグ様もレイには遠慮がないようで、不機嫌な顔を隠すことなく見せている。

「私からはミイツアだけでなく、皆さんに報告があってね」

「報告とは？」

ソウがみんなを代表して問い返す。

「帰国して確認したのだが、私に双子の弟と妹が生まれていた。王位継承は弟が第一となる。これを期に、私は国を出ることを決めたよ。世界を周る劇団を設立することにした。シャルロッティ学園を退学させてもらうことも父上と母上から許可を得てきた」

「えぇぇっ⁉　レイ！　退学するの⁉」

「ナターシャ。寂しい思いをさせてしまうが、私もまた旅立ちの時が来たようだ」

ウィンクをされ、ユリアちゃんのことを話した時のレイを思い出す。

物語からの離脱。噛《か》み締めるようにレイは言っていたものね。

「さて、ミイツア。君はどうしたい？」

「私？」

レイに抱き締められたままの状態で、ミイツアが顔を上げる。

「素晴らしい舞の名手を我が劇団にお誘いしたい。君から望んでほしい。『行かないで』という君の願いを聞いてあげられず、君の傍《そば》から離れたあの日からずっと悔やんでいたよ。愛《いと》しい君を泣かせ、悲しい思いをさせてしまったことをね。もう一度、私を望んでくれるかい？」

ぽろぽろと、ミイツアが涙を流す。

「私はレイと出会って変われたの！　貴女《あなた》が大好き！　私の傍にいて、レイ！」

「ミイツア、愛しているよ」

甘いキスを交わす二人を私は良かったと思いながら見つめていたのだけれど、男性陣は目を逸《そ》らし、今後の話を始めている。

「ロウルヴァーグ王子殿下。ほんっとうちのクソ王女がご迷惑をお掛けしました。双子の王子殿下と王女殿下の生誕を祝うため、ユール国にシノノメ国王と王妃様がいらしておりまして。ご挨拶《あいさつ》をさせて頂いた際、殿下にシノノメ国王陛下からの手紙を預かってきております」

「父上からの手紙!?」

グラッドルさんが手渡した手紙をロウルヴァーグ様が広げる。

手紙を読み終えたロウルヴァーグ様は手紙をソウに手渡すと、壁に背を預け、頭を抱えてしまう。

そんなに良くないことが書いてあったのかと思いきや……。

後からソウに教えてもらったのだけれど、シノノメ国王陛下からは王子と王女が婚約せずともユールと和平協定を結ぶことを決めたことが書かれていたそうだ。

さらにベルン家の令嬢との婚約破棄は、申し出る前にミイツアのお父様や、臣下の方々からの報告もあり国王陛下は既に了承なされていることが書かれ……最後に。

「女心がまるで分かっていない。シャルロッティ学園で少しは学んで卒業しなさい」

国王というよりは父としての言葉で締め括《くく》られていたらしく、ロウルヴァーグ様が頭を抱えてしまった理由が分かった。

レイとミイツアは学園からいなくなってしまうけれど、ロウルヴァーグ様は残ることになった。

「戦争回避だね。良かった。けれど、持ち込んできた武器と不法入国の船が原因で起こった河川事故の始末はきっちりシノノメ国にしてもらわないとね。ナーさんとソウンディクの命が危ぶまれるかもしれなかったんだからさ」

晴れやかに笑いながらも、よっちゃんが怒っているのは伝わった。

・ヒロインと悪役令嬢の旅立ち

一学期の終わりを迎えた時に、レイとミイツアは退学することになった。

「ナターシャ。絶対観にきてね。待っているから！」

「ええ。ミイツア。絶対に行くわ。約束ね！」

ミイツアは私に抱きついたままなかなか離れない。

私も寂しいけれど、レイが一緒だもの。ミイツアはどこに行っても絶対に大丈夫だわ。

「あぁ、可愛《かわい》らしい女性同士の抱擁は見ていてとてつもなく癒《いや》されるな」

「レイヴィスカ王女。貴殿も女性のはずだがな」

「お前が女に見えたことは一度もない」

ソウとロウルヴァーグ様に呆《あき》れた目を向けられているレイはこちらを見て目を輝かせている。

「ソウンディク王子。ナターシャにも世話を掛けると思うが、ロウルヴァーグとグラッドルのことを宜《よろ》しく頼むよ」

「ああ」

ソウが傍らに控えているグラッドルさんに目を向けると、喜びを隠さずに笑顔が輝いていた。

レイがユール国を出ることになり、レイの近衛《このえ》騎士は必要なくなった。

王女の身を心配し付いていくと言い出す人がいるのかと思いきや、なんとレイってばユールの騎士の誰《だれ》にも負けたことがないらしい。

当初は何人か連れていけと言っていたユール国王夫妻をレイは説得し、劇団員のみの旅の許可を取ったのだそうだ。

「劇団員の中には傭兵《ようへい》上がりの者もいる。自分達の身は自分で守る。それにしても嬉《うれ》しそうだなぁグラッドル。ソウンディク殿下とナターシャに迷惑を掛けるなよ？」

「迷惑など掛けるか。俺《おれ》はセフォルズに骨を埋《うず》める覚悟が出来ている！　レイヴィスカ、お前のことは嫌いではないが守り甲斐《がい》がなさ過ぎんだよ！　ソウンディク王子殿下の側近になれるなんて、俺の人生こっから薔薇《ばら》色だぜ！　……お前なら大丈夫だろうけどな、レイヴィスカ。ミイツアちゃんと元気でやれよ」

「当然だ」

グラッドルさんが楽しそうで何よりだけれども、これにはソウよりもよっちゃんが大変喜んでいた。

王子直属の騎士団はあるのだけれども、ソウの近衛騎士を一人欲しいと思っていたらしく、他国の王女の近衛騎士として真面目《まじめ》に働いてきたグラッドルさんなら安心よね。

ミイツアの背中を撫《な》でていると、レイが私たちに近付いてきて、ミイツアごと抱き締められる。

「ナターシャ。君と会えて良かった」

「私もですわ。レイに負けないくらいナターシャと会えて良かった！」

「二人に会えて、私も良かった。私の目にはレイもヒーローに見えた。ミイツアと幸せになってね！」

「ああ。……とはいえ、ロウルヴァーグの奴《やつ》を放《ほう》っておくのも気が引ける。ソウンディク王子殿下にも頼んだが、良ければアイツも連れて私たちの公演を観にきてくれ」

「私からもお願いするわナターシャ」

「分かったわ。任せて！」

ソウと共にロウルヴァーグ様もお誘いして、レイとミイツア達の公演を絶対に観にいこう！

全《すべ》てを懸けてミイツアを幸せにするということをレイは有言実行した。ミイツアのためならレイは無敵に思える。ミイツアとレイは二人で一緒に馬に乗った。いよいよ二人の旅立ちの時だ。

「レイヴィスカ！」

ロウルヴァーグ様がレイに声を掛ける。

「何だ、ロウルヴァーグ」

「ミイツアを泣かせたら絶対に許さんぞ！」

「はは。お前がそれを言うか。安心しろ。泣かせるとしても嬉し涙だ。お前こそ、次に会う時までには男を少しは上げておけ！」

「ああ。ミイツア。今更遅いだろうが、お前の幸せを願っている」

「ロウルヴァーグ様、大変光栄です。どうか殿下もお身体《からだ》にお気を付けて。殿下に相応《ふさわ》しいお相手は絶対にいらっしゃいますわ。さようなら」

ミイツアとレイの姿はどんどん小さくなっていく。

「行くぞ、ナターシャ」

「わっ！　な、何？　ソウ？」

姿が見えなくなるまで見送っていたかったのだけれど、ソウに手を握られ引っ張られる。

「一人にさせてやった方がいいだろ。失恋は辛《つれ》ぇもんだ。俺は想像しただけで死ねる。グラッドル。シノノメの連中に見られるのも嫌だろうから今回だけはロウルヴァーグ王子に付いていてやってくれ」

「承知しました」

ロウルヴァーグ様の頬《ほお》に、涙が伝っているのが見えた気がしたけど……見なかったことにしよう。

私達はセフォルズの王城に一足先に戻ると、よっちゃんから報告を受ける。

「ジェイル・サムドは罪を償うために投獄された。一連の騒動の責任はジェイルにも大いにあるからね。メアリアン嬢を誘拐したことも大きい。老人になるまで出てこないだろう。で、他《ほか》の連中のシノノメ国からの武器密輸及び不法入国入船の罪だけどねぇ。セフォルズとしてはシノノメ国の者には罪を問わない決定が下された」

「親父《おやじ》の意向だな」

「その通り。クラウディアス・セフォルズ様からのご指示であり、宰相である私の父上も賛同したことだよ。シノノメ国の者はシノノメ国内で罪を裁くからセフォルズにそれで納得してくれってシノノメ国王から頼まれたそうだから貸しを作った形になる。今後、シノノメ国に物事を頼み易《やす》くなる方が利が大きいと判断された。私もその方がいいと思う」

「よっちゃん。ヒュウエルさんは？」

「ユール国とシノノメ国、両国だけでなくセフォルズ国にも戦争が起こるかもしれないと懸念を抱かせ、実際武器を持ち込んでしまった罪は重い。セフォルズには当面入国禁止。けれど、動機から情状酌量の余地ありと言われているし、ロウルヴァーグ王子からも刑の減軽の申し出があったそうだ。ミイツア嬢と手紙の遣《や》り取りも出来るし、シノノメ国内なら監視付きとはなるけれど自由に行動出来る」

「そう。良かった」

ヒュウエルさんには深々と頭を下げられ幾度も謝罪された。占ってほしいことがあったらいつでも仰《おっしゃ》って下さいと嬉しいお手紙を頂くこともできている。

「以上。シノノメ国とユール国については、安心して良し。なんだけど……」

「なんだけど？」

「リファイ・アルテニーが消えたんだよな？」

「あははは。ほんっと帝国には、碌《ろく》な奴がいないよね」

「リファイさんが消えた⁉　お父様と戦っていたわよね？」

「そうだよナーさん。でもさ、あの後船の爆発があっただろう？　戦いは一旦《いったん》中断になったみたいでね。ハーヴィ将軍が爆発事故の処理に追われている間に、リファイは消えてしまっていたそうだ」

「リファイのセフォルズ入国の理由は分からず終《じま》いか。コーラルの奴が呼んだんじゃなかったからな」

　コーラル様が呼ばれたわけじゃなかったことには驚きだ。

「ユールとシノノメの比じゃない力を持っているのが帝国だ。ナーさんに言っておく。ドラージュがいるとはいえ、今後は絶対に、単独行動はしないこと。いいね？」

「う、うん」

「……不安な返事だね。まぁ私からはこのくらいにしておこう。ゆっくりとソウンディクと二人きりにはなれなかったもんね？　お疲れ様」

「よっちゃん、どこに行くの？」

「私も少しは婚約者との時間が欲しいからさ。また明日」

　素敵な笑顔でよっちゃんは部屋を退室していく。

「ナターシャ」

「な、何？　ソウ……」

私の隣に座ったソウは身体を密着させてくる。

「俺はお前をとことん甘やかしたい。けどな？　少しばかりはお仕置きさせてもらいてぇことがある。あと、コーラルとレイヴィスカ王女のとこ行った時の消毒がまだだったよなぁ？　覚悟しろよ」

燃える船で人質になったこと、よっちゃんに叱《しか》られるかと思いきや、ソウからのお説教のようだ。

・甘いお仕置き

「重々反省しておりますので、お許し頂けませんかソウンディク王子殿下」

「無理だな。こっち来い」

畏《かしこ》まって反省の言葉を述べたのに、ソウは全く聞き入れてくれない！

ソウの膝《ひざ》の上に座らされ、背後から抱き締められると首筋にキスが落とされた。

わざわざ城のメイド長であるリリィさんが呼ばれ、夜着を着させられてしまっているために、肌の露出が多くて困る。

首筋に優しくソウの唇が触れていき、首の後ろで結ばれていたリボンの端を咥《くわ》えられた。

「ち、ちょっとソウ？　あっ！」

そのまま口でシュルッと音を立ててリボンを引っ張られてしまい、胸が露《あら》わになってしまう。

途端、両手で乳房を掴《つか》まれて、乳首を弄《いじ》られる。

「あっ……やぁっ！」

「何度揉《も》んでも飽きねぇな。気付いているかナターシャ？　お前と腕組んで歩くだけで、この大きくて柔らけぇ胸が男の腕にふにゅふにゅ当たるんだよ。それだけで興奮する男が何人いると思う？　コーラルとどうやって座った？　まさか隣同士で身体《からだ》密着させて座ったんじゃねぇだろうなぁ？」

「あぁあっ！　ううっ……」

片方の乳首を強めに引っ張られ声を上げると、もう片方は優しく柔らかさを堪能《たんのう》するようにソウの手が胸を揺する。

どうしてそんなに勘がいいのよ。私だって対面に座ろうとしたのだけど、断れなかった。

「どうせあの気障《きざ》皇子のことだ。お前の髪にも触れたんだろ？　ナターシャの匂《にお》いと胸の柔らかさをオカズにしやがっていると思うだけで腹が立つ！」

「きゃっ、ぁん……んぅっ」

乳首の先端を押し潰《つぶ》され、指の腹でなぞるように触れられ、腰が震えてしまう。

でもソウを怒らせてしまう行動を取ってしまった自覚はある。

「私で出来ることなら、何でもするから。怒らないでソウ」

「……何でも？」

ピタリと胸の愛撫《あいぶ》を続けていたソウの手が止まる。

あれ？　もしかして言っちゃいけないこと言っちゃった？

「前からやってほしいことあったんだよなぁ」

「な、何を？　えっ⁉」

私の腰を持ち、膝から降ろしたソウは自ら服を脱いでいく。

裸になったソウは晴れやかな笑顔をこちらに向けてきた。

「跪《ひざまず》いて咥えてくれよ、ナターシャ」

「……はい？　きゃうっ⁉」

寝台から降ろされ、床にペタリと座らせられるとソウが足を開き、私の両頬《ほお》に手を添えると露わになっている陰茎に引き寄せた。

恐る恐るソウを見上げると、期待の眼差《まなざ》しを返されてしまう。

つ、つまりフェラをしてほしいってことよね？

知識としてはあるが、ソウ以外の男性との経験が皆無なために上手《うま》く出来るか分からないけど……。

咥える際に髪が邪魔にならないよう、耳に髪を掛け、ソウの陰茎に手を添え先端に唇を触れさせた。

「っ」

これだけでソウの足がビクッと震えたのが分かり、私に興奮してくれているのが分かる。

意を決し、舌をソウの陰茎に絡み付かせ、ちゅっと先端を吸う。

陰茎が口の中で熱く大きくなって行く。ソウが腰を少し浮かせ更に深く込えこまされた。

「ハッ……堪《たま》んねぇなっ……くっ」

「んぅっ！」

私の頭を優しく撫《な》でつつも、口の中をソウの陰茎が出入りを繰り返していく。

喉《のど》の奥に、白濁が注ぎ込まれた。

ドロリとした精液は舌の上にも広がり、美味《おい》しいとは思えないけれど、ぎゅっと目を瞑《つむ》り、何とか喉を動かし飲み込んだ。

陰茎に少し残った精液を舌で舐《な》めとり、ソウの方を見上げると、ジッと見つめられていて恥ずかしくなる。

「まさか飲んでくれるとはな。不味《まず》かっただろ？」

「平気よ……またしてほしかったらその、頑張るわ」

「……お前の可愛《かわい》さは異常だ」

「どういう意味？　きゃあ！」

腰を抱え上げられ、寝台の上に再び載せられると、横になったソウの顔に跨《また》がされてしまう。

ま、まさか今度は逆ってこと⁉

「そ、ソウ？　私は別に、あぁんっ！」

見えてないけど分かってしまう。

膣《ちつ》内に熱く柔らかなソウの舌が侵入してくる。

ジュルジュル音を立てて吸われ、陰核を指で擽《くすぐ》るように弄られて気持ちいい。

「あっ！　ひゃぅっ……あぅっ」

ソウの陰茎を舐めながら、大きくなっていく様を感じ、恥ずかしくも興奮してしまった。

いつも恥ずかしい場所を貫かれ、気持ちいいところを刺激されているのかと想像してしまった。

「エロい液を随分溢《あふ》れさせてんなぁ？　可愛いぜナターシャ」

「はぅっ。恥ずかしっ……あっ！」

「お前ばっかり恥ずかしくねぇよ。俺のだってまた勃起《ぼっき》してんだろ？　また咥えてくれよ」

眼前に硬度を取り戻し、先端から先走りを零《こぼ》すソウの陰茎があり、エッチなその光景に自然と涙が込み上げるが、おずおずと舌で触れ、再び口に含む。

互い違いに重なり合う姿勢になっていることを否応なく自覚させられ、膣をキュウっと収縮させてしまった。

気付けば複数の指で弄られていたらしく、ソウの指を甘く締め付け、指の硬い部分が感じてしまうポイントに触れる。

「んっ！　んーっ、んぁっ！」

「頑張って咥えたままにしておけよナターシャ。俺もお前のエロいとこかき混ぜてやっからさ」

「ふぁあんっ！」

逃げ出したくなるが、太《ふと》ももを掴まれ動きを封じられてしまう。

陰核をちゅぅっと強く吸われながら膣壁を擦《こす》られた瞬間。ビクッ！　と腰が大きく跳ね、達してしまった。

呼吸をしたくて口を大きく開けるとソウの陰茎が口から離れてしまう。

先に達してしまったことは分かっていても、力が抜けた身体を寝台に横たえ息を整えていると、ソウが身を起こす。

「俺が達する前に口から離しちまったな？　こっちで気持ち良くさせてもらわねぇとなぁ？」

仰向けにさせた私の上に覆いかぶさってきたソウはニヤリと笑みを深め、私の膝裏に手を掛け、足を抱え上げる。

膣口に陰茎が宛《あて》がわれ、グチュリと厭《いや》らしい音が鳴り、ずんっと熱い肉棒が突き立てられた。

ソウの舌の愛撫で蕩《とろ》けた膣は待ち望んでいた熱い陰茎をしっかりと呑み込んでしまう。

「ひっ、……あぅ」

「あー、気持ちいい。ナターシャ、軽くイッただろ？　いい締め付けだ。いっぱい突いてやるからな」

がつがつと奥を突かれて、身体が快感で痺れそうになる。遠慮のない抽挿《ちゅうそう》がたまらなく気持ちが良い。

「ソウ。あん、すごく気持ちいい……んぁ、イクぅ……ああ！」

「かわいいなぁ。ナターシャ。俺とエッチなことするの、好きか？」

「うん。好き。ソウのことも、ソウとエッチなことをするのも、んっ、好き！」

「……最高だ」

ソウはぐっと唇を噛《か》み締めると、嬉《うれ》しそうに目を細めた。

・王子様には敵《かな》いません

「ソウっ……やらっ……あんっ！　やらぁあっ！」

寝台の上下にソウの精液が注がれた避妊具が幾つも転がっている。

避妊具なしで行為に挑まれてしまうこともかなりあり、困るのだけど、こうして目に見えてエッチなことをしてしまった回数が分かってしまうのもとんでもなく困る！

「呂律《ろれつ》が回んなくなってきてんなぁナターシャ？」

「んぅうっ！」

唇に噛《か》みつくようにキスをされ、舌を絡ませ合う。

その間にもお尻《しり》を両手で持ち上げられ、膣《ちつ》を蹂躙《じゅうりん》し続ける陰茎が出入りを繰り返す。

もう十分過ぎるほどの快楽を味わっているのに、陰茎が膣から出ていこうとすると引き留めるように膣口を締め、突き入れられると甘く蕩《とろ》けるような快感が襲う。

気を失わないよう、必死でソウにしがみつく。

鍛え上げられたソウの肌と触れ合い、どれほど身体《からだ》を重ねても心臓が高鳴る。

幼い頃《ころ》を知っているからこそ、意識してしまう。

細く小さかった男の子が、私より背も高くなり、体格も立派になって組み敷かれてしまっている。

潤んだ目でソウを見つめると、余裕のない表情で見つめ返される。

腹筋まで割れ、二の腕の逞《たくま》しいところも素敵だし、顔もとんでもなく美形な王子様に抱いてもらえているなんて、時折信じられなくなる。

「あっ……はぁっ……あぁんっ！」

胸を掬《すく》い上げるように揉《も》まれ、ソウに乳首を咥《くわ》えられる。

ぷっくり膨らんでしまっている乳首をちゅうちゅうと音を立てて吸われ、また達してしまうと、ソウもほぼ同時だったようで、精液を吐き出し終えた陰茎が膣から引き抜かれた。

グッタリと枕《まくら》に顔を埋《うず》めている間も、胸に触れるソウの手は止まらない。

「なんつーか、元から巨乳だなぁって思っていたが、また大きくなった気がすんな」

「それなら絶対ソウのせいよ。もうっ、結構困るんだから……」

下着もドレスも買い直さなければならなくなるのだ。

エッチなことを最後までされない時も、胸やお尻をソウに触られる時がある。

主にシャルロッティ学園で痴漢のような状態で触られることが多く、よっちゃんやジャック、メアリアンにも見られてしまっていそうだ。

「恋人の身体に触れて何が悪ぃんだ。胸が大きいのに腰は細い。エロい身体だなぁ」

「今日は無理！」

私の腰を持ち上げて、再び挿入しようとするソウの胸を押し返す。

「ちぇー。もうちょい付き合ってほしいんだがなぁ？　明日にはハーヴィ家の屋敷に帰っちまうんだろ？」

「帰るわ。まだ、結婚してないもの」

行為をやめたソウは私を抱き込んで横になる。

ハーヴィ家のお屋敷の修復は完了したとジャックから連絡があった。

「卒業したら、帰るっつっても絶対帰さねぇからな？」

「うん」

二年後には、セフォルズの王城で暮らすことになるのよね。

「寂しいか？」

「少しね。でも、ソウと一緒にいられることが一番幸せだもの」

ソウの手触りの良い金色の髪を撫《な》でながら微笑《ほほえ》む。

するとソウも私を抱き締め返してくれて、髪に優しく触れてくれる。

「ソウ……」

「んー？」

身体を密着させ、頬《ほお》にキスをしてくれるソウに私もキスをし返す。

「ソウと恋人になってから、どんどんソウの素敵さが増していっているのよ。私だけがソウの素敵さを知っていられたらって思うけど、セフォルズの皆が知っているから。綺麗《きれい》で可愛《かわい》い女の子に囲まれても、あんまり喜ばないでね？」

最近になって増えてきたソウの視察は、砦《とりで》など男性ばかりの場所だ。

けれど今後、セフォルズ国内の町や、国外への視察も増え、その時には女性達から接待を受けることもあるのは分かる。

浮気ではない。ソウを信じられるけれど、私以外の女性に笑顔を向けて共に食事をしているのを想像するだけで悲しくなるほど、私はソウが好きなのだ。

とは言っても仏頂面で食事をすることが出来ないのが外交よね。

我儘《わがまま》を言ってしまったとすぐに後悔し、謝ろうとしたのだが、ソウにぎゅうっと一際強く抱き締められてしまう。

「クッソ可愛いな、ナターシャ！　安心しろ。明らかに女を用意してきているとこにはお前も連れてくってヨアニスが言っていたからな」

「え？　私も？　そ、そっか。その方が安心かな」

彼氏の貞操は彼女の私が守るものよね！

「……なんか間違った気合い入れてそうだが、ナターシャ。去年は花を贈っただろ？　今年のお前の誕生日も近い。また花も贈るが、花言葉とか調べたか？　今年は向日葵《ひまわり》の花束を贈る。俺《おれ》の気持ちは小せぇ頃から変わってねぇからさ」

「向日葵の花言葉？　ソウ、知っていて贈ってくれていたの？」

「『あなただけを見つめる』だろ？　分かって贈っているに決まってんだろ？　年がら年中ナターシャのことばっか考えている。ナターシャが何を嬉《うれ》しいと思うのか、何を幸せに思うのか。俺はいつも考えているよ。どうした？」

「まだまだソウには敵わないことを痛感しているの」

幸せと恥ずかしさが溢《あふ》れ出して来て、ソウに抱きつく。

私もソウの幸せを願って、ソウが嬉しいと思うことをもっとしていきたい。

「……ハーヴィ家の屋敷に帰らない方が嬉しいわよね？」

まずは今出来ることからと思い聞いてみると、悪戯《いたずら》っ子のような笑みを返される。

「そうだなぁ？　けどまぁ、俺もハーヴィ将軍に睨《にら》まれるのは回避したい。俺も寂しいが、今は屋敷に帰れ。けどさナターシャ。俺を喜ばそうとしているんだよな？」

「うん。ぁ……」

ソウの青い瞳《め》に欲望の色が混じるのが見つめ合っているので分かってしまう。

ま、またフェラかしら？　もちろん頑張るけど、身体に力が入り辛《づら》い今の状態でもう一度はキツイ。

「レイヴィスカ王女から迷惑を掛けた詫《わ》びにって、良い物もらってさぁ。ちょっと待ってろ」

起き上がり、寝台から降りて全裸で堂々と部屋を歩くソウを見て、エッチなことではなさそうで安《あん》堵《ど》する。

レイからの貰い物か。何だろう？　甘いお菓子かしら？

私と一緒に食べてとでも言われたのかもしれない。

枕を抱き締め、均整の取れたソウの身体を見つめて、勝手に身体が熱くなってしまうのは、エッチなことをし過ぎたせいだと言い訳をさせてもらおう。

「ソウが素敵過ぎて困る」

「へー？　嬉しいね」

し、しまった。無意識に声に出しちゃった！

でも嬉しいと思ってくれたのなら、もっと言うべきかしら。

紙袋を持って寝台に戻ってきたソウを見つめ口を開く。

「前から言っているけど、ソウの顔も好き。性格も好き。嫌いなところがないの」

「……誘っていると判断するぞ？　俺だってナターシャの嫌いなところなんてねぇよ。で、だ。ナターシャ。今度使わせてくれ」

使わせてくれ？　紙袋を持ってワクワクしているソウを見て首を傾《かし》げる。

袋の中身を寝台の上に広げて見せられ……固まった。中から出てきた物はお菓子ではない。

「何これ!?」

「何だ。知らねぇのかナターシャ。性具だよ」

「見れば分かるわよ。王女から王子に何て物の受け渡しをしているの⁉　信じられない！」

この世界でこんな物初めて見た。前世の世界でだって知識こそあれど実物を見たことも使ったこともないのに。

棒にビー玉のようなものが幾つも付いた物や、謎のトゲトゲしたリング。そして極めつけは明らかに男性器の形をした物に目を覆わせてもらう。

レイったら！　本当に微塵《みじん》も王女らしくない物をソウに渡さないでほしい！

「今度お互いの自慰行為を見せ合おうぜ？　ナターシャ、好きなの使っていいからさ」

「絶対に嫌！　恥ずかしい！」

「……俺はすごく嬉しいんだけどな」

「うっ」

「きっとこれからもっと忙しくなるんだろうな。アークも後二年は帰ってこねぇだろうし。王太子である俺への負担は増すばかりだ。辛い。愛《いと》しい婚約者に癒《いや》してほしい」

ソウは泣き真似《まね》をしているが、ちっとも涙なんて流れていないのが分かる。

「わ、分かったわよ」

「マジか！　やりぃっ！」

……そんなに無邪気に喜ばないで欲しい。求められていることは邪《よこしま》なことなのに。

「自慰かぁ。練習しないと」

ソウと身体を重ね合うまで性的な行為をしたことがないために、自分で自身を慰めたことがない。

とても恥ずかしいが、大人のおもちゃとしか言いようがない物を幾つか借りて練習をしようと思ったら、ガシッ！　とソウに両肩を掴《つか》まれ真剣な顔で見つめられる。

「ナターシャ」

「な、何？」

「拙い様子も超興奮するから、練習はするな。いや、練習するなら俺を絶対に呼べ。約束だぞ？な？」

念を押されまくり、頷《うなず》くしかなかった。

シャルロッティ学園二年目が始まり、どんなヒロインが現れるのかと思ったらヒロインは転生者でまさかと言える人物だった。

ソウだけじゃなく、本来なら攻略対象のヒーローの多くと男友達のような状態で、ヒロインが恋したのは二作目の悪役令嬢……。

やっぱりレイってばユリアちゃんと同じで無敵だ。レイがヒロインだったからこそユールとシノメの戦争も回避出来たと思える。

世界のどこにいても、きっとミイツアとレイは幸せだ。

私もソウと一緒にいる姿を見た人に、あの二人は幸せだと思ってもらえるように努力していこう。

「大好きよ、ソウ」

「俺もだ、ナターシャ。ま、俺の方が好きな気持ちは勝っているけどな」

「言ったわねぇ？　私だって負けないんだから！」

お互いの好きな部分を言い合う勝負をさせてもらおう！

一年前から更に増えたソウの好きなところを言えば余裕で勝てると思ったのに……。

ソウに多く言われてしまい、完敗してしまった。

まだまだ王子様には敵わない。

・ユリアとライクレン（ユリア視点）

数え切れない星が頭上で煌《きらめ》いている。

遮るものがない大海原の真ん中を航行中の船の甲板から見上げる夜空は格別だ。

この世界の夏が近付いてきているため、夜風が心地良い。

「ナターシャさんのお誕生日が近い証拠《しょうこ》ですねぇ」

珍しくて面白い物を見つけたら、片っ端からお誕生日プレゼントとして贈ろうと計画している。

「ユリア先輩。甘いココアはいかがですか？」

「素敵な提案だねぇライ君！　いただきまぁーす！」

船の上で夜の海を楽しめるように設置されているベンチに二人並んで座る。

ライ君はコーヒーを手に持っていて、そのコーヒーには一切砂糖が入っていないのを知っている。

可愛《かわい》い顔のライ君は甘い物が嫌いなのだ。ここは公式通りだったなぁ。

「そんなに俺《おれ》のこと見つめて、照れるじゃないですかぁ」

「ふふふー。たくさん照れてよ、ライ君」

ライ君の一人称は『俺』ではなく『僕』だった。

まぁ、親しくない相手には僕なのだけど、私相手には俺。ここは公式と違うところ。

「新聞読んで嬉《うれ》しそうにしていましたね、ユリア先輩」

「シノノメ国とユール国が和平協定を結んだからねぇ。平和を愛する私としては嬉しいに決まっているよぉ」

二作目のヒロインであるレイヴィスカ王女様は悪役令嬢であるミイツアさんを選び、劇団を設立して旅に出たとナターシャさんが送ってくれた手紙で知った。

そんな結末は知らない。素晴らしすぎて笑いだけが出てくる。

「ナターシャ様のことを考えているからこその笑顔ですかぁ？　俺、妬《や》けちゃうなぁ」

「そんなこと言ってぇ、ライ君だってナターシャさんのこと結構好きなくせにぃ」

「ユリア先輩への愛に比べたら全然ですけどね。まぁでも好ましい方だとは思いますよ。俺の外見しか見ない連中とは違いますからね」

ライ君が目を細めて星を見つめている。現実のライ君にはコンプレックスがあった。

公式では可愛らしさを前面に出し、可愛い男の子でも時には男らしい部分があるところが世の女性達に好まれていた。

でも、実際のライ君は可愛い見た目の自分が嫌いで、背が伸び、男らしく成長することを望んでやまない。

私とナターシャさんをライ君が好ましく思う一番の点はライ君を男性として見たからだと話してくれた。

「俺が女性を好きになってもみんな弟扱いしてくる。良くて友達。二人きりになっても子供扱いして頭撫《な》でてくる。けどユリア先輩てば、俺と初めて会った時から警戒してくるんですもん。俺、自分の見た目は嫌いですが、好みのタイプの女性は可愛い人なんでね。俺を男として見て警戒してくれるユリア先輩の見た目にも性格にも一目惚《ひとめぼ》れしたんです」

私はライ君を攻略対象者って認識していたからねぇ。

公式で用意されていたスチルもヒロインである私と手を繋《つな》いで満面の笑顔とか、小動物を撫でて二人で癒《いや》されるみたいな画像ばかり。

でも、出会って一年経《た》ったライ君は、私の知る公式のライクレン君よりも男らしく成長している。

本来はライ君がシャルロッティ学園入学の時に出会うのだけど、もうその時には公式とは違う姿のライ君がいるのは容易に想像出来た。

「ユリア先輩といても、可愛い同士、目の保養とか何とか言ってくる人が多いですけどね。ナターシャ様は初めてお会いした時から『ユリアちゃんのことが好きなのね？』って、俺がユリア先輩のこと異性として見ていて好いていることを察してくれた。ある意味ユリア先輩と同じで、俺を男として見てくれた。嬉しかったですよ。ユリア先輩がナターシャ様を慕うのも分かります。……だからこそ不思議だったんですが、よく俺に付いてきてくれましたね？　実際のところ俺の傍《そば》にいたいだけが理由じゃないですよね？」

「んー？　ライ君と同じ時を刻みたーいってのも本心だよ？」

「もって言っているじゃないですかぁ。別の目的もおありってことでしょう？」

ライ君てばなかなか勘も良いよねぇ。

「私やナターシャさんが前世の記憶持ちってのはお話ししたじゃない？」

「はい。驚きましたけど、あんまり気にはなりません」

「あはは。懐広くて助かるよ、ライ君。私はその世界ではコーラル様のことが好きだったんだぁ」

この辺からは小声で話させてもらう。

音楽家として耳も良いライ君には聞き取れるだろう。

船内にも侵入していそうな帝国の影の人達に聞こえないよう注意する。

「妬けますよ。でも、帝国とは俺もやりあいたくありません」

「正解だよライ君。知らんぷり。見て見ぬふりが一番正しい。でもねぇ、私、ちょっとそれは出来なさそうなんだぁ。もうコーラル様のことはファンとしてしか見てないけどぉ。ナターシャさんをお求めになられちゃっている。だから、ナターシャさんのためにちょっと頑張っちゃおうかなって」

「何をです？」

「もしもの時の対策を増やしておこうかなって話ぃ。世界中行けるライ君の演奏会に付いてきた理由の一つなんだぁ。探し物を一つでも見つけてナターシャさんの元に戻りたいと思っているの」

この世界を舞台にした公式のお話ではソウンディク様とコーラル様がヒロインを取り合うストーリーは存在していない。

まぁそもそもナターシャさんは公式ではヒロインではなく悪役令嬢なのだけど、そこは置いておいてだ。

シナリオにない行動をコーラル様が来年は取ってくるだろう。

ナターシャさんの手紙にはリファイ・アルテニー様が消えた、居場所に見当が付かないかの質問もあったが……分からない。

コーラル様とリファイさんの会話イベントがあったが、物凄《すご》く当たり障りのない帝国の日常を会話しているだけだった。

しかもその会話イベントが見られるのはどちらかを選んだうえで帝国にヒロインが嫁入りした状態。

ナターシャさんのお母様が帝国出身でリファイさんの婚約者だって話も初耳だからなぁ。

前々からナターシャさんが懸念している悪役令嬢の島流し先は公式でも帝国だったのかもしれない。

島流しされた後のナターシャ・ハーヴィはどうなったのだろうか？

命を奪われることがないのなら、誰かと結婚させられた可能性が高い。

何せ父親は公式でも英雄だ。ならば相手は誰《だれ》だったのか……コーラル様か、もしかしたらリファイ様だったりしてねぇ。

「ナターシャさんには、セフォルズ国の王太子妃になって、王妃様になってもらいたいの。ソウンディク様と幸せでとろっとろに甘さで蕩《とろ》けちゃいそうな結婚式をして、王子様も王女様も産んでもう大丈夫ってなったら……私はライ君の音楽に耳も身体《からだ》も傾けて優雅にお昼寝三昧しようと思いまぁす」

「素敵な夢ですねぇ」

「ぶぶー！　バッテンだよライ君。夢じゃなくて絶対成し遂げる目的、目標でーす！」

「これは失礼しました」

それには大好きで部屋中グッズで溢《あふ》れさせていた帝国の皇子殿下と敵対しなければならなさそうだ。

「負けませんよぉ、コーラル様」

何せ私は世界を知り尽くすヒロイン！

あの手この手を使って、ナターシャさんの力になってみせましょう！

書籍版書き下ろし

MELISSA

・キュアンとタロ助《すけ》との出会い1（ソウ視点）

この日の俺《おれ》は、目が覚めた瞬間からワクワクドキドキしていた。

ナターシャと会える日でもあるのだが、今日はさらに楽しみなことがある。

十歳になった俺はとうとう自分の馬を持つことになったのだ。

今日はナターシャも一緒に、ハーヴィ領にある王族や貴族が乗る馬を選出する調教師が営んでいる馬房に赴くことになっている。

調教師の名はセルジール。馬に乗る訓練の際、ハーヴィ家の屋敷に来て助言をくれた。

セルジールは温和な顔立ちで教え方も優しいが、訓練用の馬たちは良き馬ばかりで、優しさも厳しさもある男であることが窺《うかが》えた。なんでもハーヴィ将軍と親父《おやじ》の友の一人でもあるらしい。

「おはよう、ソウ」

「ナターシャ！　おはよう！」

ハーヴィ家の屋敷の前に馬車が到着し、扉が開くとすぐにナターシャが顔を見せてくれた。

朝からナターシャと会えることが何より嬉《うれ》しい。

「楽しみね！　お弁当も作ってきたから一緒に食べようね」

「ありがとな」

馬車に乗り込んできてくれたナターシャが満面の笑みを向けてくれる。

今日も一緒に昼食をとれることも幸せだ。

「ナターシャは何度かセルジールの馬房に行ったことがあるんだよな？」

「うん。素敵なお馬さん達ばかりよ」

「ハーヴィ将軍が信頼しているし、セルジールとも何度も会っているから安心だな」

将軍の愛馬の迫力は尋常じゃない。

軍馬の名の如《ごと》く、勇ましさ溢《あふ》れるあの馬を乗りこなせるのは将軍以外にはいないだろう。

強い馬に憧《あこが》れはあるが、俺は……。

「ソウはどんなお馬さんが好き？」

ちょうど理想の馬のことを考えていた。いいタイミングで聞いてくれて嬉しく思いながら答える。

「白馬一択。絶対に白毛の馬がいい」

「白いお馬さん！　いいね。可愛《かわい》いものね」

可愛いというナターシャには悪いが、俺は馬に可愛さを求めてはいない。

白馬に乗った王子。それになるために俺には白い馬が必要不可欠なのだ！

王子と姫が出てくる絵本を見て、ナターシャが「カッコいい」と言っていた。

ちらっと本を見てみたら、描かれていたのは白い馬に乗った王子の姿。

俺もナターシャにカッコいいと言われたいし思われたい！

馬車の窓から外を見つめるナターシャは楽しそうで、その笑顔を見ているだけでも幸せなのだが、
俺は男として意識されたいのだ。

十歳のガキが何を言っているんだと誰《だれ》かに言われてしまいそうだが、好きで好きで堪《たま》らない女の子に自分を見てほしいと思うのは男として当然のはずだ。

膝《ひざ》の上に置いた手をぎゅっと握り締め、白馬に乗った王子になってみせると決意を固めた。

・キュアンとタロ助《すけ》との出会い2（ソウ視点）

「お待ちしておりました。ソウンディク王子殿下。ナターシャお嬢様」

「こんにちは！」

「セルジール。宜《よろ》しく頼む」

馬房に到着すると先に到着していた騎士数人と共に調教師のセルジールに出迎えられる。

「後ほどハーヴィ将軍もいらっしゃいます。まずはお二人で馬房の馬達をご覧下さい」

「二人で？　いいのか？」

ナターシャと二人で見て回れるのは嬉《うれ》しいが、王子の俺《おれ》が外にいる時は必ず騎士は付いてくるのに。

セルジールはふっと優しく笑うと俺の肩にぽんっと手を置いた。

「それほど広い馬房ではありません。騎士の皆さんが周囲を見回って下さっておりますので安全です。殿下とお嬢様は馬との接し方もお上手《じょうず》ですし、敬って接して下さる。何より……将軍がいらっしゃればお嬢様と二人きりになるのは難しいですよ殿下」

最後の方は俺にだけ聞こえる小声だった。

セルジールにも俺のナターシャへの恋心がバレバレらしい。

「ありがとう。セルジール」

「いえいえ。では、ごゆっくり」

笑顔で見送られ、ナターシャと手を繋《つな》いで歩き出す。

俺と二人で見て回ることをナターシャはどう思っているかと気になって、手を繋いでいるナターシャの方を向く。

「二人で冒険するみたいで、楽しいね！」

「っ、そうだな」

可愛《かわい》い。大好きだ。ずっと一緒にいたい。ぶわっと心からの願いが溢《あふ》れ出す。

馬に乗れるようになって、行動範囲が広がった。

王子だから勝手な行動をすることはいけないと分かっているが、ナターシャと二人、馬に乗ってどこか遠い国に行ってみたい。

セフォルズが嫌ではないけれど、そんな気持ちにもなってしまうのが恋心というものだと思う。

「白いお馬さん、いないね」

「え？　あ、ほんとだな」

俺の発言をしっかり覚えてくれていたナターシャは、辺りをきょろきょろ見回してくれている。

いかん。俺の目的は白馬に乗った王子になること。何としても理想の馬を見つけなければならない。

俺も見習って馬を見ていくが、ナターシャの言う通り、白い馬は見当たらない。

栗毛、鹿毛、黒鹿毛……少し白っぽい芦毛《あしげ》は見つけられたが白馬はいない。

「思えば、白い馬って馬の中でも珍しい毛色なんだよな。当日まで楽しみにしたくて、希望は言わなかったんだが、セルジールに事前に伝えておけば良かった」

馬と運命の出会いというのもおかしな話かもしれないが、そういったことがしたかった。

白い馬がいたとしても直感的にコイツが良いと思えなければやめるつもりだった。

「ソウ、気持ちは分かるわ。決めるのは今度にする？」

「ああ。一日で決められるものでもないだろうしな。また今度に……ん？」

ガタガタゴトッと、がっつり物音がした。ナターシャと二人顔を見合わせて、音のする方へ向かう。

物音が大きく聞こえるようになった場所で足を止めると、大きな字で【立ち入り禁止】と書かれている扉の前に辿《たど》り着く。

扉に耳をくっつけて中の音を聞いてみると、何かがいることが分かった。

「お馬さん、だよね？」

「馬房だしな。勝手に入ったら、俺達を信じて二人きりにしてくれたセルジールに悪いよな……」

だがしかし！　ナターシャと互いに握り合っている手に力が入ってしまう。

立ち入り禁止と言われると入ってみたくなるのは子供故なのだろうか。

ワクワクが止まらない。ドキドキもしている。

「ナターシャ……」

「ソウ……」

「『共犯ってことで』」

お互いにニヤリと笑い合い、扉を開ける。

扉を開けた先にいたのは……。

バシッ！　ドスッ！　バシッ！

音を響かせながら喧嘩《けんか》をしている二頭の馬。

真っ白い馬と真っ黒い馬が、首や身体《からだ》をぶつけ合って喧嘩をしていた。

・キュアンとタロ助《すけ》との出会い３（ソウ視点）

片方の馬は理想通りと言ってもいいほど毛艶の良い美しい白い毛をまとっていた。

今は、喧嘩《けんか》相手の黒い馬に土やら何やらを掛けられて汚れてしまっているが、黒い馬の方も、青毛と呼ばれる青みを帯びた黒い毛は漆黒で美しい。

二頭とも身体《からだ》の大きさからして生後三、四か月の仔馬《こうま》だろう。

気性の荒さから立ち入り禁止の部屋に入れられてしまっていたと思えた。

「喧嘩、止めなくてていいのかな？」

俺《おれ》の背中に隠れながら馬の様子を見ているナターシャは困り顔だ。

ハーヴィ家にいる馬たちは人慣れし、人を乗せるのにも慣れた馬ばかりだから荒れている馬というのはナターシャでも馴染《なじ》みがないのだろう。ここは男の見せ所かもしれない。

「こらやめろ！　喧嘩したっていいことはないぞ！」

馬は大きな音が嫌いだと教わっている。

人間より耳はかなり良く、俺達が部屋に入ってきたことも気付いているだろう。

大声になり過ぎない声で注意すると、ピタリと二頭の動きが止まった。油断してはいけない。

手綱は付けられているが、襲い掛かってこられたら、今は剣もなく抵抗できない。

ナターシャだけは守ると心の中で誓い、背に庇《かば》う。

「ソウ。すごい！　喧嘩、止まったね」

「ま、まぁな！　俺は王子様だからな！」

馬に警戒をし続けなければならないのに、ナターシャに褒められるとついつい調子にのってしまう。

照れながらも馬たちに目をやれば、喧嘩は止まったままで興味深そうにこちらを見ている。

耳を見れば分かる。真っすぐぴんっと上に耳が立てられていて大きな瞳《め》でじっと見つめられていた。

暴れられていないことにはホッとしたが、黒い馬の方が気に掛かる。俺ではなくナターシャの方を見ているようだった。

「おい。そっちの黒い方。ナターシャは、お、俺の、婚約者だからな！」

馬に婚約者だと言っても通じないだろうし、ナターシャは俺のだからなと言えない自分が情けない。

だって、まだ恋人ではないから。俺のだとは言ってはいけない……。

辛《つら》い現実に、ずーんっと、気分が落ち込んでくる。

「ソウ？　どうしたの？　大丈夫？　お腹《なか》痛いの？」

ナターシャが俺と繋《つな》いでいる手を優しく両手で包み、心配してくれている。

情けない姿を見せたくないが、ナターシャがどんな時でも俺の傍《そば》にい続けてくれているのが嬉《うれ》しい。

「大丈夫だ。セルジールのとこに戻ろうぜ。立ち入り禁止の場所に入っていちゃまずいし」

「そうね」

白い馬がいることも分かった。

人に慣れるまでは時間が掛かりそうだが、後日改めて白い馬に会えるようにセルジールに頼もう。

ナターシャと部屋の外へ向かおうとしたのだが……。

「うわっ⁉」

「ソウ⁉」

くいっと白い馬が俺の上着の裾《すそ》を噛《か》んだ。

引っ張られて引きずられてしまうかもと身構えたが、動きを制止されているだけで、無理に引っ張られはしない。黒い馬の方はといえば、ナターシャに近付き、鼻を寄せている。匂《にお》いを覚えて認識しようとしているのかもしれない。

襲ってくる様子のない二頭を見て、白い馬の頬《ほお》を触る。撫《な》でてやると、パッと俺の服の裾を噛むのを止めた。

「お前たち賢いじゃねぇか。なんで喧嘩なんかしていたんだよ」

人間の言葉も通じないし、馬の言葉も当たり前だが分からない。

だがなんとなく話し掛ける気になるのは、この馬たちと気が合うように思えるからだった。

特に白い馬には俺の愛馬になってもらいたい。

「いい子達だねぇ。ねぇソウ！　この白い子ならソウの理想のお馬さんじゃゃない？」

「俺も同じことを思っていた。仔馬から面倒見ていくのも悪くないよな」

「確かに。仔馬の時から触れ合っていけば、絆は深まるでしょうな」

「……げっ」

「うわ、お、お父様」

ぐわしっと、俺とナターシャの頭に将軍の手が置かれる。

「立ち入り禁止の文字、読めなかったとは言わせませんぞ。殿下」

頭上から落とされる将軍の声に身が縮こまる。

「よ、読めていた。すまない」

「ナターシャもだぞ」

「ごめんなさい、お父様」

ハーヴィ将軍の背後で苦笑してくれているセルジールと目が合う。

「セルジールも、すまなかった」

「とんでもございません殿下。暴れ馬の二頭に懐かれるとはさすがです。気性が荒い二頭ですが、毛艶も良く、足も速い。ソウンディク殿下とナターシャお嬢様でしたらもしや二頭に認められるのではと考えておりましたが、いやー、素晴らしい」

「素晴らしくはないぞ、セルジール。子供二人だけで馬房を歩かせるな。危ないだろう」

「お二人を侮ってはいけませんぞ将軍。馬の扱いはそこらの大人以上にお上手《じょうず》です。見ての通り、お怪我《けが》もされておらず、殿下のお気に召す馬とも出会えたようだ。この馬房より、ハーヴィ家のお屋敷の方が殿下も馬に会いやすいでしょう。人慣れにも適しているでしょうし、二頭とも屋敷に置いてやって下さいませんか？」

「……」

無言で考え込むハーヴィ将軍に、俺もナターシャも期待の眼差《まなざ》しを向ける。

ナターシャも黒い馬を気に入ったようだし、俺も白い馬を乗りこなせるようになりたい。

「お願い、お父様」

「俺からも頼みたい、将軍」

将軍に願い出る俺達に続き、馬二頭も鳴き声を出す。

その声が「お願いします」と言っているように聞こえたのは、俺がかなり、二頭を気に入っているからなのかもしれない。

「……二頭とも我が家に置くことを許可する。セルジール手続きをしてくれ」

「畏《かしこ》まりました」

「やった！」

「やったね！」

ナターシャと手を叩《たた》いて喜び合う。

「ただし、殿下もナターシャも、馬の世話係に任せきりではいけません。ブラッシングや餌《えさ》やりなど、積極的に行うこと。宜《よろ》しいですか？」

「分かった」

「私も分かりました」

「うむ。私は陛下に殿下の愛馬が、現時点では候補ではあるが決まったことを知らせにいく。セルジール、後は頼むぞ」

「承知致しました」

俺とナターシャの様子を見るために来てくれた将軍に慌てて駆け寄る。

ナターシャも同じように駆けてきて俺の隣に並んだ。

「将軍。ありがとう」

「お父様。ありがとう」

将軍は無言だったが、俺とナターシャの頭にまた手を置くと、わしゃわしゃと頭を撫でられる。

相変わらずの怖い顔だが、将軍は優しい。騎士を残し、将軍は王城へ向かっていった。

その後、二頭の馬は立ち入り禁止の部屋から出され、広場へと連れてこられると二頭並んで楽しそうに駆けだした。

「ちょうど昼時です。殿下はナターシャお嬢様のお作りになられたお弁当を食されるのですよね。飲み物くらいは、ご提供させて下さい」

「お腹空《す》いたね！　ご飯にしよう！」

馬房の敷地内にはいくつもテーブルとベンチが並んでいて、その一つに座る。

並んで座る俺達の真向かいにセルジールが飲み物を持ってきて座った。

「近くの牧場で採れた牛乳です。美味《おい》しいですよ」

「わぁ。牛乳大好き！」

「俺もだ」

自然に囲まれている馬房の敷地内にある広場の椅子《いす》に座り、コップに注がれた牛乳を飲み、ナターシャが作ってくれた弁当を食う。

すげー癒《いや》される。目当ての馬は見つけたが、またナターシャと一緒に来よう。

「そうだ。セルジール。あの二頭。なんで喧嘩していたのか分かるか？」

「不思議よね。触れ合って賢い子達って分かったから余計に」

今も並んで走っている二頭を見ている限り仲が悪い様子もない。

気性の荒い馬ならば人間のことも噛もうとしてくるだろうに、あの二頭はすぐに喧嘩をやめた。

「賢い二頭なのですよ。長年、馬と触れ合ってきた私も驚かされておりました」

「なのに、立ち入り禁止の部屋に入れていたのか？」

「賢い故に、人を選ぶのです。認めぬ相手は噛もうとしたり、威嚇したりが酷《ひど》いので、普段は他者の目に留まらない部屋に入れておくことにしたのです。ですが毎日見ている私が出した答えですが、あれは喧嘩ではなく、鍛え合っているのではないかと結論付けました」

「鍛え合っている？」

「はい。馬として強くなろうとしているのではないかと。その証拠《しょうこ》に、あの二頭は気が合っているようで、今のように外を走らせる時は必ず二頭並んでいます。速さを競い合う時もありますがね。面白い馬たちですよ。……ここだけの話にして下さい。将軍にバレたらお叱《しか》りを受けてしまうでしょうが、お二人なら立ち入り禁止の部屋を見つけて下さると信じておりました」

「え!? じゃあセルジールさん。わざと私とソウを二人きりにしたの？」

「ふふふ。明言はできません。お許し下さい」

悪戯《いたずら》が成功したかのように楽しそうな様子のセルジールを見て、父達の友人でもあるこの男もまた一癖も二癖もある人物であることが分かった。

「そうだ殿下。あの二頭の名付け親になって頂けませんか？　馬達が認めた人間に付けて頂きたいと思っておりました」

「それなら、ナターシャにも権利が……」

「私はいつか愛称で呼ぶと思うから遠慮する。ソウが名前を付けてあげて！」

なるほど。なら、第一印象でぴんっと来た感じで決めよう。

「白い方は、キュアン。黒い方は、タナロアだ」

「素敵ね！」

「真《まこと》に素晴らしい。ソウンディク殿下、ナターシャお嬢様。キュアンとタナロアを宜しくお願い致します」

走りをやめて並び、キュアンとタナロアは嘶《いなな》き声を上げる。

「二頭も、お願いしますって言っているみたいね！」

「そうだな。こっちこそ頼むぞ！」

俺の愛馬が決まった日となった。

・仲間たちと愛馬との冒険1（ソウ視点）

「わー！　すごい！　はやーい！　たのしーい！」

満面の笑顔のナターシャが大好きだ。空色の髪が日の光を受けて煌《きらめ》いていてナターシャを輝かせているように見える。

いつもなら見ているだけで幸せになれる光景なのに、俺《おれ》の心は複雑だ。

ナターシャは黒い馬のタナロアに乗って、嬉《うれ》しそうにはしゃいでいるのだ。

「ソウンディク。馬にまでやきもちを妬《や》いていたらこれから先、身が持たないいんじゃないかい？」

「うっせぇぞ、ヨアニス」

「馬に乗れる令嬢は少ないと思いますが、お嬢は乗りこなしていますねぇ」

「俺はヨアニスかジャックがタナロアに乗るもんだと思っていたんだよ」

白馬のキュアンと黒馬のタナロアがハーヴィ家にやってきてから数か月。タナロアはナターシャの愛馬となってしまった。思い起こせば、俺達が乗馬の特訓をハーヴィ将軍やセルジールに教わっている時に、ナターシャも一緒にいて馬に乗っていたのだ。

セルジールの馬房に行った時、ナターシャはワンピースを着ていたのに、今は俺達と同じく乗馬服を着ている。どんな服装のナターシャだって可愛《かわい》いが、出来ればドレスやワンピースを着たナターシャを横抱きにして馬に二人で乗りたい。

「俺の、白馬に乗った王子計画が消え失《う》せちまう……」

肩を落とす俺の背中を、元気を出せと言わんばかりにキュアンが頭で押してくる。

キュアンともすっかり意気が合うようになった。

「ソウ！　よっちゃんもジャックも休憩しない？」

「お嬢の意見に賛成です。紅茶とお菓子を用意しておりますよ」

「ありがとうジャック」

ハーヴィ家の中庭で一時、休憩となった。丸テーブルを囲むように椅子《いす》が並べられ、俺とナターシャ、ヨアニスが座ると、ジャックが手際よくティーセットを用意していく。

「今日はお父様と騎士さんたちは、お城で剣の特訓だからあんまり屋敷に人がいないの。少し寂しい感じがしたら、ごめんね？」

「俺はナターシャがいればいい」

「本当？　嬉しいな」

「子供だけっていうのも楽しいね。護衛のために残っている騎士と執事にメイド。馬のお世話係の人はいるけどさ」

「俺達だけだとなんか、ワクワクしますよね。みんな馬に乗れるようにもなりましたし、ここで菓子食うのはやめて、どっか遠くへ行って食べましょうか？　なーんて……」

ジャックの発言に俺は目を輝かせてしまう。馬に乗れるようになってから、心に抱いてきた望みだ。

ナターシャを見れば俺に負けないくらい目を輝かせていて、ヨアニスは少し考え込んでいるが反対する様子はない。

「そうしようぜ！」

「私も冒険に行きたーい！」

「ええ!?　お嬢も殿下もダメですって！　怒られちまいますよ！　ね？　ヨアニス坊ちゃん」

「……まぁ、日が暮れる前に帰ればいいんじゃないかな」

「そんなぁ、ヨアニス坊ちゃんまで。俺が言い出しっぺだから何も言えなくなっちまいますよ」

「なんだかんだ言ってジャックだって冒険に行きたいんじゃないのかぁ？」

ジャックと肩を組んで顔を見てみれば、目を逸《そ》らされ、図星だということが分かる。

「よし！　冒険に反対者はいないことが分かった！　各自、どうしたら大人《おとな》に見つからずに馬に乗って冒険に出られるのか案を出せ！」

冒険に旅立つパーティーのリーダーのつもりで命令を出すと、ノリが良くナターシャが元気よく手を挙げてくれる。

「はい！　暗くなってからこっそり抜け出す！」

「お嬢。夜には将軍や騎士たちが帰ってきちまいますよ」

「……やっぱり今しかないんじゃないかな」

考え込んでいたヨアニスが口を開いた。皆の視線がヨアニスに集中すると計画を話してくれる。

「まず、お茶会はナーさんの部屋でやると見せかける。私達は少しして、窓から抜け出して屋敷を出る。その間にジャックにキュアンとタナロアを屋敷の裏手に連れていってもらいたい。私達は部屋の中でお茶会をしていると見せかけ、ジャックは仕事で出掛けていると思わせることができる。長時間姿が見えなくても不自然じゃない……ジャックの負担が大きいけど、連れてこれそうかい？」

「一頭ずつなら大丈夫ですけどぉ」

「ジャックの負担を減らすためにも、お茶会の支度は私が代わるわ！」

「いいな！　それでいこうぜ！　みんなしくじるなよ！」

小声で気合いを入れると、全員が力強く頷《うなず》いた。

・仲間たちと愛馬との冒険2（ソウ視点）

俺《おれ》達はスムーズにナターシャの部屋の窓から抜け出し、屋敷の裏手で待っていたジャックと愛馬達と合流することが出来た。

「……こんなに計画通りにいっちまっていいんでしょうか」

「ジャック！　こっからが冒険の始まりだぞ！　誰《だれ》かに見つかる前に馬に乗って遠くに……」

キュアンに乗ろうとして動きを止める。ナターシャと、誰が一緒に乗るんだ？

誰も何もヨアニスかジャックしかいないから、二人のどちらかということになる。

ものすごく嫌だ。だが、ヨアニスにもジャックにもナターシャのことを恋愛感情では見ないと約束を取り付けているのだから安心していいのだが、それでも……！

「ソウ。どうしたの？　キュン吉《きち》に乗らないの？」

「ナターシャ!?」

俺の背中にぴとっとくっついてきているナターシャを見て驚き、可愛《かわい》さにドキドキさせられる。

なんで、タナロアに乗っていないんだ？　不思議に思いタナロアの様子を見て納得する。

ヨアニスが前で、ジャックが後ろで、二人揃《そろ》って至極当然な様子でタナロアに乗っていたのだ。

「ナーさんと二人乗りは極力しないに決まっているだろ」

「キュアンよりタナロアの方が俺もヨアニス坊ちゃんも乗り慣れていますしねぇ」

マジで友人二人に感謝だぜ！　と、いうことは……。

「ナターシャは、俺とキュアンに二人で乗るってことだよな？」

「え、嫌だった？」

「嫌なわけねぇよ！　じゃあ先に乗る」

キュアンに乗り、ナターシャの手を握って馬上へと引き上げ、俺の前に座らせた。

ナターシャは乗馬服を着ているので前を向いてキュアンに跨《また》った状態でいるが、手綱を握るためという理由で後ろから抱きしめることが出来るのはとても良い。

「えへへ。一人でタロ助《すけ》に乗るのも楽しいけど、キュン吉にソウと二人で乗るのも楽しいわ！」

「それなら、みんなで冒険する時、ナターシャは俺とキュアンに乗ることに決定だな！」

「うん！」

よっしゃー！　心の中でガッツポーズをする。ナターシャの言質《げんち》が取れた。

未来永劫《えいごう》、俺はナターシャと二人乗りをする権利を得たということになる。

タナロアに乗っているヨアニスとジャックから温かい目で見られている気がするが無視！

この幸せな気分のままに、冒険に出発だ！

馬を走らせ目指すは一度行ってみたかった、くじらの森。森にくじらがいるわけではなく、くじらがいてもおかしくないほど広大な森故にその名が付けられたと聞いた。

「子供は行ってはいけない。大きなクマやイノシシが出るから」と、セフォルズの子供は親から言い聞かされて育つ。

馬に乗る練習だけじゃなく、剣の鍛錬だってハーヴィ将軍から受けている。

世界一強い将軍に鍛えてもらっている俺達がクマやイノシシに負けるわけがない！

城やハーヴィ家の屋敷から見ていた森は、歩いたらどれほどかかるか計算すら出来なかったのに、馬に乗ったらどんどん森が近付いてくる。

「よーし！　このまま森に突入だー！」

「うわー。ドキドキするー」

「うぅ。俺も楽しみですけど、やっぱ心配ですよー！」

「大丈夫だよジャック。森の中も細いけど街道が通っているから。帰り道は分かりやすい。ソウンディク！　街道から外れ過ぎないようにね！」

「分かってるよ！　よし。この辺でいいだろう。止まろうぜ！」

「綺麗《きれい》な泉があるよ！　泉のほとりでお茶会にしよう！」

馬を降りたナターシャは泉へと駆けて行き、覗《のぞ》き込んでいる。

俺も隣に座って泉の中を見てみれば、底が見えるほど透き通っていて地中から湧《わ》き水が湧き出ているのが見えた。

レジャーシートを広げて、みんなで座り、菓子を食べながら周囲を見渡す。

そこら中に生えている木の幹は太く、てっぺんが見えないほど高い。木々だけではなく、泉の周囲に生える草も鬱蒼《うっそう》としていた。

「ワクワクするなぁ。菓子を食べ終わったら木登り競争しようぜ！」

「いいね！　私も今日はスカートじゃないから参加出来る！」

「ってかお嬢と殿下は分かる気がしますけど、ヨアニス坊ちゃんって木登り出来るんですか!?」

「あはは。ナーさんとソウンディクに鍛えられたからねぇ」

俺達が菓子を食っている傍《そば》で、キュアンとタナロアも草を食《は》み、泉の水を飲んでいる。

二頭も休憩しているようで何よりだ。あいつらがいないと俺達は帰れないだろうからな。

「さーて！　腹ごしらえは済んだ！　これより第一回、冒険木登り競争を開始するぞー！」

「わーい！　がんばるわよ！」

「第一回ってことは二回、三回とやる気ですか殿下!?　危ないですよ！」

「競争ってことは賞品があった方が盛り上がるんじゃないかな」

「ヨアニス坊ちゃん！　やめてくださいよぉ」

「確かにヨアニスの言う通りだ。うーん。かといって俺達で金の遣《や》り取りをするのもなぁ」

一位には賞金が付き物だろうけど、俺達にはまだ自分で稼げる金はないからな。

「一位の人には私がホールケーキを作るよ！　私が勝ってもケーキ大好きだから嬉《うれ》しいし、どう？」

「最高だ、ナターシャ。それで行こう！」

これはなんとしても勝たなくては！　間違いなくナターシャは一位のやつを褒めたたえもするだろう。ナターシャの笑顔もケーキも俺のもんだ！

「忖度《そんたく》なしだからな。お前ら」

腕まくりをして準備運動をし、気合いを入れる。

「はいはい。気合い入り過ぎて枝を踏み外さないようにね。ソウンディク」

「もうここまで来たら、俺も適度にがんばりまーす」

「その意気だジャック！　そんじゃあ、スタート！」

俺の合図を皮切りに、四人一斉に木登りをスタートさせる。

大きな枝が左右に伸びている大木は安定していて、木登りがし易《やす》い。

「おっしゃー！　俺が一位ー！」

枝葉を越えて、木のてっぺんに誰より早く辿《たど》り着いたのは俺だった。

高い木のてっぺんから森を見渡してみると、どこまでも森は広がっていて、王城もハーヴィ邸もとても小さく見えた。

「うわー！　悔しい！　負けちゃったー！」

少し遅れてナターシャが葉っぱの中から顔を出し、ヨアニスとジャックが続いた。

「いやいやナーさんもかなり登るの速いと思うよ」

「怪我《けが》をしないで下さるのが執事としては一番有難ぇですよ」

「一回だけじゃ終わらねぇぞー！　また降りて、もう一回だ！」

俺達はその後、何度も木登り競争を繰り返した。

俺の金髪も、ナターシャの空色の髪も、ヨアニスの銀髪にもジャックの黒髪も葉っぱに塗《まみ》れてボサボサになり、ジャックは少し頭を抱えつつも全員で笑い合った。

「えーと……」

「かなりヤバい、かな？」

「なるほど。これが遊びに夢中になって、自分たちがどこにいるのか分からなくなるってことか……」

「冷静に分析していますけど、ヨアニス坊ちゃんだって道に迷ったってことですからねぇえ！　つーか俺もお嬢の執事なのに、役目放棄して遊んじまったぁああ！　俺のバカやろぉおおお！」

気付けば夕暮れ。文字通り、夕日に向かって叫んでいるジャックの声が森に木霊《こだま》していく。

日が暮れる前に帰るつもりだったのに、遊んでいる時間ってのはどうにも時の流れが早い。

何よりヤベェのは、キュアンとタナロアともはぐれちまったことだ。

「ふふ。このまま帰れなかったら、この森の中に新たなセフォルズ王国を作るってのも悪くねぇ」

「ソウ、そんなこと出来るの!?」

「まぁ、ソウンディクとナーさんがいれば可能かな」

「可能じゃねぇですよ！　何笑ってんですか！　現実逃避している場合じゃないですからね！」

今いる木のてっぺんからは城もハーヴィ邸も見えない。

最初に登った木と違い、他《ほか》の木の方が背が高いからかもしれない。

逸《はぐ》れないように気を付けていたつもりだった街道も見えない。

茜色に染まっていた森の色が暗くなっていっている。

「馬たちと合流しねぇとだよな……」

「同感だよ。ただ、暗くなると野生動物の動きが活発になる。キュアンとタナロアと合流する前にクマやイノシシと遭遇してしまったらかなり危険だ。剣は持ってきているけどね」

「食料はクッキーがあるけど、一晩過ごすのには心もとないわよね」

「フクロウが鳴きだしてきましたよ。ど、どうしま……!?」

ガサガサガサ！　と草木を何かがかき分けて動いている音が聞こえた。

全員で息を潜める。暫《しばら》くすると音は遠ざかっていったが、マジでクマかイノシシかもしれない。

「ヨアニス。策、あるか？」

「策ってほどでもないけど、提案はある。木の上にいる現状が一番安全かもしれないけど、イノシシはともかく、クマは木に登れるって本で読んだことがある。ずっとここにいてもしょうがない。降りて、まずは水場を目指してそこで火を熾《おこ》そう。マッチは持ってきている。火は野生動物が怖がるから今よりは安全だと思う」

「火を熾すってことはキャンプ!?　それって野宿コース？　楽しそう！」

「お嬢。しょんぼりされるよりはいいと思いますけど、遊んでいるわけじゃないですからね。……

さっきの泉は魚いなかったからなぁ。小川でも何でも生き物がいる水場希望です！」

「野宿になる前に帰れりゃいいが、野宿も楽しそうだな」

「ポジティブはいいことだね。行こうか」

運良くといったところか、初めの泉に戻れることは出来なかったが、小川を見つけることが出来、河原で焚火《たきび》をすることができた。

辺りはすっかり暗くなっちまったが、火があるとかなり心強い。

小さな魚も釣ることが出来、木の枝に刺して皆で食べた。

今何時なのか分からないが、少しは腹も膨れ、パチパチと火が爆《は》ぜる音を聞いていると瞼《まぶた》が重くなってくる。

このまま眠っちまうのはマズイ。せめて交代で起きていようと提案しようとしたのだが、ぽすっと隣に座っていたナターシャが俺に凭《もた》れ掛かってきた。

すーすーと寝息を立てているナターシャを起こす気にはなれない。

気付けばヨアニスとジャックも座っている姿勢のまま眠ってしまっていた。

仕方ねぇから俺が一番手で起きておこうと思ってみたものの、ナターシャの温《ぬく》もりが眠りの世界に誘ってくる。

ヤベェ。クマとイノシシが出たら、みんなを守れるのは俺だけなのに、片手でナターシャを支え、もう片方の手で剣を握っていても……眠い。

眠さで閉じる瞼の隙間《すきま》から、幻まで見えてしまう。

火に照らされた岩に映った姿。子供の俺でも夢か幻だと思えたそれは竜の影だった……。

・仲間たちと愛馬との冒険3（ソウ視点）

「ソウンディク！　ナターシャ！　ヨアニス！　ジャック！」

突如大きな声で呼ばれ意識が覚醒する。

目を開けて飛び込んできたのは……。

「……父上！」

クラウディアス・セフォルズ。セフォルズ王国の国王であり、俺《おれ》の父の顔が眼前にあった。

探しにきてくれたのか！　正直助かった、そう言おうとしたのだが……。

俺達を探しにきてくれたのは父だけじゃなかった。

そりゃそうだ。一国の国王が一人では動かない。

ナターシャ達も目を覚まし、みんな一瞬で涙目になる。感動して泣きそうになっているんじゃない。

俺達を囲う大人《おとな》の数は数え切れない。ハーヴィ将軍もクライブ宰相もいて、騎士団も揃《そろ》ってしまっている。

「どうやって、俺達の居場所が分かったんだ？」

「キュアンが王城まで単独で駆けてきて、森の前にはタナロアがいて、殿下達のところまで我々を案内したのです」

ハーヴィ将軍が答えてくれた。

「お前ら大人を呼びにいってくれていたのか！　さすがは俺とナターシャの愛馬……」

愛馬達に感謝を伝えたいところだが、俺達子供以外の大人の顔が全員、鬼のようになっていて青褪《あおざ》める。

「全員まとめて説教だ！　しっかり反省しろ！」

「「「「ごめんなさぁぁあい」」」」

四人揃って泣きながら謝ったのだけど、大人たちはそう簡単には許してくれなかった。

俺の場合は城から三日間外出禁止と言われてしまい、キュアンにも当分の間乗ってはいけないと言い渡された。

こんな時でもナターシャが昼食の弁当を届けに城に来てくれるので、正直あまり反省する気にならなかったのは心の中に秘めておこう。

「今日の弁当も美味《うま》かった。ありがとう、ナターシャ」

「ソウが残さず食べてくれるから、私も嬉《うれ》しいわ。ねぇ、ソウ。木登り競争の一位のケーキはまたみんなで集まった時に用意しようと思っているの」

「それがいいな。大きなケーキはみんなで食べた方が美味いもんな」

「うん！　でも木登りで一位も凄《すご》いことだと思うから、ソウをお祝いしたいの。ちょっとこっちに来て」

手招きをするナターシャと肩が密着するくらいに近付く。

お菓子でも作ってきてくれたのだろうか？

不思議に思っているとナターシャと目が合い、ニコッと笑顔が向けられる。

それだけでドキッと心臓が鳴ったが、俺の肩に手を置いたナターシャが顔を近付けてきて、頬《はお》に柔らかな感触が触れた。

「……は？」

「え？　あれ？　失敗しちゃったかな？　もう一回するね」

今起きたことに思考が追い付かない。

固まる俺を余所《よそ》に、ナターシャが再び顔を近付けてきて俺の頬に唇を寄せる。

夢じゃない。俺は今、ナターシャに頬にキスをされている。

ぐぁああっ！　と急激に頭と顔が熱くなった。

「な、ナターシャ!?　な、ななな、なんで!?」

もしや、やっと俺の気持ちが伝わり、両想いになったってことか!?

「えへへ。ちょっと照れちゃうけど、キスはお祝いする時にもするって本で読んだの。どうかな？

ソウ、嬉しかった？」

「……すげー、嬉しかった」

「良かった！」

唇にしてくれたらもっと嬉しいとは、まだ言えない。

キスはお祝いか……俺を好きだからじゃないんだよな。

頭と顔の熱が引いていってくれる。焦るなよ、俺。

ナターシャと婚約していて、好かれているってだけで今はいいじゃねぇか。

「けど今後、俺以外にキスはするな。俺が読んだ本では、キスをいろんな奴《やつ》にするのは良くないことだって書いていた。ほっぺでも額でもだぞ。約束だ」

「そうだったんだ！　教えてくれてありがとう。分かった。約束ね」

指切りをして約束をする。

そんなこと書かれている本を読んだことはないのだが、たとえ女であろうと俺以外にナターシャがキスをするなんて許せない。

「また木登りで俺が一位を取ったら、キスしてくれるか?」

「うん! ソウにならしてもいいんだもんね? ソウが喜んでくれるならする! でも私も負けないよ!」

「ナターシャが一位を取ったら俺からキスしてやるよ」

「わー! 嬉しいな! がんばるね」

勝っても負けても俺が幸せなことを提案するのはどうかと思うと、頭の中のヨアニスがツッコミを入れてくるが手で払う。

周囲に心配を掛けてしまったことは申し訳ないと思いながらも、冒険はとても楽しかった。

反省しているのを認めてくれた父上と将軍はキュアンを王城へと迎え入れることを許可してくれたのだが……。

その後も城から抜け出してはナターシャ達とセフォルズ中を冒険していき、たびたび怒られることになっていったのだった。

・現在の俺たちと愛馬との関係（ソウ視点）

「んんっ……あ、ん」

ナターシャを抱き締めて、キスをしている。

俺《おれ》の胸に置かれたナターシャの手は、俺から離れようとするために力が込められている。

だがそれも、口付けを深くし、ナターシャの口内に舌をねじ込ませ、お互いの舌を絡ませ合っていくうちに抵抗の力が抜けていく。

「んっ、ソウ……ん！」

甘く蕩《とろ》けた声で名前を呼ばれるだけで興奮するのに、息を乱しながら見上げてこられて我慢できるわけもなく、再びナターシャの唇を奪い去る。

柔らかな唇の感触を満足いくまで堪能《たんのう》して、唇を解放してやると、ナターシャが少し怒った様子で俺を見つめてくるが、涙目で可愛《かわい》いとしか思えない。

「キスする前に言ったわよね!?　外なの！　誰が通るか分からない公園内なの！」

「ああ。でも言っただろ。それがどうした？　って。俺は王子様だぞ」

二人でそれぞれキュアンとタナロアに乗って、城下町からは少し離れた公園を訪れている。

護衛のために騎士達も連れてきているからナターシャが気にしているようだが、空気の読める騎士達は距離を取ってくれている。

「そういや、俺もキスをする前に言ったな。外ではキスで留めるって。宣言通りキスしかしてねぇのに俺から逃げようとするなら、エロいとこも触っちまおうかな～」

「逃げてない！　キスを止めようとしただけなのに……!?」

ナターシャの着ている乗馬用のシャツのボタンを外していくと、ナターシャが焦った顔になる。

「ナターシャはいつもいい匂《にお》いがするよなぁ。ああ、お前の胸の谷間に顔を埋《うず》めたい」

「欲望を口にすれば叶《かな》うってもんじゃないからね!?　そ、それにいい匂いって、ご飯の匂いでしょ。色っぽいものじゃ……きゃあっ！」

シャツの全《すべ》てのボタンを外し終え、ナターシャの胸を隠す最後の砦《とりで》となっていた下着を取り去る。

俺の眼前に晒《さら》された豊満な乳房に欲望に促されるままにかぶりついた。

柔らかな双丘の谷間に顔を埋めて揉《も》みしだき、乳首を口に含む。

「んぁ！　あっ、やぁ……んんっ」

愛撫《あいぶ》から逃《のが》れようとナターシャが身を捩《よじ》るが、木に背をつけさせていて下がることは不可能だ。

俺の口の中で硬く尖《とが》っていく乳首を軽く噛《か》むと、びくっとナターシャの身体《からだ》が跳ねる。

胸の谷間から顔を上げてナターシャの顔を見ると、頬《ほお》を赤く染め、目を潤ませて俺を見つめていた。

「……あー、ヤベェ。ほんとに止められなくなりそうだから、この辺にしとくか」

「もっと早く止まって！　もうもう！　ソウのバカ！」

俺に頭を押し付けて、ぽかぽかと胸を叩《たた》いてくるナターシャの可愛さは尋常じゃない。

「ナターシャ、お前もしや実はここで止められちゃったら身体が疼《うず》いて仕方がないの、だから抱いてほしい的な誘いを俺にしてきているのか？」

「そんなわけないでしょ！　外では厭《いや》らしいことやめてって言ったでしょ！　反省して！」

真っ赤になりながら必死でシャツのボタンを閉じていっているナターシャを見ていると、煽られているとしか思えない。

「ナターシャ。俺達の初めての冒険は、最後は大人《おとな》に怒られちまったけど、反省しているだけじゃ成長は出来ない。だからこそ今の俺達がある。ナターシャだって俺といちゃいちゃすんの、本気で嫌がってないだろ？　お前らもそう思うよな？　キュアン、タナロア」

「キュン吉《きち》とタロ助《すけ》を味方にしようとするなんて狡《ずる》い！」

いつの間にかナターシャが呼び出した馬二頭の愛称もすっかり耳に馴染《なじ》んだ。

俺達の近くで大人しく公園の草を食べていた二頭に声を掛けるとキュアンは鳴いて返事をしてくれるが、タナロアの方は気まずいのか顔を背けてくる。

「なんだよタナロア。お前はナターシャの味方ってか」

「タロ助！」

感動した様子で名前を呼ぶナターシャを見て、どうしたってムカついてしまう。

「ナターシャは俺のナターシャだからな！」

幼い頃《ころ》は言い切ることが出来なかったことが、今では堂々と言える。

胸を張って言い切る俺を見てナターシャは恥ずかしそうにしているが、キュアンはまた一つ鳴いてくれて、タナロアもこれには応《こた》えるように一つ鳴いた。マジで賢い馬達だと思う。

「帰りは二人乗りにしよーぜ。たまにはタナロアに乗って帰るか。キュアン。お前は付いてきな」

「もう。俺様なんだから。タロ助とキュン吉はそれでいいの？」

ナターシャの問い掛けに二頭とも頷《うなず》いていて……応えているってことだよな。

子供の頃、迷子になった俺達のために助けを呼びにいってくれたことも今にして思えば不思議だ。

ナターシャとタナロアに乗り、後ろを振り返ると、キュアンが当然のように付いてきている。

「こいつらは特別な感じがするんだよなぁ」

「タロ助とキュン吉？　うん！　分かる！　とっても仲良しになれたよね！」

俺の思っている特別とナターシャの言っていることは違う気がするが、まぁいい。

「ナターシャ。公園に来るまでの間、俺達、競争していたよなぁ？」

「そうね。勝った方が負けた方の言うことを……」

さーっとナターシャの顔が青褪《あおざ》めていく。

勝った方が負けた方の言うことを一つ聞く。そう決めて俺はキュアンに乗り、ナターシャはタナロアに乗って勝負をした。

「か、帰りも勝負しましょうよ！」

「王子と公爵令嬢がそんな頻繁に馬で競争なんて出来ないだろ？　はしたないって言われるぞ」

「ど、どの口がって言いたくなってくるんだけど……うぅ、私が負けました！」

「素直でよろしい。はい。じゃあキス。馬に乗ってキス。誰が見ているか分からないけどなぁ？　でもしますー。何せ俺、勝ちましたんでね」

「うぅうっ。助けてタロ助、キュン吉ぃ」

ナターシャの助けを求める声でも、さすがに二頭とも何もしようとしてこない。

本気でナターシャが嫌がっていたら二頭はもしかしたら暴れるのかもしれないが……。

ナターシャは目を瞑《つむ》り、俺のキスを待ってくれている。

ぽんっとタナロアの背を軽く叩き、後ろにいるキュアンに目をやると、二頭とも歩みを遅くする。

「愛馬二頭も認めてくれているってわけだ。愛しているぜ、ナターシャ」

ナターシャの顎《あご》に手を掛けて、唇を重ね合わせた。

あとがき

はじめましての方も、すでに知って下さっている方も、この本を手に取って下さりありがとうございます。天の葉《あまのは》と申します。

「邪魔者のようですが、王子の昼食は私が作るようです」二巻の発売となりました！　大変嬉しいです！　一番に読者様に心より感謝申し上げます。

そしてこの本が出来上がるまでに力を貸して下さった全ての皆様に、感謝申し上げます。

本が一冊出来上がるまでに、多くの方が力を貸して下さるということは、一巻の時によく分かったので本当に感謝です。

とにかく表紙が今回も素晴らしいです。二巻も再び、花綵《かさい》いおり先生がイラストを担当して下さり、挿絵のイラストも素敵に描いて下さっています。

表紙のナターシャとソウンディクは一巻よりも、イチャイチャ度を増して描いていただいているので、もう、最高です。二巻では桜を描いて下さいました。綺麗で、感動です。

一巻発売の時と違うのは、コミカライズをしていただけていることですよね。ゼロサムオンライン様にて、田中《たなか》ててて先生が漫画を担当して下さっていて、小説を読んで下さっている方はそちらも読んで下さっていると思いますが、こちらがまた楽しくて面白くて素晴らしい。

小説ではイラストとして未登場だったサイダーハウドを田中先生が描いて下さって、すっごい嬉しかったのですが、この本では花綵先生のサイダーハウドが見られます！

私が誰より喜んでいると思います。

邪魔昼のキャラクターを、花綵先生と田中先生、お二人が描いて下さっているという現状は有難すぎることですよね。

ありがたみを噛みしめて、小説のイラストと漫画を拝見していこうと思います。

二巻では一巻に引き続き、ナターシャ達が元気いっぱいに頑張ってくれておりますが、彼女達に負けず劣らずにクセの強い新キャラクター達が登場してきます。

ナターシャ達の味方になってくれるキャラもいれば、この先、敵となるのかどうか分からないキャラもおります。どうなっていくのか楽しみながら、読んでいただけたら嬉しいです。

書籍版の書き下ろしのお話は、一巻より多めのページ数をいただけてたっぷり書くことが出来ました。ナターシャとソウンディクの愛馬達との出会いのお話です。優秀で素敵なお馬さん達のことを気に入っていただけたら嬉しく思います。

二巻は冬の発売日となりました。表紙でも咲き誇っている桜が待ち遠しくもありますが、冬もいいところが沢山の季節ですよね。温かくしてお過ごし下さい。

あとがきの最後まで読んで下さり、ありがとうございました。またお会い出来たら嬉しいです。


天の葉。

邪《じゃ》魔《ま》者《もの》のようですが、王《おう》子《じ》の昼《ちゅう》食《しょく》は私《わたし》が作《つく》るようです2

天の葉

2023年2月5日　初版発行

著者　天の葉

発行者　野内雅宏

発行所　株式会社一迅社
〒160-0022 東京都新宿区新宿3-1-13　京王新宿追分ビル5F
電話　03-5312-7432（編集）
電話　03-5312-6150（販売）
発売元：株式会社講談社（講談社・一迅社）

印刷・製本　大日本印刷株式会社

DTP　株式会社三協美術

装丁　AFTERGLOW

ISBN978-4-7580-9525-9

MELISSA